爪先にあまく満ちている

崎谷はるひ

幻冬舎ルチル文庫

CONTENTS ✦目次✦

爪先にあまく満ちている……5
あとがき……381

✦カバーデザイン＝齊藤陽子（CoCo.Design）
✦ブックデザイン＝まるか工房

イラスト・志水ゆき✦

爪先にあまく満ちている

ライカ犬。犬種も名前も諸説あって、はっきりとしたことがわからない、けれど世界ではじめて宇宙にいった犬。そして、二度と帰ってこなかった犬。

彼女は、とてもなつっこい犬だったという。面倒を見てくれる研究者が大好きで、つらい実験にも耐えて、死地へと送りだされるときにも相手を信じていたままだったという。

綾川寛《あやかわひろい》は子どものころ、一途《いちず》でかわいそうなライカの話を知ったとき、ぽろぽろ泣いてしまった。

宇宙で、たったひとりで死んだ犬。

寛が生まれる何十年もまえにいなくなってしまった、写真と映像でしか知らない犬が、そのときは、いとおしくてせつなくてたまらなかった。

そんな寛を、父親のパートナーである白瀬乙耶《しらせおとや》は「やさしい子」と言って、泣きやむまで抱きしめていてくれた。

「寛くんの涙は、きっとライカに伝わるね」

「死んじゃったのに？」

「死んじゃっても。気持ちや心はどこかで必ず届くものだよ。どこかに、寛くんだけのライカがいるかもしれない。だからいまの、誰かのために泣いてあげるやさしい気持ちを大事にして」

乙耶の言うことはすこしむずかしくて、けれど言葉をかけてくる彼の顔こそがやさしいものだったから、寛は「うん」とうなずいた。

(ぼくだけの、ライカ)

見つけたらきっと大事にすると寛は誓った。

遠い、昔の、忘れそうなほど昔の話だ。

＊　＊　＊

私立聖上《せいじょう》学院大学は、都内にある有名大学だ。

歴史を紐解《ひもと》けば江戸時代後期、教科書にも載っている知識人によってひらかれた蘭学塾《らんがくじゅく》まで遡《さかのぼ》る。長きにわたって政界、経済界問わず優秀な人材を数多く輩出し、ステイタスは高い。授業料もかなり高額なため、一部では金持ち学校と揶揄《やゆ》するむきもあるが、競争率の高いブランド校として名を馳《は》せている。

そして学費の高さに見あった設備のよさも『売り』のひとつだ。

著名な建築デザイナーが改装を手がけた洒脱《しゃだつ》な本校舎。歴史の風格を漂わせる赤煉瓦《あかれんが》と御《み》影石《かげいし》の正門から続く、定期的に業者が手入れをしている、うつくしい並木道。

スポーツ系にも充実していて、各種トレーニング施設は一部プロが借りに来るようなレベルの最新器具が揃《そろ》っている。文化系・科学系の研究施設もご多分に漏れず、各サークル棟もちょっとしたデザイナーズマンション並みの小ぎれいさ。

なかでも人気が高いのは、有名パティシエがプロデュースしたキャンパス内のカフェ、『Soupir《スピール》』。学生だけでなく一般人も利用が可能で、ランチタイムには行列ができるほどだ。店のデザインはまるで外国のカフェかのよう、構内の並木道を目のまえにするという洒落たロケーションのおかげで、ドラマの撮影などにもよく使われる。

そのため学生たちも、カメラなどには慣れっこだったのだが——この日、忙《せわ》しないシャッター音が響くカフェのオープン席では、女子学生が大半の野次馬たちが足を止め、撮影されている人物をちらちらとうかがっていた。

「綾川さん、三年連続のミスターキャンパス、優勝おめでとうございます」

「どうもありがとうございます」

焚《た》かれたフラッシュのまぶしさに、寛は一瞬目を眇《すが》めそうになるのをぐっとこらえて微笑《ほほえ》んだ。学内新聞である『聖上学院新聞』の女性記者は、何枚も写真を撮りながらにこにこと話しかけてくる。

「もう、どこから撮っても絵になりますよね、さすがミスターパーフェクト」

「……そのあおりはちょっと、勘弁してください」

やんわりと告げつつも、寛は、おおげさな声をあげる記者の持ちあげに対しても、にっこりと笑みを崩さない。

記者の隣には、これも学内ＳＮＳに動画記事をアップするため、カメラをかまえた男子学生がいて、寛の姿を撮り続けていたためだ。

（まったく、気が抜けないなあ）

財団法人『聖上学院新聞』は、ＯＢと現役学生が運営している新聞社で、マイナーな地方紙やミニコミ誌とさほど変わらない部数を誇る。そこに掲載されるとなれば、へたな顔をさらすわけにもいかず、とにかく徹底的に微笑んでいるのが肝要だと寛は笑顔を保ち続けた。

「今回はネットでのランキングで、学校外からの投票も有効票になったそうなので、名実ともに、都内でナンバーワンのミスターということになりますが、感想は」

「応援してくださった方のおかげですし、本当にありがたいです」

優等生の返事をしながら、ことが大きくなったなあ、と寛は他人事《ひとごと》のように考えていた。

今回、寛が優勝した『ミスターコンテスト』は、聖上学院大学内部のみのものではなく、動画配信の専門番組も持っている都内の大学生向けポータルサイトが主催のコンテストだ。

そして現在二十一歳、大学三年生の寛は、一年のときからそのコンテストの常連で、今回が三回目のグランプリ受賞だった。

一八〇センチを軽く超える長身に、抜群のプロポーションとあまい顔だち。さらりとした淡い色の髪は長すぎず短すぎず、長い睫毛《まつげ》の縁取る目は穏やかで、微笑みを絶やさない口元がやさしそうでステキだと、女の子たちには絶賛されている——らしい。

らしい、というのは前述のこれが、最初に寛がミスターコンテスト優勝となった際、聖上学院新聞に取りあげられたときの記事そのままだからだ。

ただ、その記事中『キャンパスの王子は成績優秀!! ミスターパーフェクト綾川寛クンの甘い笑顔にトキメキ☆』というキャッチコピーにコーヒーを噴き、友人には爆笑されたのは痛かった。

(そこまですごいもんでも、ないと思うんだけどな)

父親の寛二《かんじ》そっくりなこの顔が、客観的に見て整っているという認識はしている。父は一時期タレント社長としても有名だったこともあり、女性に人気があったのも知っていた。だがなにしろ生まれてこのかた毎日見ている顔なもので、いいも悪いもない。父の遺伝子は強いなあ、などと妙な感心を覚えるくらいだ。

とくに目立ちたがりでもない寛自身の本音を言えば、ちょっと面倒くさい。記事はおおげさすぎて失笑もしたが、他人の賞賛をわざわざ否定してまわるのも不毛な話だ。等身大の自分がどうこう、と語るほど、自意識も強くない。

それが他人の評価ならば、そういうものだろうと受けとめるまで。なにより、自分がいわゆる『人気者』であることは、いやでも自覚せざるを得ない現実である。

「綾川さーん」

「寛くん、こっち向いて！」

きゃっきゃという声が聞こえ、振り返ったとたんに携帯内蔵カメラの撮影音が複数聞こえた。にっこり微笑んだ寛は、はしゃいでいる女の子たちに向かって軽く頭をさげる。

とたん、「かわいい、かっこいい！」という黄色い声は大きくなった。

「こら、勝手に撮るなっ」

カメラマンが手を止め、人垣に向けて声を荒らげる。むっとした顔をした彼女たちは「なにあいつ、うるさい」と口を尖《とが》らせだした。

「あんたに声かけてないじゃん。綾川さんに言ってるのに」

「こっちは許可とって撮影してんだよ。おまえら、ひとの迷惑を——」

腕章をつけた腕をたたいてみせ、乱暴に追い払おうとしたカメラマンの肩に、寛は軽く手をかける。そして、反感をあらわにする彼女たちへと穏やかに告げた。

「すみません、いま取材中なので、すこしだけ静かにしてもらっていいですか」

やさしく笑顔を向けると、顔をしかめていた彼女らはいっせいに表情をゆるめる。

「あのお……写真、撮ったらだめですかぁ？」

そのうちのひとりがおずおずと挙手して問いかけてきた。寛はにっこり微笑む。

「ぼくはかまいませんが、こちらの方々のじゃまにならないように、お願いできますか？」

「じゃ、じゃあ終わったらいっしょに写真撮っていいですか」

大胆なことを言うひとりに「いいですよ」と微笑みかける。わっとはしゃいで、あたしも、あたしもと一瞬だけ歓声があがったけれども、寛がそっと口のまえに指をたてると、あわてて全員がうなずき、無言になった。

「お待たせしました。あとは静かにしてくださると思うので」

ブーイングもどこへやら、おとなしく見守っている女子学生たちをうろんな目で眺め、女性記者は不服そうに眉《まゆ》を寄せた。

「ねえ綾川さん、写真ＯＫとか、あんなこと言っていいんですか。やたらなところに写真だされたらどうするんです？」

「かまいません。なにも悪意があって撮ってるわけじゃないでしょうし、ぼく自身は、もうあちこちに顔だしずみですし」

ミスターコンテストにエントリーされた候補者は顔写真とプロフィールを公開、ブログや個人サイトなどがある場合にはそれも公開される決まりになっている。変に神経質になったところでいまさらの話だ。

相手の求める笑顔を向ければ喜んでくれるなら、開き直ってしまったほうが勝ち。鷹揚《おうよう》に笑えば、彼女は渋い顔をした。

「でも、綾川さん知ってます？　無断販売されてるあなたの写真、多いんですよ。学校裏サイトなんかで、サムネイルでの注文式で焼き増ししてたり、ダウンロード販売までやってるのもあるって噂もありますよ」

冗談のような話だが、寛のブロマイド写真は学内だけでなく近隣女子校などにまでニーズがあるとか、どうとか。寛は何度か耳にした噂話をあっさり否定した。

「ああ。それは嘘ですよ。友人が確認してくれたんですけど、中学や高校で、修学旅行の写真を焼き増ししたりしたでしょう？　あれと似たようなものですよ」

たしかに女の子たちの間で寛の写真やデータを売買していることもあったそうだが、もとのデータを持っていたサークルの後輩に確認したところ、あくまで知人間でのやりとりのみ。仲間内での、お遊びのアイドルごっこみたいなもので、販売といっても実費と手間賃程度のものしかとっていない、とのことだった。

「ひとりで二十枚とかまとめ買いした子もいるにはいたそうで。それが『何十枚も売れた』って話に拡がったらしいです。尾ひれがついておおげさな話になってるだけですよ」

さらりと言って、風に乱れた髪をなにげなくかきあげると、またどこかから「きゃー」という声と撮影音が聞こえた。さきほど注意されたグループがそちらに向けて「静かにしなよ」などと注意している。

「あながちおおげさじゃないんじゃゃ……」

もはや慣れっこの寛は意識すらしていなかったが、カメラマンはいささかあきれた顔で首をひねった。寛は「そんなことはないですよ」と笑う。

「きょうは取材で目立ってますから。いつもこんなじゃないですし、いずれにしろ、目くじらたてるほどでもありません」

「……本人がいいなら、いいんですけど。でも肖像権とか……」

いまのいま、自分を撮影するためのカメラを手にした張本人がぶつくさ言うのがおかしくて、寛はこっそり笑いをかみ殺した。

(そもそもあおってるのは自分たちなのになあ)

インタビューの場所にわざわざこのカフェを指定したのは、取材する彼らだ。撮影時の絵《え》面《づら》のよさはもちろん、注目を集めることができるからというのは言われずともわかる。

無駄に目立つ行為は気恥ずかしいけれど、それこそ三年目、もう慣れた。

「脱線してしまいましたけど、本題に戻りませんか?」

まだぶつぶつ言っているふたりに水を向けると、記者のほうは「そうですね」と愛想笑いを浮かべてインタビューに戻った。

「さて、プロフィールはもうとっくに皆さんご存じでしょうから、そのへんは割愛して。綾川さんが最近、興味があることは?」

「自然食について勉強をはじめてますね」

「自然食。すでにご実家の仕事を手伝われているという話ですが、それ絡みで？」

「手伝いと言ってもアルバイトですし、絡み、というわけではないのですが……そうですね、影響は受けていると思います」

寛の父、綾川寛二が友人である齋藤《さいとう》弘《ひろむ》と興したロハス系ブランド『グリーン・レヴェリー』は、創業から二十年近くを経たいまも順調に業績を伸ばしている。

オーガニック素材を活かした自然食レストランにカフェ、雑貨ショップに、マッサージやアロマテラピーなどの癒し系サロン。化粧品やサプリメントなどの開発も手がけ、どれも女性たちを中心にしてロングセラーのヒット商品となっている。

大学にはいってからは、雑用がてらのアルバイトもさせてもらっていて、各種のセラピーについても学んでいるところだと寛が答えると、記者は目を輝かせた。

「美肌なのは、やっぱりケアが行き届いてるからですか？」

「……美肌、ですか？　いえ、特になにもしてないんですけど、食生活は気をつけてます。昔アレルギーもあったので。当時の習慣もあって、食べものはあっさりした和食が好きです」

幼いころの寛は食事や身につけるものに気をつけないとならないアレルギー体質だった。成長とともに体質が変化し、いまではまったくの健康体。父親には「育ちすぎだ」と言われるほどになった。

「じゃ、次の質問です。ポータルサイトに寄せられたもので、いちばん多いのは、彼女はいるのかということなんですが――」

その後はいささかゴシップ的な、興味本位としか思えない質問が続いた。「いまは彼女はいない、恋愛についても焦っていない」と優等生の返事をしつつ、内心こっそり苦笑する。

(芸能人じゃないのになあ)

たしかに歴代ミスターにはタレントになった人物もいるけれど、寛自身はただの学生だし、このさきアイドル的な活動をするつもりもない。彼女の有無など聞いてどうするのだろう、というのが本音でもあるが、こういうのもマスコミ的様式美なのだろう。

とはいえいやなら辞退すればよかっただけの話だ。祭りは、御輿《みこし》に乗るがわが照れているほうが見苦しい。

なにより、目立つことにも利点はある。

「ミスターキャンパスとして賞金がでるほかに、特典として、このカフェで一年分のランチチケットをもらったそうですが、お勧めは?」

「どれもおいしいですよ。チケットについては、友人でもOKということでサークルの後輩とかに譲ったりしていますが」

「サークルといえば、綾川さんはボランティア活動にも熱心だそうですね」

ようやくインタビューが本題に近づき、寛はほっとした。

「はい。専攻も社会福祉ですので、教授にご紹介いただいたボランティア系のNPO団体と協力して、サークル『フロイントシャフト』のメンバーそれぞれで奉仕活動に参加しています。サークル名はドイツ語で『友情』を意味するものです」

「内容的には、どんな活動を？」

「海や山でのゴミ拾い、福祉施設でのイベントなど、活動は多岐にわたっています」

俄然《がぜん》力をいれて、サークルの活動について寛は語った。じつのところ、寛がこうしてお祭り騒ぎに参加しているのは、あくまでボランティア活動の宣伝のためだ。

独居老人の家へおもむき、掃除や料理などのサービスを補助したり、災害地域への救援の手伝いをするなどの活動もあり、いつでも人手は足りないし、資金も不足している。

そうした輪を拡げるには、ローカルなものとはいえメディアの力も有効だと寛は割りきっていた。だからこそ『ミスターコンテスト』なるイベントにも参加し、客寄せパンダのような真似をしているのだ。むろん賞金も活動資金にまわしている。

「ボランティアに参加なさりたい方はいつでも募集しています。各種の募金や寄付、活動資金の援助などに関しては、サークルのサイトからインフォメーションしていますので、ご覧いただけると嬉しいです」

インタビュアーはおおげさなくらい「ステキですね！」と笑ってみせた。

「さすが、ミスターパーフェクトは内面もカッコいいんですねえ。尊敬します」

「いえ、できることをやっているだけですので……」

寛がかすかに苦笑すると「謙遜《けんそん》なさらなくても」「本当にすごいことですよ」と無駄に大仰な讃辞《さんじ》が続いた。

（だいじょうぶかな。持ちあげられすぎるのも、困るんだけど）

必要なら、使えるものはなんでも使う。さきほど記者が言った特典のランチチケットはボランティアに参加するメンバーへの報酬代わりにするためだし、人集めにはこうしたインタビューで呼びかけるのがいちばん早い。

だがやたらに大仰にされても、真意が伝わらなくなってしまう。できれば記事中であまり演出しないでくれ……とこっそり願いつつ、褒めちぎっている記者の言葉をやんわり制して、寛は言葉を続けようとした。

「サークルには、他大学や高校生なども参加することはできます。もし、そうした活動に興味のある方がいたら、ぼくに直接でも、サークルのほうにでも連絡をいただければありがたいので――」

寛が肝心の連絡先を口にするまえに、げらげらという耳障りな笑い声が聞こえてきた。

「うげえ、超優等生。つうかあそこまで清く正しいと気持ち悪いよな」

「お掃除だいちゅきミスターキャンパスぅ。かっこいーっ」

すこし離れた場所からいきなり大声で揶揄《ゆが》されて、寛は目をしばたたかせる。

インタビュアーは困惑したように顔を歪め、動画を撮っていたカメラマンはあわててムービーのスイッチを切った。

(なんだ?)

寛が通りに目をやると、にやにやしながらこちらを見ている数人の男がいた。金髪に多数のピアスなど、派手で自堕落な印象の強い彼らは、真っ昼間だというのに酒でも飲んでいるようなテンションで寛たちを冷やかしている。

あまりタチのよくない連中の姿に、さきほどまでミーハーに寛を眺めていた女の子たちは顔をしかめて数歩あとずさっていた。

「……内部のサークルで、タチの悪い連中だよ。放っておいたほうがいい」

カメラマンがあちらと目を合わせないようにしながら、小声でつぶやく。『内部』という言葉にかすかな軽蔑《けいべつ》がにじんでいて、寛は内心でこっそり顔をしかめた。

(そういえば、このひとも大学からの入学だっけか)

この学校には、エスカレーター式であるがゆえの悪い側面もあった。

幼稚園から持ち上がりの内部生のなかには、環境が変わらない安定感が怠慢につながり、遊びにばかりかまけてしまうものもいる。そのため高校、大学と、厳しい試験を受けてから入学した外部生とでは偏差値に大きく差がつくという現象が起きていた。

内部生は長年私立校に通わされているだけあって、富裕な両親というバックボーンがあるため、中流家庭から進学してきた外部生を下に見る。外部生は外部生で、金にあかせてブランド校に通っていると、内部生をばかにする。要するにどっちもどっちの敵愾心《てきがいしん》なわけだ。

人間がいる限りいつの時代にも勝者と敗者の格差は存在するわけだが、この場合の勝負は非常に不毛で意味がないと寛は思っている。

(同じ学生同士で反目しても、意味はないと思うんだけど)

大学生にもなって幼稚な話だと思うけれど、世の中いろんなタイプの人間がいるのは当然だし、価値観はそれぞれだと納得するしかない。

そして寛自身が好むと好まざるとに拘《かか》わらず、目立つことをすれば敵意や中傷の対象になるものだとあきらめている。三年連続の慣れもあり、この場は穏便にやりすごそうとしたけれど、次の言葉にはさすがに眉をひそめてしまった。

「オカマのパパは元気でちゅかぁ？　お小遣いもらってるう？」

父、寛二が女装していたのはもう十五年もまえの話になるが、ずいぶん古いネタを持ちだしてくるものだ。寛にはめずらしく不愉快な気持ちになったが、反応するのもばかばかしい。ため息ひとつで無視しようとしたが、いきりたったのは記者のほうだった。

「ちょっと、失礼じゃないの！」

鼻息荒く彼女は立ちあがる。勢い、倒れそうになったコーヒーカップをさりげなく手でささえ、寛は「気にしてませんよ」と告げた。

「しばらくしたらいなくなるでしょうし、ただの冷やかしでしょうから」

「でも、公共の場でのあの発言は名誉毀損《きそん》に」

「小学生レベルの悪口ですし。放っておいてかまいませんから」

「あ、あら、そうですか？」

寛がにっこり微笑みかけると、彼女は顔を赤らめて、しおらしく腰かけた。

愛想は大事だ。他人が聞けば嫌みだというだろうけれど、寛は自分が笑いかけたあとの、女性のこういう反応には慣れているし、自身の武器になることも自覚していた。

――いいか、寛。顔のいい男は恨まれやすい。だから気をつけろ。

若いころ、モテすぎて面倒も多かったという寛二は、寛の第二次性徴がはじまり、身長がめきめき伸びたころから、恋愛沙汰《ざた》の面倒さについてしつこく説いた。

彼自身は寛の母である彩花《あやか》と、彼女を亡くしたのちには現在の伴侶《はんりょ》以外に目もくれないという一途な純愛主義だが、派手な見た目のせいでいらぬトラブルも多かったらしい。

（まあ、お父さんの場合は性格的に敵も多い気がするけど）

寛は寛二と顔だけはそっくりながら、気性はまるで似ていない。寛二は男気あふれる兄貴肌だが、寛は育ての親でもある父のパートナーのほうに性質が似てしまったようで、基本的にテンションは高くないし、穏やかなほうだと自分では思っている。

そのため、こんなふうに騒がれるようになるまでは、比較的大きなトラブルなどもなく、平和に人間関係をやりすごしてきた――つもりだったのだが。

「さすが、偽善者は言うこと違うよな」

吐き捨てるような声は、さきほどの野次馬たちの揶揄とは違い、すぐ近くから聞こえた。

はっとして振り返ると、寛の座った席のほど近く、背後にあるテーブルには、小柄な青年の姿があった。フレームの厚い黒縁メガネをかけ、長めの黒髪のサイドだけをうしろで縛り、そのほかは顔を隠すように垂らしている。

(誰だ?)

いままで見たこともない相手だ。地味そうな見た目に反するきつい口調にあぜんとして、思わずまじまじと眺めてしまった。

きゃしゃな体格に似合わない、だぼっとした服装のせいで、一見ひどく冴《さ》えない印象だ。しかしよく見れば、伸ばしっぱなしの髪から覗《のぞ》く顔の輪郭はすっきりとして、鼻筋も唇も整っていた。およそファッションというものを無視したようなその髪型が、まるでなにかを隠しているかのようで、ひどく気になった。

(隠す……でも、なにを?)

自分の発想がよくわからないまま寛がじっと見つめていると、彼はいかにもいやそうに顔を歪めた。

「なに、じろじろ見てんだ」

「あ、失礼」

反射的に愛想笑いを浮かべると、彼は鼻で笑った。

「うさんくせえ。難癖つけられて笑うのかよ。誰でも彼でもお愛想よくして、よくやるな」

さすがに絶句した寛の代わりのように、隣にいたカメラマンが「おい」と声を荒らげる。

「失礼だろ。なんなんだよいきなり」

その抗議に対して返ってきたのは、ひねくれた笑みと毒舌だ。

「へえ。あっちは黙ってやりすごすのに、見かけ地味だと文句言えるんだ。かっこわる」

「なっ……てめえ！」

いきりたったカメラマンは、彼に摑《つか》みかからんばかりになった。だが寛が止めるよりはやく、背後から強く肩を摑まれ、カメラマンはぎくりと立ちすくむ。

「なになに、絡まれてんの？」

「うわあ、マスコミ志望はさすが違うわー、弱い者いじめ得意だわー」

「俺そういうやつきらーい」

「だよな、笹塚《ささづか》、正義感つえーからなあ？」

にたにたと笑いながら寛らを囲んで威圧してきたのは、さきほどの不良っぽい連中だ。カメラマンは「な……いじめって」と口ごもる。

「いじめだろ？　だめじゃん、こういう公共の場で暴力とかさあ」

「いっ……！」

笹塚と呼ばれた鼻ピアスの男にぎりぎりと摑んだ肩を締めつけられ、カメラマンはうめいた。「いー、だって」と笑いながら、きゃしゃな体つきのメガネの彼へと顎《あご》をしゃくった。

「岡《おか》ちゃん、こいつどうする？」

「岡崎《おかざき》くんのいいようにしてやんよ？」

金髪の男も、好戦的な笑みを浮かべてうなずく。彼らはどうやら、見た目だけはおとなしそうな青年――岡崎の、知りあいのようだ。

記者とカメラマンのふたりは青ざめ、寛はかすかに眉を寄せたが、岡崎はげんなりしたように大きなため息をつく。そして不良たちに対しても、やはりさめきった目を向けた。

「笹塚、相葉《あいば》。おまえらよけいな真似すんな」

ひややかな岡崎の言葉に、金髪の相葉が「えー!?」と声を荒らげる。笹塚も不服そうな顔をして、カメラマンから手を離した。

「なんでよ、岡ちゃん。むかつくじゃん、こいつ」

「なんでもなにも、絡む価値もねえやつに無駄な時間使うことないだろ」

「えええー、だって、岡ちゃんがさあ……」

見た目はいかにも悪そうなのに、笹塚の声の感じはずいぶんあまったれて幼く感じられた。

岡崎は読んでいたらしい文庫本を閉じるとバッグにしまい、さっと立ちあがった。

「俺も無駄なことしたって、いま後悔してんだよ。恥の上塗りさせんな」

口から飛びでたのは、相変わらずのきつい言葉だ。その岡崎は、ほんの一瞬だけ顔をめぐらせ、寛を睨《にら》みつけてきた。

「ほんと、こんなやつにかまうだけ、ばからしい話だ。くだらねえことしたよ」

「え……」

自分に向けて発せられた声と視線のすさまじさに、寛はたじろいだ。

(なんだ？　なんで睨まれてるんだ)

地味そうな見かけと裏腹、彼は厚いレンズ越しにもわかる、敵意もあらわな視線を向けてきた。ただのやっかみでも、嘲笑《ちょうしょう》でもない。こちらを射貫《いぬ》くような強烈な悪感情だ。

ここまで恨みを買う覚えもない、どころか彼の名前にも顔にも覚えがない。いったいなぜ、と寛が戸惑っているうちに、岡崎はさっさときびすを返した。

「……いくぞ」

「待てって、ちょっと」

笹塚と呼ばれた男はあわててあとを追い、残った連中もまたそれに続いた。残された寛らはただあっけにとられ、その姿を見送る。

「なんだったのよ、いまの」

「さあ……有名人へのやっかみ、じゃないですかね」

茫然《ぼうぜん》としていた記者が、惚《ほう》けたようにつぶやく。カメラマンはやれやれとかぶりを振った。

「笹塚って内部生の一年でしょ。ひどい素行だったのに、大学あがれたんだ」

「そりゃ、パパがパパだからって話じゃないんですか？」

寛は妙な胸騒ぎに気をとられ、苦々しげなつぶやきをこぼす彼らの言葉のほとんどが聞こえていなかった。

（なんだろう、これ）

とおりすがり、絡まれただけの相手だ。いつもならば、忘れてやりすごすだけの、ささいなアクシデント、そのはずだった。

だが寛は、あの毒気の強い凛《りん》とした響きを持つ声とあざけるような笑みに、なぜか不快感を覚えるより、強い興味を覚えている。

岡崎は、柄の悪い連中のなかでひときわ細くちいさく見えた。なのに、とても堂々としていた。そしてほんのかすかに、脚を引きずるような歩きかたをしていることに寛は気づいた。

（怪我《けが》、してるのかな）

どうでもいいことのはずなのに、どうしようもなく気になる。寛は彼の去っていくうしろ姿を目で追いながら、そんな自分に戸惑っていた。


微妙な空気の悪さを感じながら、岡崎來可《らいか》はできる限りの速さでその場を離れた。背中に

art

は複数の視線が突き刺さり、うっとうしいことこのうえない。

（いらんことした）

わざわざ自分から絡みにいくなど、ばかのすることだ。失敗した自身にほぞを噛《か》みつつ、冷えのせいで軽く痛む脚を引きずっていると、背後から追ってきた男に肩を摑まれた。

「おい、いいのかよ岡ちゃん」

「いいって、なにが」

「あのまんま、あの野郎、ほっといていいのかっつってんだ」

「あんな場所で問題起こしてどうすんだよ。完全に悪者なの、こっちだろ」

肩にかけられた笹塚亮太《りょうた》の手を、來可は乱暴に払った。きつい目で睨んでやると、亮太はせせら笑うような顔をする。

「いまさらだろ、そんなん。高校でもあるまいし、多少評判悪くたって内申書があるわけじゃない。べつに痛くも痒《かゆ》くも――」

來可はいらだち「亮太」と鋭い声で呼ぶことでうそぶく彼を制した。気まずそうに口を尖らせる彼は、がりがりと頭を掻《か》いたあとに、納得いかないようなため息をつく。

「わかったよ、來可」

ひさびさに呼ばれたしたの名前に、びくっと身体《からだ》がこわばる。おそらくそれは近くにいる亮太にも伝わってしまっただろうけれど、なにも言わせないために口早に叱責《しっせき》した。

「名前、学校では呼ぶなっつっただろ。せっかく名字変わったのに、意味ないだろうがよ」

かつての同級生らも大学内には複数いる。インパクトのありすぎる名前はあのころの記憶を刺激しかねない。せっかく手に入れた平和を乱す気かと睨めば、亮太は顎を引いた。

「……わかったよ、岡ちゃん」

この大学では同じ一年ながら、亮太と來可のじっさいの年齢差は四つ。來可のほうが年上だ。彼の兄である笹塚健児《けんじ》が同じ中学と高校にいた友人で、近所の幼馴染《おさなな　じ》みであったため、いくら図体が大きくなろうとも彼は來可に逆らえない。

「でもさ、名字変えるなら、いっそ笹塚にすりゃよかったじゃん。わざわざ戸籍わけてまで、母さんの旧姓にするとかさ――」

「それでおまえらと同じ籍にはいるのか？　冗談じゃない」

笹塚兄弟の父親と來可の母が再婚したのは一年ほどまえのことだ。

笹塚父はいまから十年まえに伴侶と死別しており、來可の母は離婚ずみ――厳密に言えば、來可の父の場合は七年以上の失踪《しっそう》による婚姻解消だが――だったため、熟年再婚についてこちらが口をはさむ必要はないと判断し、本人たちの好きにさせた。

それをきっかけに、來可も独立戸籍をとって名字を変えた。旧姓は犬飼《いぬかい》だ。そのうえで息子に〝ライカ〟と名づけるセンスと、宣告されるほど長期にわたる失踪という事実だけで、血縁上の父がどんな人間だったのか、笹塚と再婚するまでの母がどんな人生を送っていたのか、説明するまでもないだろう。

大手企業の役職であり、裕福な男やもめだった笹塚が、夫に出奔された來可の母と知りあったのは、來可と健児の保護者会でのことだった。母子の境遇に深く同情し、知人のよしみで家政婦として雇ってくれたこと、その後もなにくれとなく気にかけてくれたことは、來可も本当に感謝している。

伴侶を失って寂しかった彼らがお互いに慰めを求め、穏やかな恋に落ちたことも、きちんと理解しているつもりだ。そして——來可に起きたあの事件のあと、悩んだ母の支えとなってくれたことも。だからこそ來可はこれ以上、笹塚の家に頼りたくはなかった。

「やっとあの名前から自由になったんだ。いまは、ひとりでいたい」

「でも……」

「亮太、口をだしすぎだ」

きつく睨むと、彼は大きな図体を縮めて上目遣いになった。

笹塚と縁組みしたのは母で、來可が養子にはいった事実もないのだが、亮太のなかで來可は一応〝兄〟にあたるらしい。なにより聖上学院高校、つまり内部生のなかでも下の下、といっていい成績だった亮太の尻をたたき、勉強を教え、とぎれそうだったエスカレーターのベルトにかろうじて乗せたのは來可だ。頭があがるわけがない。

そんなわけで、亮太がいくら悪ぶってみせたところで、來可には痛くも痒くもない。だが長いつきあいゆえに、知られたくないことまで知られているのが面倒くさい。

「でも俺、まさかあいつに岡ちゃんが声かけるとは思わなかった」

納得しかねるようにつぶやく亮太を、「声かけたわけじゃない」と來可は切り捨てた。

「だって、自分から口きいたじゃんか。ずっと近くにいたしさ、それに」

「あいつらがあとからきて、ぎゃあぎゃあうるさかっただけだ」

冷えきった声で告げた來可に、亮太は口をつぐんだ。不服そうに歪んだ唇が、むずむずと動いている。見かねたのか、黙ってなりゆきを見ていた相葉が口をはさんできた。

「なあ岡崎くんさあ、亮太にやつあたりしても意味ねえだろ。あいつが気にいらないのはわかるけどさ、だったら正面切ってツブしちまえば」

「できもしねえこと言うな」

よけいな世話だと睨みつけたら、こちらも黙りこんだ。相葉もまた内部生で、どれだけ見た目を派手にしていきがってみせようともしょせんはおぼっちゃま、本気ですさんだ相手にけんかを売れるほどの度胸はない。

そして彼も亮太におなじく來可に勉強をみてもらった口だ。力関係は歴然としていた。

(根は悪いやつじゃないんだけどな)

ちょっと落ちこぼれて、ちょっとぐれて、ちょっとアウトサイダーを気取っているだけの彼らは、見た目だけ強面《こわもて》でも來可にすればかわいらしいとしか言えない。

すくなくとも親の財力や権力をおのがものと勘違いしないだけの良識はあり――だからこそ、立派な親とちいさな自分のギャップに戸惑って、ひねてしまうわけだが。

まともな神経を持っているほうが、世のなかは生きにくいものだ。

ため息をついて、「あのな、まじめに忠告するから聞け」と來可は言った。

「綾川寛を敵にまわすってのは、あいつの取り巻きぜんぶ敵にまわすってことだ。それがどういうことか、わかってないだろ」

うっそりと嗤《わら》う來可に、亮太と相葉は顔をしかめた。

「取り巻きって、なんだそれ」

亮太はともかく、本気でわかっていないらしい相葉に「学内の有名人のことくらい知っておけ」と舌打ちして、來可は説明してやった。

「ボランティアサークルの所属人数は、綾川の代で膨れあがって、幹部だけで十五人いる。末端のサークルメンバーは百人超えたって噂だ。それ以外にも、あいつに心酔してるファンもいる。それぜんぶが敵にまわったら――そうじゃなくても、その連中の間で風評たてられたら、おまえらの大学生活ほんとにおしまいだぞ」

基本的にこの学校での外部生と内部生には深い溝があるが、なかにはそんな対立構造すら吹き飛ばすような人間も現れる。

外部生でありながらおぼっちゃま、かつ成績もよく見目もよく、しかも性格もよくて友人も多い。運動神経も抜群なうえに、リーダーシップもとれる人格者。

おかげで支持者も信奉者も多く、教授の覚えもめでたい。誰にでも好かれ誰にでも愛され、奇跡的なくらいに敵のいない男。

それが、綾川寛のまわりからの評価だ。

「じゃ、なに？　綾川がそいつら使って、俺らつぶしにくるわけ？」

「そんなんじゃねえよ。やっかんでる連中なんざ、あいつは相手にもしない。おまけに直《じか》に話せば、アンチも取りこまれる始末だ」

「取りこまれるって、なんだそれ。ありえねー」

鼻で笑う相葉に、來可は「そう思うんだよ、最初は」と皮肉に口を歪めた。

「トップに居続けてるには、それなりの理由もある。要は、カリスマ度が半端じゃないんだ。高校時代もそうだったからな。反感持って相対しても、しまいにはあいつの話術にまるめこまれるんだよ。ひとに刃向かったり妬《ねた》んだりする人間は、どこかでその相手に、自分を認めてほしがってるもんだから」

嫌悪の感情が強いほど、相手への興味もまた強かったりするものだ。綾川寛は、そういう相手が食ってかかってきたとき、けっして怒らない。ただやんわりと受けとめてしまう。

――なにか、行き違いがあるなら正したいんです。まずは、話してみませんか？

あたたかく穏やかな表情で毒気を抜かれ、やさしい声の語り口にほだされる、そんな人間を來可は何人も見てきた。

じりっと胸が焦げる。封じこめた記憶を刺激する思い出を振り払い、來可は冷たいくらい事務的な口調で「とにかくやっかいなんだ」と言った。

「綾川はおっとりして見えるけど、相手説得するまでの根性も相当なもんだぞ。頭がいいのはもとからだし。ああいうやつは政治家と同じで、遠くにいるとむかつくけど近づくと、『案外いいやつじゃん』ってな具合に、反感が強かったぶん、はまるんだ」

「はまるって、どういう」

「なんつうかな。洗脳はずし、みたいな感じだ」

彼の保護者には本職のセラピストやカウンセラーがいるという話で、幼いころからそういうメンタルケアの場に関わり続けていたせいか、寛自身はなんらの資格はなくとも、根っから相手の心をほどくことに長《た》けている。おまけに年齢にしては過分なほどに忍耐強い。

顔も声もよく、学生の身分ながらトップステイタスを持つ男が、じっと目を見てどれほど声を荒らげてもけっして怒らず、理解を示してくれる。しかも不平不満を受けとめ、いつしか相談のようになり、直接話すだけで、楽になったと感じさせる。

そんな人間と関わりを持てば、ちょっとだけ以前の自分よりも、いいものになった気分になれる。だから皆、綾川寛に惚《ほ》れこんでしまう。

かつての自分がそうだったように——。

（ほんと、ちょろいもんだった）

くすり、と來可は嗤った。我ながらいやな嗤いだった。気づいた亮太が気遣わしげに眉を寄せ何か言おうとしたのを、睨みつけることで黙らせる。

「べつにおまえらが、あいつと仲よくしたけりゃ、そうしていいんだぞ」

「なんだよそれ。べつにそんなつもりはねえし」

亮太は「冗談じゃねえよ」と言うけれど、こういうタイプほど寛に直接会ったら変わってしまうことを來可は知っていた。

唯一なびかなかったのは亮太の兄、健児くらいのもので、彼もまた強烈なキャラクターの持ち主だけに、高校を卒業するまで反目しっぱなしだった。

健児に対して複雑なコンプレックスを持つ亮太は、だからこそ危ない。

肺の奥から息を吐きだし、來可はさきほどから皺《しわ》の寄っていた眉間《みけん》をどうにかほどいた。

「なあ亮太。俺が原因で、綾川寛に反感持ってるなら、それもばからしいからやめとけ」

「でもっ……」

「俺はもういいんだから。きょうはうっかり、虫の居所悪かっただけだ」

好きの反対はきらいではなく、無関心。言い古された言葉のとおり、來可は寛に対してどんな関心も持ちたくはなかったし、関わるつもりは毛頭ない。あんなふうに口走ったのは、不快な過去の要因が、大学にはいって以来いちばんのレベルで近くにいたからだ。

もう忘れたい。忘れている。いちいち自分に言い聞かせていること自体、まだ風化していない感情を意識させて、ひどくいやだった。

「岡ちゃん……」

黙りこんでいると、亮太が心配そうな声をだす。情をかけられることすら拒むように、來可はかぶりを振った。

「まえから言ってるけど、あんま俺に絡むな。せっかく大学はいったんだから、もうちょっと楽しくすごせ。それから、きょうのことは健児に言うな」

きっぱり釘を刺すと、亮太はむっとしたように顔をしかめ「言わねえよ」とつぶやいた。だが目を逸《そ》らしているあたり、約束を破る気まんまん、といったところだろう。

「健児にばれて、あいつが引っかきまわすようなことになったら、許さねえからな」

さらに打ちこんだ釘はようやく刺さったらしく、亮太はぎくっと身をこわばらせる。もう何度目かわからないため息をついて、來可は歩きはじめた。

「なあ、どこいくんだよ」

「図書館。資料整理のアルバイト、頼まれてんだよ」

手伝うか、と問えば冗談じゃないと彼らは首を振る。わかりきっていた答えに皮肉に嗤って、來可は冷えた風に痛みの増した脚を引きずる。

(ほんと、なんで同じ大学にはいっちまったかな)

あの男のことを考えたくなくて、知りたくなくて、すべての情報を遮断した。その結果がこんなことになるとは。

取り返しのつかないほど歪んだ人生をもとに戻すため、ただ勉強だけに打ちこんだあのころ、大学のポータルサイトなど見る余裕はなく、また見たくもなかった。

ドロップアウトした自分と違い、順風満帆にキャンパスライフを送っている連中の顔など見たら、押しこめた憤怒と苦しみ、それによって浮かぶ呪詛《じゅそ》のようなものが身を蝕《むしば》んで、なにもできなくなると思ったからだ。

この大学を選んだのも、成績優良者への学費免除や奨学金の制度がもっとも整っていて、うまく利用すれば、金銭負担が公立校並みに軽くなるとわかったから、それだけの理由だ。むろん低いハードルではなかったから、トップクラスの成績で入学すべくがんばった。そしてひたすらテキストと向きあうだけの時間をすごし、目標は叶《かな》えた。

だからこそ、ようやく入学した大学で彼を見つけたときは、心臓がつぶれるかと思った。それから半年が経過しても、來可の感じる苦痛は去らない。

「こんなことで、つぶれてたまるか」

うめくような声でつぶやき、來可はひたすら足を動かす。

ずきずきと疼《うず》く古傷は脚だけではなく、胸の奥にもあることを、いまは考えたくなかった。

寛がどうにかインタビューを終え、サークル棟にあるボランティアサークルの部室に顔をだすと、日がよく当たるその部屋では、友人の赤羽俊樹《あかばねとしき》がにやにやしながら待ちかまえていた。

「ようミスター、お疲れさん」

赤羽は椅子のひとつに座ったまま雑誌をめくり、組んだ長い脚をテーブルに載せるというだらしない格好をしたまま、日に焼けた顔でにやっと笑った。

「あはは、やめてください。ほかのひとは？」

「きょうはべつにミーティングもねえだろ。暇人じゃなきゃ寄りつかねえよ」

暇人代表がそう言って笑い、寛もつられて笑った。

「それはいいけど、その格好はやめてくださいね」

赤羽の臑《すね》を軽くたたいて行儀の悪さを咎《とが》めると、いたずらが見つかった子どものような顔で、友人は素直に従った。

「にしても、なんだか……」

ぼそりとつぶやいたとたん、雑誌に目を落としていた赤羽が「なに？」と顔をあげる。

「……ずいぶん散らかってませんか？」

このところミスター騒ぎの対応に追われ、ひさしぶりに顔をだした部室は少々、というかかなり雑然としていて、寛はすこし驚いてしまった。

入口から縦長のかたちをした部室の壁面には大きな書架があり、サークル名簿にボランティア系施設などの各種資料や書籍がみっしりと詰まっている。

採光がよいようにと設計されたため窓は南向き。部屋のまんなかには大きめの会議テーブル、十人ぶんのパイプ椅子。いざ活動をする際の会議や打ち合わせのため、倉庫には二十脚ほど常備されているが、それらもボランティアのリサイクル活動のついでに譲っていただいたものばかりだ。

古いものを使っても清潔に感じさせるには、掃除と整理整頓が欠かせない。

しかし現在、テーブルのうえには書架からだしたっきりとおぼしき資料や書類、一応洗ってはあるカップが放置され、そちこちの椅子には誰かが置いていったらしい古びたジャケットがかかったまま。座面にはマンガ雑誌が数冊積まれている。

この部屋は広さにすると二十畳ほどあるため、足の踏み場もないというほどではないが、全体にかなり雑然としていた。

「たしか、先週はここまで散らかってなかったと思うんですが」

「ああ、わりぃ。おまえがいないと、どうも掃除に目が行き届かなくて」

「だしたものはしまう、をこまめにやればいいだけですよ？」

俺も整理整頓は苦手で、と拝む赤羽に、寛はあきれの混じった軽いため息をつく。軽くしかめた顔に、友人は気づいたらしい。

「なんだ、ほんとに疲れた顔してんな。さっきの騒ぎのせいか？　一年に絡まれたんだろ」

「……なんで知ってるんですか？」

大学の敷地は広大で、カフェからサークル棟まで、けっこうな距離がある。聞こえたわけもなかろうと首をかしげる寛に、赤羽はポケットからだした携帯端末を振ってみせた。

「ライブ中継とはいかなかったけど、コレでね」

「……なるほど」

野次馬のひとりに彼の友人がいて、顚末《てんまつ》を報告してきたということだろう。苦笑して向かいのパイプ椅子に腰をおろした寛に笑いかけ、赤羽はフットワークも軽く立ちあがり、流しのまえにあるお茶セットを手にとった。

「お疲れの綾川をねぎらってやろう。どうせインタビュー中、ろくに飲み食いしてねえんだろ。紅茶、日本茶、ウーロン茶、あとコーヒー」

「ありがとうございます。それじゃ、コーヒーで」

インスタントのコーヒーを手早く作った赤羽が「ほれ」と紙コップを差しだしてくる。受けとった寛は、吹きさましながら好みの味になったそれをひとくち飲んだ。

秋口とはいえ、小一時間外で風に吹かれていた身体は思った以上に冷えていたようで、食道を熱い液体が滑り落ちていく感覚にほっとする。

「で、絡まれてた話。だいじょうぶだったか」

赤羽がコーヒーをかきまわしたマドラーを口にくわえたまま、不明瞭《ふめいりょう》な声で問いかけた。

「ああ、まあ。あの手のひとたちは、気にしなければとくには問題がないので。むしろインタビューのほうが疲れましたよ」

寛の答えを聞いた赤羽は、「それも不思議な話だよな」と首をかしげた。

「不思議って、なにがです？」

「おまえくらい目立ってれば、もっとやっかまれてもおかしくないってこと。毎回、たいしたトラブルにもならずにすんでるのは、人徳なのかね」

「それなりに、いろいろあるとは思いますが。この間も、人気取りだとかいい子ぶって媚《こ》びてるとかなんとか、コメントがきてましたし」

でる杭《くい》は打たれるの言葉どおり、ポータルサイトで三年連続ミスターとなった寛のもとには、ネットを通じてさまざまな言葉が寄せられる。個人サイトやブログは持っていないため、代わりにボランティアサークルのSNSとブログを紹介してもらっているのだが、中傷じみたメッセージもすくなくはなかった。

だが「それでも平和なほうだろ」と赤羽は否定した。

「コメントだのメールの全体数に較《くら》べれば、微々たるもんだってんだよ。荒らされるほどの状態になったことねえだろ。まあ、失態もなきゃ失言もしてねえから当然だけど」

「どんなひとでも、大抵は話せばわかることですから」

誹謗《ひぼう》中傷が跋扈《ばっこ》していると言われるネットの世界も、本当に非のない人間を相手にする場合は大きなトラブルになることはない。むろん知名度に比例して、根も葉もない言いがかりをつける人間ややっかみを持つ人間は増えるけれども、対処を誤らなければ炎上することはないものだ。

なにより寛自身は、しょせん自分は学生という狭い世界での『有名』レベルでしかないことを充分知っている。

「そもそもぼくは芸能人じゃありませんしね。メディアにでるのが仕事の、全国的に有名なひとたちなんかだと、さすがに大変なこともありそうですけど」

「ああ、そっか。本物の有名人も知りあいに多いんだっけな」

「父の、ですけどね。ぼく自身は、たまたまちいさいころにかわいがっていただいただけで」

女装やオネエタレントがメディアで流行しはじめた時期、父の寛二はテレビ出演の回数もかなり多かった。本人曰《いわ》く、ただの賑《にぎ》やかしだったと言うが、その当時の伝手《つて》で知りあったタレントらとは、いまだに交流もある。

また父の会社の共同経営者でありプロデューサー『彩《サイ》』としても有名な齋藤は、ハーブやマクロビオティックに関した著作も数多く出版されている。本人がとてもシャイな性格のため、テレビ出演などは寛二が請け負っていたらしいが、もともとは人気ブロガーだったため、ネットの知名度は著書がでる数年前から高いものだったそうだ。

「皆さん、知名度があるぶんだけ苦労もなさってましたけど、上手に流す方法はご存じでしたから。近くにいてくださるだけで、勉強になりました」

ありがたいことですが、と微笑んだ寛に、コーヒーを手にした赤羽はしみじみと言った。

「その丁寧語もなー。ふつう二十一の男がそんな口調だと、嫌みに感じるもんなんだけど」

「うーん……こればかりは、習慣ですからね」

二歳のとき、交通事故で母を亡くした寛は、父と祖母に育てられた。幼いころ、仕事で多忙な父はそれなりに寛をかまってくれてはいたけれど、言葉を覚えるまでに日常のもっとも長い時間をすごしたのは、お嬢さま育ちだったという祖母だ。

そして六歳のころ父のパートナーとなった乙耶もまた丁寧語を崩さない青年で、大好きな彼に受けた影響は非常に大きい。

「つっても、タメ相手にもクソ丁寧に話す理由はねえんじゃね？」

「おかしいですかね」

「いや。身についてるし、もう慣れたから、俺はべつになんとも思わねえけどさ。やっぱ、ふつうに驚くやつもいるだろ」

そう言う赤羽も寛と知りあったときには、うさんくさそうにこちらを見ていた口だ。

綾川と赤羽、同じ『ア行』ということで学籍番号も近く、オリエンテーションなどでは近

くに座ることも多かった。気まずくなるのもいやで、寛がめげずに話しかけていたところ、

「ま、話してみたら悪いやつじゃなかったってことで」――と、ひねくれた物言いでこちらを認めてくれた。

「最初は、なんだこの敬語野郎、気持ち悪いとか思ってたんだけどな」

「ひどいですね」

「いくら言ってもクソ丁寧なまんまだからむかつくんだよ。おまけにモテまくりだし」

小突く真似をしてくる赤羽に「やめてください」と寛は笑う。

「モテるって言われても、ふられるのは毎回、ぼくのほうなんですが」

「そりゃおまえが、あれだろ、自分のものになんねえからだろ」

やれやれと言わんばかりの赤羽に、心外だ、と寛は眉をひそめた。

「浮気なんかしたことはないですよ。それに、どなたとも円満にお別れしてます」

「そういうこっちゃねえんだよ。わかってねえんだか、とぼけてんだか……」

あきれたように言う彼に「本当ですよ」と寛は念を押すように告げる。

たしかに寛の恋人のサイクルは、案外早い。だがそれは赤羽に言ったとおり、告白されてつきあうことも多いけれど、相手から去っていくことも多いだけだ。

「けどさあ、そりゃふられてるのかもしれないけど、おまえもさ、別れたくない、って言ったことねえんだろ」

「それはまあ……というか、言える空気でもない、というか」

別れのせりふはだいたい、同じもの。

――わたしなんかには、綾川くんは勿体《もったい》なくて。つきあえて楽しかった、ありがとう。

夢を見ることができただとか、記念になったとか言われることもある。

なにがどう勿体ないのか、感謝されることなのか。ときどき首をかしげはしたけれど、寛もおおむね楽しくつきあえるので「こちらこそありがとう」と返すしかない。

「ぼくとつきあってみて、なにか違ったと思われたのなら、引き留めるほうがよくないかと」

首をかしげつつ寛が言えば、赤羽は「はーあ」とため息をついて頭を掻いた。

「いや、だから、そういうこっちゃねえんだって。わざと言ってるかもしれないじゃん？こう、アタシのこと好きなの？　とか不安になってさ、駆け引きっつうかさあ」

「ああ、まあ、ひとりふたりはいましたね。別れ話に了承したら、怒りだしたひととか」

寛が思いだしたとうなずけば、赤羽は「それ、どうしたのよ」と身を乗りだしてくる。

「どうしたと言われても、別れたくないのに別れると言いだす理由がいまいち理解できなかったので。試されるようなのは好きではないし、お別れしましたよ」

「泣かれなかった？」

んー、と寛は目を閉じて記憶をさぐる。

「……たしか、ひとりは泣きました。もうひとりは、もういいあきらめた、と言ってました」

「ああ、まあ、だろうな」

ひとりで納得している赤羽に対し、言いたいことはあったけれども口にはしなかった。

不安ならばふつうに「好きなのか」と訊《き》けばいいだけの話だし、気を惹《ひ》きたいのならば、穿《うが》った方法をとる必要はない。こちらの意志を確認もせずにネガティブワードをぶつけて、機嫌をとってくれと言われても対処できない。

——やさしいし、かまってくれるし、なんでもしてくれる。でも不安なの。完璧すぎて。

——もっとみっともないところとか、だらしないところ見たら安心できたのに。

——ちっともやきもち妬《や》いてくれない。もっとこっち見て。

(そんなことを言われても、どうしようもない)

立ち居振る舞いが礼儀正しいのは、祖母と、そして育ての親でもある彼のおかげだし、わざとだらしなくしてくれと言われてもむずかしい。自分ではすこしも完璧だなどと思ったこともないから、なにをどうすればいいのか、さっぱりわからない。

「ぼくは、ぼくなりにつきあったひとのことは、大事にしてるんですけどねえ」

「まあな。すくなくとも、この大学内じゃ、おまえのモトカノたちから悪口だの文句は聞いたことねえし」

言葉を切って、赤羽はふと首をかしげた。

「そういえばこの一年くらい、話聞かねえな。彼女いねえの？」

「いろいろ忙しいですからねえ。彼女とか恋人、というほどではないですが、お互いにわかりあったうえで、おつきあいしている相手はいました」

だが、ここ数カ月はミスター騒ぎのおかげで会う暇もなく、相手に彼氏ができたと聞かされ、ただの友人に戻っている。そう告げると、「ほおー」と赤羽が目を細めた。

「それって、身体だけのおつきあいとかいうやつ？」

「そこまで軽くありませんってば」

「それで相手の女、納得してるの？」

「すくなくとも、ごねられたことはないですね」

やんわり微笑んだ寛を、赤羽はあきれとも感心ともつかない顔でしげしげと見つめてくる。

「なんだろなあ……清潔で品行方正なヤリチンってあり得るんだって、おまえ知ってはじめて理解したんだよなあ、俺」

「ヤリ……失礼でしょうそれは。誰彼かまわずみたいじゃないですか」

「悪い。特定期間、特定の相手とやりまくるのはヤリチンって言わねえか」

にやにやしながら言う悪友に、今度こそ寛は言葉をなくした。露悪的な物言いをされるほどに遊んでいるわけではない――と思う。たぶん。

それに、言われっぱなしは微妙に納得いかない。

「だいたい赤羽だって、充分かっこいいじゃないですか」

「へあ？　なんだよ、きめえこと言うなよ。俺はオモシロ担当だろが」

「気持ち悪くないでしょう。いつもおしゃれだし、モデルみたいです」

寛もかなり背が高いほうだが赤羽はそれ以上で、一九〇センチを超える長身だ。

短く刈った黒髪の生える日焼けした顔は、じつのところかなり整っているのだが、野性的な印象と大きすぎる背丈のせいで、一見強面に映るのと、言動に冗談めかしたものが多いため、本人申告のとおり『オモシロ担当』となってしまっている。

「モデルっておま……綾川に言われたくねえ……」

「なぜですか？　素直な感想ですが」

変な顔をしてうめいた赤羽は、浅黒い顔をうっすらと赤らめた。この日焼けも、一見は遊んでいるふうに見えるけれど、じっさいには屋外ボランティアに精をだしているからなのだ。

ちなみに寛はあまり日焼けせず、どちらかといえば色白で髪の色素も薄かったりするから、後輩たちから『ボランティアサークルのオセロコンビ』と言われることもある。

「おまえのそれが養殖じゃなくて天然だってわかってるしな。天然ならしかたない」

ため息まじりの赤羽の発言に、寛はさすがに顔をしかめた。

「父みたいなこと言わないでくださいよ」

「え、なに。おやじさん、なんつったの」

「なに、というか……友人づきあいについて悩んだとき、助言されたんですけど」

寛に対し、初対面のころの赤羽のような、斜に構えた態度をとる男子は多い。一時期悩んだこともあったが、いまではこれが自分だと開き直っている。

それもこれも、ある意味では父の助言がきっかけだった。中学のころ、なにもしていないのに反感を持たれるのだが、どうしたものかと相談したとき父は、こう言った。

――おまえの場合、俺みたいなアクがないぶん、ひとが寄ってきやすい。おまけに、親ばかかもしれんが、頭も運動神経もいいせいでスキがない。わざとダメポイントを見せるのが無理なら、いっそ徹底して王子さまキャラやっとけ。

――王子さまキャラってなんですか、お父さん。

よくわかりません、と本気で寛は悩んだのに、父はただにやにや笑って言った。

――そのまんま、自分らしくいろってことだよ。

寛自身はいまいち得心がいかない父の言葉を告げると、赤羽はげらげらと笑いだした。

「あっはは。よくわかってるじゃん、おやじさん。王子、王子。たしかに王子」

「……笑わないでくださいよ」

「笑うって。気取ってやってるわけじゃなく、素でそれだからなあ、綾川」

「素って言われても、なにがおかしいのかわからないんですが」

寛は首をかしげたが「まあ、そのまんまでいいって」と赤羽までもが父のようなことを言いだすから、ため息ひとつで受け流すしかなかった。

「ミスター三連覇でしばらくはうるせえだろうけど、ほっとくしかないな」

「そうですね。去年もコンテストが終われば、一カ月程度で静かになったし」

しばらくはなんだかんだあっても祭りは一過性のものだ。そのうち落ちつくだろう。うなずきかけて、かすかに寛は眉をひそめた。

（でも、あれは、なんだったんだろう）

さきほど睨みつけてきた彼の、レンズの奥に隠された真っ黒な目に浮かんでいたのは、通りすがりの他人を冷やかしたのでも、単なる第三者のやっかみでもない。

敵意どころではすまない、憎悪といってもいいほどの感情と、そして一瞬鳥肌がたったほどの軽蔑だった。

心の芯まで凍りつかせるような、あんな強い感情を向けられたことはついぞなく、原因もわからない。寛は不快感とも違うなにかに、鳩尾《みぞおち》が落ちつかない気分になった。

（いや、一度だけ、あったか）

高校二年生の狂乱の秋を迎えたあのときを思いだし、ふっと寛の表情が曇る。

「どうした？」

めざとく気づいた赤羽が問いかけてきて、寛が「いえ、なんでも――」と言いかけたそのとき、部室のドアが開いた。

「あ、先輩方こんちは。……っと、やっぱり、いないか……」

顔をだしたとたん、きょろきょろと室内を見まわしたのは、ボランティアサークルに所属する二年生の金居《かない》さゆみだ。一見派手そうな茶髪の彼女だが手先は器用で、作業のためにマニキュア類は脱着可能なつけ爪《づめ》オンリーと徹底している。

「どうしたよ、金居」

赤羽が問いかけると、彼女はむう、と口を尖らせた。

「いや、米口《よねぐち》先輩見てません？」

「知らねえ。いまんとこ俺らふたりだけど、なんか用事？」

「用事っていうか……」

口ごもった金居に、寛はいやな予感を覚えた。

米口高志《たかし》は寛らより学年がひとつうえの四年生だが、あまり評判のいい人物ではなかった。ボランティアサークルに所属しているのも、就職活動での心証をよくするためだけだという噂もあり、活動もサボりがちのため、金居などは彼をきらっているのを隠そうともしない。

そんな彼女がわざわざ名指しで探している状況に、トラブルのにおいがしないわけがない。

「なにかあったんですか？」

寛が問うと、金居は眉間に皺を寄せ「聞いてくださいよっ」と声を荒らげた。

「さっき図書館の司書に呼び止められて、アノヒトに貸しだした資料返してもらってないって言われたんですよ。しかもひとまえで、すっごい勢いで怒られちゃって」

「え？　なんでそれがおまえのとこにいくの？　直接本人に言えばいいじゃん」

「それが、ボランティアサークルに必要だからっつって、特別に貸したやつらしいんです。許可とかとりました？」

「あ、そういえば先週、活動費用の申請に、資料が必要だって言ってましたね」

なにしろこのサークルの活動はボランティア、金はでていくだけで、はいってくることはほとんどない。むろんサークルメンバーで募金活動などもしているが、遠方への遠征や炊きだしなどかなりの費用がかかる場合は大学後援会に申請することになっている。

ただし、言えばだしてくれるというものではなく、現状の活動報告以外にも、細かい説明資料を提出するのが義務だ。

「今度、他大学とまとめて福祉施設のイベントを手伝うので、米口先輩がそれについての報告書を作成することにはなってたんです。だから、図書館から児童福祉に関する統計資料や各種の書籍を借りる話をした覚えはあるんですが」

寛の言葉に金居は「ああ、それですか」と顔をしかめた。

「綾川先輩。それ、どの本リクエストしたかわかります？」

「いや、米口先輩が自分でやると仰《おっしゃ》っていて、任せたままだったので。すみません」

細かいことまではわかりませんと言う寛に、赤羽も記憶を掘り返したらしい。

「そういえば資料作りとかも、経理担当の自分でやんないと、とか言ってたけど……もしかして、ここに置きっぱなしの可能性ねえか？」

「図書館のシールがついたものは、とりあえずそれですよね」

それから三人で散らかった部室のあちこちを掘り返し、捜索する羽目になったが、予想以上の整理の悪さが露見した。広い部室はスペースがあるだけに雑然として見えたけれど、だしたらだしっぱなし、使ったら使いっぱなしを地でいく状態だったからだ。

「なんですか赤羽、このめちゃくちゃさは。一週間かそこらの散らかりようじゃないですよ」

「俺だけが散らかしたわけじゃねえってば！　このところ、出入り多くてばたばたしてたし」

「もーやだ、なんでこう地層ばっかできてんの!?　ねえ赤羽先輩、綾川先輩が整理しないってだけで、どうしてこうなんの!?」

「だから俺だけかよ！」

寛が指揮を執るかたちで徹底的にほじくり返した結果、奥まった書架から一冊、放置してあったバインダーの山から二冊、事務デスクにある経理関係の書類が積みあがった場所からは、書籍が五冊、固まりになって発見された。

「ちょっとー！　これ、返却期限二週間もすぎてるじゃないですか、もう！」

金居が見返し部分にある貸出日チェックを確認して、憤怒の声をあげる。しかも問題は、発掘品かのような書籍の内容にもあった。

「しかもこっちの本、今回の資料と関係なくないですか!?」

彼女が掲げた、持ちだし禁止になっている書籍は、江戸時代の絵草紙作家について資料化された、昭和初期の本だった。

「うわ、こっちもだ。着物の図柄集。版画の和綴《わと》じって、なにこれ」

「こんな本、延長申請もしないままじゃあ、怒鳴られてあたりまえですよっ」

なかには『特別の許可なく図書館外への持ちだし禁止』という注意書きが貼られたものまであり、三人は青ざめる。

「これ完全に私用だよな。綾川、あのひと日本史学専攻だっけ？」

「たしか、そうですね」

米口は自分の卒論に必要な本もついでのように借りたのだろう。いったいなにをしているのかと脱力した寛は、散乱した部室の整理整頓をしながら金居に問いかける。

「これで、借りたものはぜんぶなんですか？」

「わかりませんよ。電話はでないし、メールは無視だし。まじでアノヒト最悪っ」

「……まあ、忙しいのかもしれませんし」

「忙しいのは全員同じです！　そもそもいちばん忙しいひとがなに言ってるんですかっ」

文句を言い続ける金居に寛が無駄なフォローを試みれば、彼女は合計八冊の本をテーブルに積みあげ、ばしばしとたたいて埃《ほこり》を飛ばした。

「だいたい、米口さん、最近ろくにサークルにも顔だしてないくせに、なんっでこういうことばっかするんですかねっ」

憤った彼女の言葉に、赤羽が首をかしげる。

「そういえば、まだ肝心の報告書見てねえな。綾川、請求申請するのっていつだっけ」

「余裕を見ていたので期限自体は来月ですし、問題ないと思ってたんですが」

暢気《のんき》なふたりに対し、金居がいらいらしたようにきれいに巻いた髪を肩から払う。

「先輩たち、ひとがいいのはいいけど、あんまアノヒト信用しないほうがいいですよ。この間も、一年の糸田《いとだ》さん、セクハラでやめたんですから」

「セクハラって、そんなことあったんですか？」

ぎょっとして寛が問うと、金居は胸のまえで腕を組み、大きくうなずいた。

「彼女はつきあう気ないっていうのに米口さんがしつこくするから、いやになってやめちゃったんですよ」

「や、ちょっと待てって。それセクハラとかじゃねえし。ふられた米口さんがあきらめ悪かっただけだろ？」

単なる男女間の行き違いではないかと赤羽があきれ顔をし、寛も苦笑してうなずいてみせる。昨今の女子がいささかフェミニズム的に過敏な節があることを知っているからだ。軽く肩をたたいただけでも大騒ぎする子もいないではない。だが金居はさらに苦い顔をした。

「なにを暢気な。米口さんがこのサークルにはいったのも、女子の多さに目をつけたからだって話もあるんですからね」

「おいおい、ちょっとおおげさじゃねえ？　そりゃあのひと、女の子好きだけどさ」

あきれ笑いを漏らした赤羽に、金居は真剣な顔になる。

「おおげさじゃないです。あたしはなにもフェミ気取って言ってるわけじゃないです。男子にはわかんないかもしれませんけど」

「……そこまで仰るのは、なにか、あったからですか？」

「ふつうに口説いてきただけなら、うちらもセクハラまで言いませんよ。それこそ、好ききらいはどうしようもないし。でも……」

寛が水を向けると、彼女は途中まで言葉を紡いだのち、口ごもって黙りこんだ。なにか言いたくないことでもあるのだろうと察して言葉を待っていると、突然部室の扉がひらいた。

「お？　なんだ、なんか真剣なお話し中？」

部屋にはいってきたのは、いま現在金居の怒りを一身に浴びている米口だった。

へらへら笑っていた彼は、雑然とした部室内の空気が不穏なのを察したように口をつぐんだが、目の据わった金居が手を置いている書籍の山と資料を眺め、首をすくめる。

「あ、やっべ……それ、返してなかったやつ？」

「返してなかった、じゃないですよ！　あたしが代わりに怒られたんですから！　なんで同じサークルだってだけで、あたしが嫌み言われないといけないんですかっ」

先輩に摑みかからんばかりの金居を「まあまあ」となだめた寛は、たじたじとなっている米口に向き直った。

「とにかく返却してきましょう。ぼくもいっしょに謝りにいきます」

赤羽は顔をしかめ「おい、なんで綾川が」と言いかけたが、かぶりを振って止める。

「資料を借りたのはサークルの都合でもありましたし、管理責任は、ぼくにありますから」

このところミスター騒ぎでまともにサークルに顔をだしていなかったため、目が届いていなかったと顔を曇らせる寛に、赤羽はあきれたように言う。

「おまえのせいじゃねえだろ。俺らもちゃんとしときゃよかったんだし」

「そうですよ。それに、あたしが言われたんだから、あたしがいきますよ」

全体責任だろうと言うふたりに、寛はかぶりを振った。

「こういう場合は、代表責任者が謝罪にいくのが筋でしょう？」

にっこり微笑んで、きっぱりと言う。こうなると一歩も引かない寛を知っている赤羽は、苦い顔で舌打ちをした。

「ったくもう……わかったよ、詫《わ》びてきてくれ」

「赤羽先輩！　でも、それじゃ」

「聞かねえよこいつは。あととにかく米口さん、これ、さっさと戻して謝ってきてくださいよ」

不服そうな金居をいなした赤羽が米口へと向き直り、かたちばかりの丁寧語で告げる。だが米口は、へらりと笑って頭を掻いた。

「あー、悪い。まだそれ返せないんだ」

寛が「なんでです？」と目をまるくすれば、米口はとんでもないことを言いだした。

「……じつは申請資料、まだできてなくってさあ」

「は!?」

「いや、借りるだけ借りたあと、なんかばたばたしちゃって……」

三人は目をまるくした。通常の返却期限は五日程度。そこから二週間が経過しているということは、借り受けてから二十日は時間があったということだ。

残るふたりが、「おまえはいったいなにをしていたんだ」と怒鳴りつけたいのをこらえているのが知れて、寛は急いで口を開いた。

「それじゃ、とりあえず返却したあと、もう一度借りることにすれば」

「……期限破ったやつにはペナルティついて、二週間の利用禁止事項があるだろ」

赤羽がむっつりと言った。限界寸前の表情に、寛はますますまずいと感じる。

「だったら、ぼくのＩＤカードで借りればいいのでは――」

「いやあの、じつは特別ＩＤカードで借りちゃったんだよな、俺」

「……は？」

とんでもないことをあっさりと言った米口に、全員が凍りついた。

「まさか特別ＩＤって……サークル用の、ですか」

この大学の図書館利用者は、原則的に在籍学生とＯＢ、教員など関係者のみ、入館も制限され、一般利用は禁止されている。

だが文化系の部活やサークル活動で、他大学などと連動している場合、特別許可証をとってサークルメンバーであることを証明すれば、各サークルに対してひとつだけＩＤが許可される。そして部長ほか幹部クラスの許可があれば、この大学の学生でなくとも資料を閲覧することができるのだ。

むろん、それなりに活動し文化貢献度の高い部やサークルでなければ許可証自体はおりないが、この三年、きっちり活動してきた寛らのサークル『フロイントシャフト』にも許可証はおりていた。

とはいえそもそも在籍生は自分のＩＤを持っているため許可証の必要などなく、めったに申請自体がないもので、このことを知っている学生はあまりいない。

寛が申請したのは一年まえ、熱心に手伝ってくれる高校生が、勉強したいけれど資料がなかなか見つからないというのを聞いて、抜け道はないかと探したところ、特別許可証の存在を知ったという顛末があったからだ。

サークルの幹部が許可したときのみ、カードの利用を可能にしていたわけだが、経理担当で最年長の米口は、自分の裁量でそれを持ちだすことができた。

「な……なんでそんなの使ったんですか。自分のＩＤ使えば」

愕然《がくぜん》とした顔で三人に見つめられて、さすがに米口は首をすくめながらもそもそとつけくわえる。

「だって……前にも何度か延滞したり、破損したりしてさあ、資料、俺のＩＤだとだしてくれそうになくてさあ」

ごにょごにょと言葉をにごしたが、要するにブラックリストいりする頻度でやらかした、ということだ。だからこそ、これ幸いとサークルには関係のない資料まで借りたのだろう。

真っ青になった寛をまえに、気まずそうに米口は首をすくめていたが、さらなる爆弾をなげつけてくる。

「そんなわけで、所属サークルの人間全員睨まれてるから、一般書籍はともかく、この資料はもう、当分だしてもらえない、かも……」

「はあああ!?　なにそれ、なにやってんですかっ」

金居が叱責される羽目になったのは、彼のおかげで目をつけられてしまったからだとわかり、彼女は金切り声をあげた。赤羽もまた、冗談じゃないとこめかみに青筋をたてる。

「あんたなあ、あのＩＤカードの申請、どんだけ面倒だったと思ってんすか！」

「そうですよ。綾川先輩の信用があってやっと、今年になって許可おりたのにっ」

へたをすれば、せっかくとった許可自体を失うことになる。口々に責めた赤羽と金居に、米口はじりじりとあとじさった。

「ご、ごめんって。悪かったよ、綾川……」

上目遣いでちらちらとうかがってくる米口に、もはや言葉を失った。

(なんでこのひとに、経理なんか任せたんだろう)

先輩ということで面子《メンツ》をつぶすわけにもいかず、うかつに権限を与えたのがまずかった。寛は深々とため息をついて、判断を誤った自分を呪《のろ》った。だがいつまでもすぎたことを言ってもしかたない。

「必要箇所の目処《めど》はついてますよね?」

淡々とした声で問うと、米口はびくっとしたあとにもごもごと言った。

「あ、まあ、一応。付箋《ふせん》はるとこまでは、やった」

「それじゃ、急いでその部分のコピーをとりましょう。すぐ返せば、とりあえず許可証の失効は免れるかも——」

寛が言葉を切ったのは、手に取ったその資料や書籍に貼られた付箋紙の数が、十枚や二十枚といったレベルではなかったからだ。しかもそれぞれの本は、辞書並みに分厚い。

「……これで、ぜんぶですか?」

表情をなくして静かに問いかけた寛の迫力に米口は顎を引き、あわてたように手にしていたバッグを開けてみせる。

「じつは、まだここに二冊……あと自宅にも」

冷や汗を流しながら白状する彼に、寛は告げた。

「米口先輩、バイク通学でしたね。いますぐ、取りに帰っていただけますか」

「えっ、でもいまからだと往復、一時間——」

「いま、すぐ、取りに帰っていただけますか？」

にっこり微笑んで告げた寛の有無を言わせない態度に、米口は青ざめたまま何度もうなずき、おおあわてでバッグのなかの本を放りだすと、外へと走っていった。

その姿を見送った寛は「さて」とふたりに向き直る。

「とりあえず、サークル棟のコピー機使いましょう」

「使いましょうって……おまえこれ、ほとんどぜんぶって勢いだぞ」

分厚い本を眺めてうんざりする赤羽に「しかたないでしょう」と寛はため息をついた。

「なあ、これってデータ検索でダウンロードとかできないのか？」

赤羽はなおも食いさがるが、寛はかぶりを振った。

「無理ですね。門外不出ってことはデータベース化もされてないやつってことですよ」

金居が「そこまで重要な資料ってことですか？」と顔をしかめる。

「逆でしょうね。絵草紙の書籍はともかく、こっちの統計資料は公官庁から毎年発行されるものです。部数はすくないので希少本ではありますが、さほど大学にとって価値の高いものではないから、あとまわしにされている可能性が高い」

「だったら、発行元のデータベースにアクセスするってのは？」

「厚労省にアクセスできるコードなんて、持ってませんよ。ネットで一般公開されてる以上のデータがほしいから、書籍の資料に頼ってるんじゃないですか」

それもそうか、と赤羽が肩を落とし、おずおずと金居が挙手をする。

「あの、コピーですけど、本のなかでいるところだけこっちでチョイスすれば――」

言いかけた金居は、寛が指摘するまえに、資料を読みこむのとコピーをとるのとどちらが時間を食うのかに気づいたらしく、自分で「なんでもないです」と口をつぐんだ。

「少なくとも、こちらの絵草紙の本については関係ないのでさっさと返せますし。戻ってくるまでにコピーは終わりますよ、きっと」

「……高速自動ブックスキャナとか、うちの大学なかったですっけ」

「ありますよ、図書館のなかに」

大事な資料を二週間も延滞した学生に、そんな機械を貸してくれるわけもない。どんよりしながら、三人はそれぞれの資料を手に、構内に点在したコピー機を求めて旅立った。

それから数時間、夜の八時をまわったところでようやく資料のコピーが終了した。

法定速度を守ったかどうか怪しい速度でバイクを飛ばした米口が、ちいさくなりながら持って戻った本は、なんと三冊もあったのだ。

おまけに、それを返しにいったのは、寛のみだった。米口はアルバイトのシフトを抜けるわけにはいかないと青ざめ、いまさらついてきてもらっても意味はないとさきに帰した。

「ほんっともう、最低、最低最低っ」

「まあまあ。なんとか終わったんですから。赤羽、送っていってあげてください」

怒り散らしていた金居をなだめすかし、遅くなったからと赤羽に送らせることにした。

「そんな、送るとかいいですよ。近いし」

ひとりで平気だと彼女は言い張ったけれど、寛は聞き入れなかった。

「だめですよ。金居さんの住んでいるあたりで、この間、痴漢がでたんでしょう」

金居はアパートにひとり暮らしだが、大学の女子寮が近くにあるためか、たまに下着泥棒や痴漢が出没するらしい。しかも彼女は自転車通学だった。

「それは、まあ……でもそんな、めったにでるもんでも」

「そういう思いこみは危険です。なにかあったらいけませんから」

「俺はかまわないから、送られてけって。こいつもこう言ってるし」

でもでも、と遠慮する金居をどうにか言いくるめるのは赤羽に任せ、腕時計を見た寛は、

「とにかく送ってくださいね」とふたりに念を押し部室をでた。

サークル棟から図書館へと、長い脚をいかしてダッシュで駆け抜ける。

(間にあわせないと)

閉館時間は幸いにして夜の八時半、なんとかぎりぎりに滑りこむことはできたものの、そこで待っていたのは四十代くらいの女性司書、来生《きすぎ》の厳しい目と説教だった。

「ボランティアサークルは、あなたが代表ってことで信頼も高いのよ。こういうことをされると、活動自体がいいかげんに思われかねません」

「本当に、申し訳ありません」

受付カウンターで来生に大喝され、寛は平身低頭した。すでに閉館近くということで、ひと目がないのは幸いだったが、おかげで来生の叱責も遠慮のないものになっていた。

「しかも、こんなにべたべた付箋を貼って……コピーをとるにしても、ひらき癖がつくほどの扱いは困ります」

それをやったのは米口だろう。文句を言いながら乱暴に本を伏せていた彼に何度か注意はしたものの、寛も自分の作業でばたばたしていた。

「お叱《しか》りはごもっともです。ご迷惑をかけたことは、お詫びする以外ありません。傷がついたものに関しては、責任をもって修理するか、弁償します」

「弁償ってね、代わりの品がめったに手にはいらないから、持ちだし禁止なのよ」

深々と頭をさげる寛に「まったく……」とため息をついて、来生は本を引き取ってくれた。

「あなたに免じて、今回は一応、わたしの胸におさめます。報告しないでおくから」

さんざんがみがみやられて冷や汗は流れたが、どうやら謝罪は受けいれられ、温情をもらえたらしいと理解し、寛はようやく顔をあげた。

「え、じゃあ……」

「もういいわよ。とにかく米口くんについては、あなたがしっかり言い聞かせて。二度とあのＩＤをずさんなひとに使わせることはしないでください」

「はい。必ず自分が責任持って管理します。今後、二度と同じ失敗はいたしません」

ほっとして、自然に笑みが零《こぼ》れる。その表情を見た来生は、しかたなさそうに苦笑した。

「綾川くんの笑顔は武器だわねえ。ほんとに、次はありませんからね」

「わかっています。申し訳ありませんでした。……ありがとうございました」

どっと肩の力が抜ける。もういい、というように来生が片づけをはじめ、話は終わりの合図だと察した寛は、早く帰ろうと荷物を抱え直した。

「それじゃ、失礼しま、す……」

きびすを返そうとしたそのとき、受付の奥にある資料室のドアが開いた。なかから現れたのは、大量の分厚く古い書籍を抱えた小柄な青年だ。

顔が見えないほど積みあがったそれをゆらしている彼は、抑揚のない声で報告をした。

「来生さん、こっちの本の修理、終わりましたけど」

「ああ、お疲れさま、岡崎くん」

自分を叱り飛ばしていたときとは打って変わって、ほがらかな声でねぎらった来生の言葉に、寛はまさかと振り返った。

「そこのワゴンに置いてくれる？」

「わかりました。ここでいいですか」

来生の指示に平坦な口調で答えた彼が本をおろしたとたん、寛は「あっ」と声をあげる。同時に顔をあげた彼は、ぎょっとしたようにメガネの奥の目を瞠《みは》った。

細い手から、どさどさと、修理したばかりの本が床に落ちる。

「ちょっと、なにやってるの岡崎くん！」

あわてた声で叱りつけた来生に、彼はびくっと肩をゆらした。

「す、すみません、手がすべって」

「もう、気をつけなさいよ」

ぶつぶつ言いながら席を立った来生は、床にしゃがみこんで落ちた本を検分する。彼が「あの、修理しなおしますから」と焦った声をだすが、来生は困ったように笑った。

「そうじゃなくて。落として怪我でもしたらばかみたいでしょう。あなた、ただでさえ大変なんだから。長い時間働かせちゃったし、疲れたのね。悪かったわね」

「あ……ありがとうございます」

来生は厳しい司書だが、彼に対してはずいぶん目をかけているのか、態度もなにもかもやさしい。信頼関係が成立しているというのはうつくしいものだ。

だが寛は、目のまえのやりとりとはまるで関係なく、彼の姿をじっと見つめていた。

彼は作業をしていたせいか、もっさりした前髪をサイドの髪とまとめて頭のうしろに縛っている。さきほど、なにかを隠しているかのようだと感じたその理由があきらかになった。

(やっぱり、けっこうきれいな顔じゃないか)

あらわになった顔の上部で、なにより印象的だったのは目だ。レンズを通してもわかる、黒々として長い睫毛に縁取られた、ひどく表情豊かな二重の大きな目。さきほど、輪郭や口元などのパーツしか見えないでいたけれど、もしかして整った顔をしているのではないかという予測は当たった。

知らず見惚《みと》れていた寛は、険のある視線を向けられて息を呑《の》む。そして、目のまえの事態に対して自分がいっさい身動きもしていなかったことに気づかされた。

「あ、あの。手伝いましょうか」

「え？　ああ、いいわよ。もう終わったから」

申し出は来生にあっさり断られ、彼は舌打ちせんばかりの顔で寛から目を逸らした。どうやら問題はなかったらしく、ほっとしたように息をついた来生は、屈《かが》んでいた腰を軽くたたいて立ちあがった。

「岡崎くんも、あとはもういいわ、帰りなさい」

「……はい」

うなずいた彼は、けっして寛を見ないまま資料室のほうへと引き返していく。見咎《みとが》めた来生が驚いた声をあげた。

「ちょっと岡崎くん、どこいくの？　出口そっちじゃないでしょ」

「いや、あっちに荷物置いて……」

「なに言ってるの、ここにあるじゃない。さっき預かってくれって言ったのあなたでしょ」

ほら、と自分の机のしたからバッグを取りだす来生に、彼は顔を歪めた。ほんの一瞬で消えたその表情に気づいた寛は、胸のなかの違和感が大きくなるのを感じる。

荷物をとっても、ぐずぐずと中身を引っかきまわしている彼は、間違いなく寛をまえにして気まずそうだった。昼間はあんなに強い目で睨んできたというのに、いまはこちらに視線を向けようとすらしない。

（ぼくがいるから、帰るのを避けてる？）

よもや、自分の暴言にいまさら反省したのだろうか。それとも寛が報復するとでも思っているのだろうか。怯《おび》えるような性格だとも思えないのだが、避けたがっていることだけはたしかだ。

わけがわからず見つめていると、視線に気づいた彼に心底いやそうに顔を歪められた。そしてちいさな唇が、声なき声を発した。

（え……）

リップモーションに気づいた寛はぴくりと頬《ほお》をひきつらせ、「失礼します」と口早にちいさく告げて、その場をあとにするしかなかった。

――早く、どっかいけよ。

声にはださないままだったが、彼の唇はそう動いた。歪んだ唇に尋常でない嫌悪を感じた。正直かなりショックだった。なぜ、会ったこともない人間にここまできらわれるのだろう。しかも、図書館からでて行く寛の背中を、視線が追ってくる。首筋がちりちりするほどの強いそれは、建物をでて、彼からすっかり見えなくなっても寛の身体にまとわりついているような気さえした。

「岡崎くん、か」

寛は記憶力には自信があった。ひとの顔と名前を覚えるのは昔から得意だったし、一度会った人間はめったなことでは忘れない。なのに、いくら考えてもあんな雰囲気の青年はまったく脳内のデータベースにはない。

（彼は、いったい誰なんだろう。そして、ぼくは、なにをしてしまったんだろう？）

暗くなった帰り道、寛はひたすら彼のことだけを考え続けた。

理解不能で、意味がわからなくて、もやもやする。気になってしかたない。

そんな経験は生まれてはじめてのことだった。


寛が図書館から消えてほどなく帰途についた來可は、バス停までの道すがら、震えている手をひたすらさすっていた。

指先が尋常でなく冷えているのは、綾川寛と偶然顔をあわせたショックのせいだろう。

(くそ……なんだってんだよ)

この半年以上、一度もまともに顔を見ることなどなかったのに、なんでよりによってきょう一日で、二度もあの男と接近しなければならないのか。

聞き耳をたて、彼が去るタイミングで資料室をでたはずだったのに、あの男はなにをいつまでもぐずぐずしていたのだ。

指はすこしもあたたまらず、頭皮にいやな冷たさを覚えた。冷や汗が滲《にじ》んでいて、どれだけ打たれ弱いのだと自分をののしる。

来生に叱られるという用件はすんでいたはずなのに、まじまじとこちらを見ているから心臓が冷えた。ぎろりと睨んだらさすがに鼻白んだのか、ようやく退出していったけれど、険悪な表情の裏で來可がどれだけ狼狽《ろうばい》していたのかは気づかれなかっただろう。

（ばれるわけにはいかないんだ）

髪を長くして一部だけ縛っているのは、四年近くまえの事件のショックで、十八歳なのにつむじあたりのひと房がまっしろになり、円形脱毛ができた時期があったからだ。

幸いそれは数カ月で生え替わったけれど、いまだに気になって髪を切れない。自分からは見えない位置にできた脱毛と白髪を健児に指摘されたトラウマのせいだ。

視力は猛勉強した時期に一気に落ちて、当時はかけていなかったメガネもかけている。

顔つきもまた、かなり変わった。おそらく至近距離で見ても、かつての來可といまの來可を同一人物だと認識できる人間などいるはずがない。

（だいじょうぶ、わかるわけがない）

あのころ、すこしでも見栄えよくしていたくて、手入れをかかさなかった。年下だけれど憧れていた彼と同じような髪の色にしたくて、栗色に染めたりもしていた。

「きもちわる……」

舞いあがって、興奮して、ただただあの存在を信奉していた自分に吐き気がする。思いだしただけでも鳥肌がたち、むやみに叫んでしまいたいくらいだ。

相手は、來可のことなど取り巻きのひとり程度にしか認識していなかったというのに、彼のためだけに尽くして、あげく無惨に踏みつけられた。

それも、まったく無自覚のまま。

——おまえって、名前そのまんまだよな。犬だよ、ライカ犬。

事件のまえから、健児は來可にあきれていた。なぜだか寛をきらっていた彼は、幼馴染みだけに言葉に容赦がなかった。そのことが理由でしょっちゅうけんかをし、あからさまに反目していた時期もあった。

——知ってるか？　ライカ犬って、自分を墓場に送りこむために世話してた研究者が、大好きだったんだってよ。

——なんにも知らずになついて、エサもらって。それでごめんごめんって言われながら宇宙船に乗せられて、死んだんだ。帰ってすらこられないのに。

——利用されるだけの相手になついて、ほんとばかな犬だ。おまえそっくり。

いやなことを言うなと、当時の來可は健児に怒った。それでも健児はしつこく「犬だ、犬だ」と來可を貶《おとし》める言葉をやめなかった。

だがじっさいに來可がボロボロになったあとからは、二度とその話をしなかった。

あれだけ來可をいじめていたくせに、本当にだめになった來可を見捨てなかったのは、健児と家族だけだった……。

思いだしかけた過去に、ぶるっと來可は身を震わせる。指先の冷えがひどくなった。精神的な衝撃を受けて起きる、自律神経失調症の初期症状だ。これがひどくなると過呼吸になる。息苦しさを感じそうになって、何度も深呼吸をした。

「もう忘れる、忘れた」

自分に言い聞かせるようにつぶやいて、來可は歩みを早めた。うっかりバス停を通りすぎそうになって、あわてて引き返す羽目になり、そんな自分に舌打ちした。

寛は現在三年の後期。おそらく就職は彼の父の会社に決まるだろうから、就活時期ものんびり大学に通うかもしれないが、あと一年で彼は自分のまえから消えてくれるはずだ。

とはいえ寛の記憶力が尋常でなくいいことは知っている。いくら容姿や印象が変わっていても、あまり近づかれたら、さすがに、來可が誰なのか気づく可能性がある。

それまではとにかく、綾川寛には近づかないこと、見つからないこと、ひそやかに静かにしていることが、肝要だ。

「だいじょうぶ。あとたった一年だ。四年、こらえた。もうちょっとだけだ」

そうしたら二度とあの顔を見ないですむ。胸苦しい息をついて、來可は唇を噛んだ。

その事実に対して覚えている、わけのわからない感情を分析することだけは、けっしてしない。してはいけない。來可は悲愴な決意で誓った。

もう、犬には戻らない。ぜったいに。

＊　　＊　　＊

数日が経《た》って、寛は自分に新しい習慣ができてしまったことに気づいた。たとえば大学の構内を歩くとき、視線をさまよわせてしまう。例のカフェ『Soupir』のあたりを通りかかるときには、なんとなく小柄な青年の姿を探してみたり。

「おまえ、なにきょろきょろしてんの」

「え、いや、なんでもないですよ」

隣にいた赤羽が不思議そうな顔をしているのもかまわず、高い身長を活かして周囲を見まわしていた寛は、ひとごみのなかにあの、くしゃくしゃになった髪を見つけた。

「あっ……」

この日も、ぶかぶかした服を着て無造作に髪をくくっている。本を抱えて軽く小走りになっている彼のうしろ姿を眺めていると、一歩進めるたびにぴょこぴょこと結び目が揺れて、小型犬のしっぽのように見えた。

「なあ、あってなんだよ。なにか見つけたのか?」

「ああ、いえ、本当になんでもないんです」

寛が見ている方向に向けて、赤羽がじっと目を凝らす。だがとくに目新しいものも発見できなかったらしく「なんなんだよ?」と首をかしげていた。

じっさい、赤羽にとってはただ、大学内をひとが歩いているだけの『なにもない』空間でしかない。だが寛にとっては、いまいちばん気になる相手が存在する場所だ。

（なんか、いつも走ってるか、本読んでるか、だなあ）

意識して探してみると、いままで会わなかったのが不思議なくらい、あちこちで彼を見かけるようになった。

寛が現在、講義を受けることの多い講義室からサークル棟に向かう途中に『Soupir』があり、そこから左手へ向かうと図書館へ向かう道があるため、自然と目がいってしまうのだが、高確率で発見できることがわかった。

カフェはお気に入りの読書スポットらしく、コーヒーを片手にオープン席の端っこを陣取っていることが多い。図書館でのアルバイトは週に数回あるらしく、講義が終わるなりダッシュで向かっている姿を何度も見た。このほかにも、昼休みの学食では、食事をとっている姿を見かけた。それもいちばん安いきつねうどんを食べてばかり。

声をかけようとしたことは何度もあった。けれどできなかったのは、寛が声をかけるなり、あるいは存在に気づくなり、大急ぎで逃げてしまう彼の態度のせいだった。

（本当に、きらわれてるんだなあ）

ことの起こりから嫌みを言われ、睨まれ、無視されてばかりだというのに、性懲りもなくそんなことを考える自分にあきれてしまう。

寛は来るもの拒まず去るもの追わずを地でいくタイプなのに、こちらの顔を見るなり一目散に逃げていく彼のことが、どうしてこんなに引っかかるのだろうか。

そもそもあんなにまで全身の毛を逆立てての拒絶など、されたことがない。

有象無象より向けられる好奇心混じりのやっかみや、直接知りあったわけでもない人間たちからの一方的な思いこみを孕《はら》んだ拒否。そんなものならいくらでも味わったことがあるけれど、寛個人に対してまっすぐ向かってくる拒絶感というのは、正直言ってはじめて体感するものだ。あれはかなりのショックだったと、数日前のできごとを振り返る。

しかも見覚えのない相手からの嫌悪混じりの痛烈な拒否。理由がさっぱりわからないだけに、気になってしかたない。

こうしてねちねち引きずるタイプではなかったのにと思うと、自己嫌悪まで押し寄せた。

「……ひとにきらわれるっていうのは、哀《かな》しいんですね」

「どうしたの、おまえ」

しょんぼりとしてつぶやくと、赤羽が面食らったような顔をした。ため息をついた寛は、なんでもないとかぶりを振って弱く笑みを浮かべてみせる。

「ほんとに、なんかあったのか？」

「いえ……」

一本気なところのある友人に話せば、きっと「変なのに絡まれただけだ」「おまえは悪くない、忘れろ」と慰めてくれるだろう。だが、そういうかたちで親友でもある赤羽の口にあの彼のことをのぼらせたくない自分がいる。

「ちょっとね、引っかかってることがあるだけです。すみません、心配かけて」

「……なら、いいけどさ」

納得しかねる顔をしつつも、赤羽はあまり深く追及してこなかった。こういうとき、引き際を理解してくれている相手はありがたい。

彼の姿は、すでに見えなくなっていた。探そうとする自分の視線をまばたきで押さえこみ、サークル棟に向かおうとした寛は、歩きながら携帯端末をいじっていた赤羽の「うえっ」という声にぎょっとした。

「な、なんですか」

「なんですかじゃねえよ、うわ……おい綾川、やべーよこれ」

顔のまえに突きつけられた携帯端末の画面にあったのは、この大学のSNS掲示板。休講や、教室のアナウンスなどで大学側からの告知連絡用として使われているものだが、そこのトップ記事には以下の内容が掲げられていた。

【次の学生は、大学図書館司書長、来生に電子メールを送り、指示を仰ぐこと。学籍番号：SGSF9013T、氏名：綾川寛】

穏やかでない雰囲気にぎょっとして、寛は息を呑む。

「おま、これ呼びだしじゃん。この間、謝って許してもらったんじゃなかったのか!?」

「そのはず……なんですが。とにかくメールしてみます」

登録されているアドレスを呼びだして、短い文面を打ちこむ。

【綾川です。掲示板を見ました、どういったご用件でしょうか】

非常時には即レスが原則だが、それを待ちかまえてでもいたかのように返信があった。

【米口くんの件で、話したいことがあります。手が空いたときにこちらにきてください】

悪い予感を覚える文面に、ますます不安になりながら、寛は【すぐうかがいます】と返信をしたのち赤羽に「すみません」と告げた。

「なんだか、米口先輩のことでなにかあったようです。ちょっと、いまからいってきます」

「わかった。ミーティングどうする？　おまえがくるまで待つ？　それとも延期？」

「赤羽のほうで代行してもらえますか？　あとで報告お願いします」

きょうはサークルで、都内の福祉施設にボランティアにいくための打ち合わせをする予定だった。すでに日程は決まっているし、あまりぐずぐずしてもいられない。

「わかった。そっちも、事情はあとで」

飲みこみの早い友人にうなずいて、寛は図書館のほうへと走っていく。そしてはたと、この方向はさきほど、岡崎が向かったほうだったと気づいて「こんなときに」とちいさく口のなかでつぶやいた。

来生は、寛が息を切らして駆けこんでくるなり「こっちに」と言って、図書館の三階にある事務室のほうへと連れていった。

どことなく雑然とした室内。入口近くの大きなテーブルには補修の途中とおぼしき傷んだ本やテープ、バインダーファイルなどの事務用品が積みあがり、背の高いスチールラックに詰めこまれた書籍は大量で、しかも何台もずらりと並んでいる。

部屋の奥のほうはラックと本に遮られて見えないけれども、キーボードをたたく音がかすかに聞こえ、誰かがコンピュータで作業をしていることが知れた。

狭苦しい部屋のなか、来生は立ったままで話を切りだした。

「予想はついてると思うけれどね。米口くんについて、あなたにどうにかしてもらいたいの」

小声での叱責に、寛は「やっぱり」とつぶやきそうになるのを飲みこむ。

呼びだしの理由は案の定、米口が借りたまま返却していない本がまだあったからだった。しかも先日返却したものだけでなく、個人ＩＤでもサークルＩＤでも延滞している本が複数残っていたのだと来生は言った。

「あれでぜんぶじゃなかったんですか⁉」

「あのとき閉館間際でばたばたしていたから、確認までしてなかったでしょう」

声を裏返した寛に、来生は顔をしかめた。返却は閉館後にブックポストに投げ込まれるものもあったりして、処理に時間がかかるため、戻ってきた本の確認はあとでまとめて作業となる。冊数も多かったので、まさかまだ延滞本があるとは思わなかったと来生は言い、寛も青ざめながらうなずいた。

「あの、それは米口先輩本人には……」

「言っても埒《らち》が明かないのよ。それどころか、最近はいくら連絡しても返信もよこさない状態でね。掲示板での呼びだしにも応じないし、メールも電話も無視。サークルにはたまに顔をだしているようなんだけど」

「本当に、申し訳ありません！」

頭をさげて詫びる寛に、来生は苦いため息をついた。

「あのね、きみが責任を持つと言ってくれたでしょう。ふだんはここまでしないんだけど」

返却にだらしない学生は、正直いって多いのだと来生は愚痴まじりに言った。だが今回、本来は関係のないはずの寛を呼びだした理由はやはり、サークルＩＤの利用履歴とも関わっているらしい。

「ある意味、これ、裏技なのよ。彼が自主的に返却してくれたってかたちになればいいんだけれど、もしこのまま延滞すると、サークルのＩＤが使用不可になりかねないの。それって、あなた方にとってもいいことじゃないし。せめてサークル名義で借りた本だけでも、取り返してもらえないかしら」

「……そこまで重いペナルティなんですか？」

寛の問いに、来生は重々しくうなずいた。

「基本的に、大学図書館に学生たちへの強制権はなにもない。でも、こういうことがあれば大学事務局に報告書は提出される。心証が悪くなるのはあまり、いい話じゃないでしょ」

「心証って、そこまでの話になってしまうんですか」

ずいぶんと大仰ではないかと寛が驚くと、来生は「これって、脅してるわけじゃないの」とまじめな顔で言った。

「図書管理用のサークルＩＤごときで、って思うかもしれない。たしかにあれは、たいして利用価値があるわけでもないカードよ。でもどんなにささいでも『特別許可証』なの。ことの大小に拘わらず、事務的な記録としては、あなたのサークルが一度特別に認可された許可証を取りさげられた、ペナルティを受けたという事実だけが残ってしまうわけ」

単に本を返した、返さないだけの話ではなくなってしまうのだ。寛がはっと息を呑むと、来生は苦い顔のままうなずいてみせた。

「卒業がかかってたり、なんらかの活動をしていたりする子たちにとって、それってマイナスなのはわかるでしょう？」

「おっしゃるとおりです」

寛は顔色をなくしてうなずいた。米口は四年だし、ボランティアサークルの活動について、大学側から各種の許可をとる必要が生じる場合もある。その際、事務局に話をとおすのだが、よけいなトラブルを避けたがる大学側は、あれこれと理由をつけては渋ったりもする。

(冗談じゃないですよ)

たかが本の返却を延滞しただけで、活動に支障がでるなど考えもしていなかった。こんなことならサークルＩＤなどとらなければよかった、なにより米口に利用させるべきではなかったと寛がほぞを噬んでいると、来生はさらに爆弾を投下した。

「ここまで言うのにも、理由はあるのよ。米口君が借りた――もしかしたら紛失した本が一般書なら注意ですむんだけど、彼、特殊な本ばかり借りてるの。個人で借りたものも含めて。信用してたし、いままではちゃんと返却してきてたから問題ないと思ってたんだけど」

頭が痛いと言わんばかりに、来生はこめかみを揉《も》む。その言いかたが、理由もわからず引っかかる気がしたけれど、寛はあえて問わずにべつの質問を口にした。

「弁済できるレベルにない本、ということですか？」

「価格の問題ではなく、希少な本もあるのよ。とにかく、せめて捕まえてきてくれないかしら。なんだか知らないけど、大学にもきていないようだし」

「わかりました。それで、あの、米口さんが借りた本のリストのようなものはありますか」

「あると思うわ。ちょっと待って……ねえ、岡崎くん！」

来生が声を張りあげたとたん、ぴたりとキーボードの音が止まった。同時に、寛の呼吸も一瞬止まる。まさか、と振り返るや、奥のほうから、くぐもった声が答えた。

「なんでしょうか」

妙な間に気づかないのか無視しているのか、来生はよくとおる声を響かせる。

「作業じゃまして悪いんだけど、ちょっとこっちにきてもらえる？　話は聞こえてたわよね」

「はあ……」

古っぽい事務椅子のスプリングが軋《きし》む音、キャスターの車輪が床をすべる音が聞こえ、ややあってのろのろと顔をだしたのは、やはりあの彼だった。

「どうも、こんにちは」

寛はどうにか笑みを作ってみせたけれど、岡崎はまたあのいやそうな表情を浮かべ、会釈すらもしなかった。台のうえに載っていたリストを確認していた来生は険悪な空気に気づかないまま、岡崎に指示をだす。

「どれとどれが返ってきてないのか、綾川くんに教えてあげてちょうだい」

「そのリストに、ぜんぶあると思うんですけど」

「こっちは、米口くんのぶんだけじゃなくて、このところ返却されてないもののリストでしょう。まとめてあげて」

どうやら資料整理は岡崎の仕事で、不明な書籍をリストにしたのも彼のようだ。

「じゃあ、データをまとめたやつプリントして持ってきます」

「あれじゃなにがなんだかわからないでしょ。細かい説明も必要だし、あなた、やってあげてちょうだいよ」

　来生に重ねて命令され、岡崎は不承不承うなずいた。「こっち」とぼそりとつぶやいてさっさと歩きだす彼に、寛はあわてて続く。

「すみません。手間をかけて――」

「仕事だから」

　ぶっきらぼうに言った彼は、ぎしりと音をたてて古い事務椅子に腰かける。作業途中だったらしいパソコンを操作し、無言でプリンターを作動させると、排紙トレイにでてきた未返却リストを寛に突きつけた。

「……なんだか、ずいぶんいっぱいあるんですね」

　十冊は軽く超えているリストに頭が痛くなっていると、岡崎は「だから説教くらってんだろ」とにべもなく、寛は苦笑するしかなかった。

「それでこれ、どういう本なんですか？」

　いやそうに顔を歪めてた彼は、「自分で調べれば」と冷たい声を発した。

「ネットでも見りゃわかんだろ」

「調べればって、ここはせっかくの図書館でしょう、それに教えるようにって言われてたじゃないですか。リスト化されてるんだし、いま見せていただければ手間も省けます」

　食いさがる寛に、岡崎はうんざりしたようなため息をついた。正直、態度もなにも最悪だと思うけれど、腹をたてる立場にはないことは重々承知している。

じっと見つめていると、彼は顔を歪めてキーボードに向かい、手早くコマンドを入力して画面を呼びだした。

「米口ってのが借りてった一覧の、写真つきは、これ」

「ありがとうございます」

寛が細い肩越しに画面を覗きこもうとすると、ぎくりと彼が身をこわばらせた。

「ち、近いんだよ！」

怒鳴りつけられ、寛は思わず両手をあげ、「すみません」とあわててあとじさる。細い肩が揺れたとたん、ふわっとあまい香りが漂い、離れる直前、淡いにおいが鼻腔に忍びこんだ。

香水をつけるようなタイプには見えないし、ああいういかにもな香料のにおいではない。清潔でかすかに体温を感じさせる、そんなにおいだった。

（シャンプー、かな？）

変なことに気をとられていると、岡崎がプリンターのまえを指さした。

「……プリントするから、そっちで待ってろ」

指示に従うと、すこし旧式の機械が音をたてて作動し、数枚のプリントを吐きだす。

「一枚目のほうが、個人ＩＤで借りたヤツ。二枚目のほうが、サークルＩＤのぶん」

「わかりました」

書影がずらりと並んだプリントを見ると、江戸時代の絵草紙に関連した書籍や、昭和初期に作成された版画冊子などが多数。いつぞや、サークルの資料にまぎれて借りてきたのと似たようなものだ。サムネイルはすべてちいさくまとめられているけれど、おそらく大型本ばかりだろうことは写真からでも見当がついた。

（これって、卒論に関係あるのか……？）

それを眺めて、寛はますます奇妙な感じを覚えた。黙りこんでいる寛に、岡崎が「なんかあんのか」と問いかけてくる。

こんなときに妙な話だが、睨まれたり避けられたりしてばかりだったから、彼から話しかけられたことが妙に嬉しかった。あまり浮かれた口調にならないよう、寛も静かに話す。

「なんだか、絵のついた本が多い気がしますね。美術史でもとっていて、卒論の資料に使うとかいうなら、まだわかるんですが……」

この大学の文学部には美術史学の専攻もあるが、米口は日本史学専攻だ。

しかも日本画や絵草紙だけならともかく、海外の画集もある。

最初に借りたものの日付は三カ月ほどまえ。一括で借りたわけではないらしく、いずれも数日おきに何冊かをたて続けに借りている。返却期間の五日がすぎるまえに次々に借りていたらしい。

（なんだろう。なにかが変だ）

うまく思考をまとめられないまま首をかしげた寛に、彼は「もしかして」とつぶやいた。

「もしかして、なんですか？」

「いや……べつになんでもねえけど」

「なんでもなくないですよね。教えてくださいませんか。なんでもいいです、ヒントがほしいので」

なにかを思いついたような岡崎に問いかけるが、しばらく彼は答えなかった。じっと待っていると、ため息をついて目を逸らす。

「そのリスト、古書店のサイトででも調べてみりゃ、わかるんじゃねえの」

「調べるって、なにを」

食いさがる寛に心底億劫《おっくう》そうな顔をして「だから、値段」と岡崎は言った。

「値段？」

「たぶん大半が、十万はくだらない本だと思う」

ぎょっと寛は目を瞠る。書影を見ても、ずいぶん古ぼけた本だとしか思えなかったけれど、もしかしてこれはけっこうな稀覯《きこう》本なのだろうか。

「そ、そんな本がどうして、いつまでも紛失状態にされてたんですか」

「三カ月くらいまえ、このデータベースが故障したことがあったんだよ。猛暑のせいで冷却装置がいかれて、メインサーバがクラッシュした。バックアップはあったけど一部のデータが消えてた」

寛はさほど頻繁にこの図書館を利用しないため知らなかったのだが、一時的にネットを使っての図書館の貸与システムが作動じなくなっていたのだそうだ。夏休みの間のことで利用者数も減っていたし、緊急措置として手作業での貸しだしが行われた。

「この本は、その時期にぜんぶまとめて借りられて、そのまんまになってた。消えたデータの再登録は、利用が多い一般書籍から順にやっていって、資料室にあるこいつらについては、つい最近になって未返却が発覚したんだ」

その資料整理をしたのが彼で、せっせと片づけたからわかったものの、そうでなければいまだに不明なままだっただろうという。

「でも、それにしても、こんなに借りられたのって、なぜなんだろう」

リストの備考欄には『外部持ちだし禁止』の注意書きがずらりと並んでいる。

あのあと寛も利用規約を見なおしたのだが、館内の書架にあってすぐに手に取れる本とは違い、これら特別扱いの書籍は、蔵書があるかどうかを調べたのち、カウンターで一般の本を借りるのとはべつの手続きをしなければならず、ものによっては責任を持って返すと一筆書かされることもある。

（そのあとでデータベースに反映させたにしても、初期段階でわからないとおかしい）

いくらサーバがクラッシュしたといっても、そんな本を何冊もまとめて借りられるというのは、貸しだし手続き上で不備があったとしか思えなかった。

「俺のまえに、ここのバイトやってたのが米口だからだろ」

はじめて聞かされた事実に寛は「えっ」と顔をあげる。岡崎は冷たいほどの無表情で「知らねえのかよ」と言った。

「一年のときから去年までやってたけど、卒論あるってやめたらしい。空いた穴に雇われたのが俺だ。司書のひとたちにも顔なじみだったし」

「ああ、それでこういう本のことも知ってたのか……」

――信用してたし、いままではちゃんと返却してきてたから問題ないと思ってたんだけど。

来生の言葉が引っかかったのはそれでかと、寛は納得がいった。サークルのＩＤ剝奪《はくだつ》がどうこうというのはわからなくもないが、「卒業がかかってたり」という言葉には、まるで米口を気にかけているような口ぶりだった。実質的に学生の進退には関係のない司書としては奇妙に思えたのだ。

「ほとんど顔パス状態だったって。一時期は、破損した本を自宅に持ち帰って修繕作業したりとか、まめにやってたらしい」

岡崎の言葉に、「それじゃ、まさか」と寛は顔をあげる。

「一応の記録はつけてるけど、場合によっちゃ、無断で持ちだしたものがある可能性も捨てられないってこと。こういう特殊な本は、めったに貸しだされないから、手続きはいまどき紙の書類なんだよ」

「なるほど……」

ある程度信頼されてたから、多少なあなあにもなっていたのだろう。

（となればある意味、来生さんにとってもペナルティの可能性があるってことだ）

司書長としての立場としておおごとにしたくないという気持ちもあって、寛に協力を頼んだのだろう。

思った以上に、根の深そうな問題だ。うかつに「責任をとる」などと口にした自分を呪いたいが、そんなことを言っている場合ではない。

「すみません、あの、すぐに返却させるように言います」

冷や汗をかきつつ寛が言うと、彼は眉を寄せた。

「……それ、無理じゃねえの」

「いや、いくらだらしないひとでも、こういうのはさすがに……たぶん、気まずくなって返しそびれているのだと思うので。なんだったらぼくが家探ししてでも」

「だから、無理だって」

重ねて言う彼に、寛は意味がわからず目をしばたたかせる。岡崎は、あきれたようにため息をついてみせた。

「鈍いっつうか、本気で世間には善人しかいないとか思ってるめでたい頭かよ」

「え……？」

「言っただろ、稀覯本だって。最低でも十万単位だって。これまとめりゃ、すっげえ金額になるわけ。まだわかんねえ？」

ようやく彼のほのめかしている言葉の意味がわかり、青ざめる。

「まさか、そんなはず」

「ないってか？　あいつ、ボランティアサークルでの評判、相当悪いって話じゃんかよ。そんなんに経理任せるとか、どこまで暢気なんだかな」

皮肉たっぷりの言葉に、寛は息を呑んだ。

「なにか、話が、広まってるんですか？」

「さあ？　評判が悪いって評判だけしか知らねえけど」

代表のくせに、そんなことも知らないのか。せせら笑われ、寛はいてもたってもいられずに、リストを手にして岡崎に背を向けた。

「本は、返却させます」

「だから、無理——」

「もしも、そういうことが起きていた場合でも、どうやってでも、返させます。ぼくが」

断固として言いきると、彼は鼻白んだように口をつぐんだ。「好きにすれば」と顔を背けた彼を一度だけ振り返り、寛は問いかけた。

「……あの、どうして急に教える気になったんですか」

「あ？」

「来生さんが、自分からじゃなくあなたに説明させようとしたのって、こういうまずい情報があったからですよね。学生のなかで話がおさまるならそうしろってことなんでしょう」

岡崎が顔をしかめたところを見ると、自分なりの推論は、あたっていたらしい。

「でも、最初は、ぼくが頼んでもリストを渡すだけでなにも言おうとしなかった。なのに途中から、細かいこと教えてくれたのはどうしてなんですか」

その問いに、岡崎はますますいやそうな顔をした。ふいと寛から目を逸らし、また沈黙の拒絶がくるかと思いきや、さらに手ひどい言葉が投げつけられた。

「言わなきゃ、いつまでも食いさがるだろ。調べてもぴんとこなけりゃ、また顔見せにくる。そんなことになったら、たまんねえし」

「たまんないって、なにが……」

いよいようんざりしたようにかぶりを振って、岡崎は言った。

「あのさあ。この際だから言っておくけど、俺、あんたのこと本気できらいなんだよ。用がなければ死んでも会いたくないと思ってる」

薄々勘づいてはいたが、面と向かってきらいだと言われたことはショックだった。そして、なぜろくに知らない相手の言葉をこうも気にしてしまうのか、寛は不思議に思った。

「……なんで、そんなにぼくのことがきらいなんでしょうか」

なんだか胸がずきずきする。眉をさげて問いかけた寛を見ようともせず、キーボードをたたきはじめた岡崎は吐き捨てるように言った。

「理由なんかねえよ。顔見るとむかつく。生理的に我慢できないんだ。だから近づくな」

さきほど、近いと怒鳴ったのはそういうことだったのか。

生理的に我慢できないなんて、いままで言われたこともない。なにより、自分が彼のあまいにおいに気をとられている間、嫌悪をもよおされていたというのはショックが大きかったし、羞恥《しゅうち》さえ覚えた。

(でも、なんでなんだろう)

自分がいったいなにをしたというのだろう。問いたいし、なにか誤解があるなら正したいとも思うけれど、空気が重たくて声もろくにかけられない。

(べつに……どうでもいい、はずなんだけど)

もともと知らないに等しい相手だ。なのにここまで正面きって拒まれると、さすがに傷ついた。息が苦しい。

寛は肩を落として、今度こそきびすを返そうとした。だが去り際にひとことだけ、どうしても言いたくなって振り返る。

「でも、ぼくは、岡崎くんがきらいじゃないです」

「……あ？」

彼は、うっとうしげな顔で振り返った。その顔をじっと見つめ、寛は言った。

「なぜそこまできらわれたのか、不可解ですし、なんだか……哀しいですけど。でも、ぼくは、きらいじゃないんです」

そのとたん、岡崎が拒絶するように真っ青な顔で目を背けて、寛は驚いた。

「用事、すんだら、帰れよ」

「岡崎くん……」

「帰れ！」

怒鳴った彼は、寛よりもよほど傷ついているように見えた。理解できないまま、さらに混乱した寛はしばらくそこに立ちすくんでいたが、細くて薄い背中が完璧に寛を拒絶していて、なにもできなかった。

数分後、静かに部屋をでていく。カウンターのなかの来生に会釈したあと外にでると、秋の日がやわらかに落葉樹を照らしている。

「……なんなんだろう？」

自然と口からこぼれた言葉に対して、答えるものは誰もなかった。

ひどく疲れた一日だった。

來可は重たい身体をひきずってひとり暮らしのアパートに帰還すると、着の身着のまま古いロータイプのソファベッドに腰を落とし、そのまま寝転がる。

あのあと、データ入力のアルバイトはミスが多発でさんざんだった。去り際に見せた寛の表情と声が、頭を離れなかったせいだ。

――でも、ぼくは、岡崎くんがきらいじゃないです。

言いきった瞬間、寛はしっかりと來可を見据えていた。ひどく傷ついた顔をしているくせに、まなざしだけは強かった。

「なんなんだよ、あいつは、もお……っ」

うつぶせに転がって、枕を殴る。行き場のない感情が胸のなかをぐるぐると渦巻き、來可は荒い息を漏らした。

ここ数日、いく先々で彼を見かけるようになった。あまつさえ、でくわすたびに声をかけてこようとするから、食事をしていようが読書をしていようが、逃げだすしかない。

あれほど広い学校で、何カ月も顔をあわせずにすんでいたというのに、すっかり來可にとっての平和な場所はなくなってしまった。

寛があからさまに來可を探しているからだ。目につかない場所にこもっているのがいちばんだと図書館のアルバイトのシフト時間を増やせば、今度はそこにまで乗りこんできた。

個人的な話などしたくないし、状況説明だけしてさっさと追い払おうとしたのに、なんであんなに無駄に濃い話になってしまったのか。

「きらいも好きもないだろ。関係のない、ただの、赤の他人だろ……！」

枕に向かって、來可はうめく。同じ言葉を寛に向けて怒鳴ってやりたかった。なのに、あのときの自分はただ目を逸らすしかできなかった。

胃がじくじくと熱くて、無意識に腹に両手をあてると來可はちいさくまるくなる。三年も平和な時間をすごしたおかげで耐性が薄れていた。あの男の直球さは本当に凶器のようだ。

もしもあの稀覯本を來可が買い直して始末がつくのならば、さっさとそうして縁を切りたい。むろん、すさまじい金額になるため不可能ではあるけれど、心情的にはいっそどこかから借りてでもやってしまいたい。

（あんな顔、見たくなかった。あんな顔……）

憎い、許せないと思っていた男は、來可が告げた言葉であきらかに動揺していた。

――なんで、そんなにぼくのことがきらいなんでしょうか。

絞りだすような声を発した寛の顔は、そのとき適当に表示させていたデータ画面が暗い色合いだったせいで、コンピュータのモニタに映りこんでいた。

哀しそうで寂しそうで、目を伏せたその顔を見た瞬間、ひどくいやな気分になった。そして自分でも驚いたことに、後悔した。

來可はただ彼を避けていたかっただけだ。べつに積極的に傷つけたかったわけではない。復讐《ふくしゅう》など考えてもいないし、近寄らないでいてさえくれれば、それでよかった。

なのにあきらめの悪いあの男は、こんなことまで言った。

――ぼくは、岡崎くんがきらいじゃないです。

あまりに意外で、うっかり視線を向けてしまった。じっと見つめてくる彼のまなざしの強さが怖くて、怒鳴りつけるような真似までした。

こんなに感情を乱したことなど、三年間ずっとなかったのに――ぐらぐらするような心自体、もう壊れてなくなったと思っていたのに。

(どうして、俺は、いつまでも)

綾川寛に関わると、情緒がめちゃくちゃになる。以前とは違って、いまはマイナスな方向にだけだけれども、本当に疲れる。やめてほしい。

散漫で行き場のない思考に振りまわされていると、突然、安っぽいチャイムの音が鳴った。びくっとした來可がベッドのうえで飛びあがる。

勧誘かなにかだろうと放っておいたところ、たて続けにチャイムを鳴らされた。それでも返答をしないでいると、安普請のドアが遠慮なくどんどんとたたかれる。

「おーい。いねえの？　來可？」

「……健児!?」

ハスキーで低い声に名前を呼ばれ、來可はおおあわてで起きあがった。急ぎすぎたせいで転びそうになりながら玄関へ向かう。1DKのアパートだ、ものの数秒でドアは開いた。

「なんだよ、いるんじゃねえか。寝てたのかよ」

そこには、見あげるほど背の高い男が立っていた。ふてぶてしい顔を見つめ、來可はうんざりと唇を歪める。

「勧誘かと思ったんだよ。突然きて、なんの用？」

「ご挨拶だな、オニイサマに向かって」

「誰がオニイサマだ……あっこら、勝手にあがるなよ！」

止める暇もあらばこそ、さっさと靴を脱ぎ捨てた健児は來可の同い年の友人であり亮太の兄、そして來可の母と再婚した笹塚の家の長男だ。

鼻ピアスをあけていきがっている亮太と違い、健児は一見はふつうよりややチャラい、といった雰囲気。だが本当に怒ると怖いのはこちらのほうだと、全身から滲む迫力が語っている。

ゆるいクセのある茶色の髪にはメッシュがはいっていて、ラフにアシンメトリーなカットが施されている。跳ねた眉尻に眦《まなじり》のつりあがった目は眇めると異様なほどの目力を持ち、猫科の大型獣を思わせる雰囲気があった。

服装も亮太のようにいかにも派手な雰囲気ではないが、あっさりとしたカジュアルなファッションだけに、きれいに張った筋肉やその力強さが目立つ。といってもこれ見よがしな筋肉がついているのではなく、研ぎ澄まされたナイフのような強靭《きょうじん》さが滲んでいる。着飾る必要などどこにもないほど、彼は男としてのアピールが強かった。

（ひさびさに見ると、でかいなこいつ）

長年のつきあいがあるとはいえ、狭い部屋のなかではいっそう彼の大きさが感じられる。一瞬、寛よりも大きい気がすると考えて、來可は自分の発想にぎくりとなった。

幸い、健児は背中を向けていて、こわばった顔に気づいてはいないらしい。

「あー、あいっかわらずせっま！　なあ、こっから壁に、足つくんじゃゃね？」

ほとんどモノのない殺風景な安アパートに不満をこぼしながらどっかりと壁際のベッドに座った男は、嫌みなほど長い脚を向かい側の壁に向けて伸ばしてみせる。この狭い部屋に來可が暮らすようになって、何度か彼は訪ねてきたが、そのたびにやる仕種《しぐさ》だ。

「おまえみたいにでかい男じゃなきゃ、充分な間取りなんだよ。っていうか、そこ、どけ。たたんでソファにするから」

來可が彼の腰を蹴《け》ると、「いって」とうめいて彼はそこから移動した。背もたれ部分を持ちあげてソファに変身させると、すこしだけ空間ができる。壁側に寄せてあったちゃぶ台式テーブルを、健児が行儀悪く足で引き寄せた。

「來可、喉《のど》渇いた。茶ぁくれ」

「ねえよ！」

「じゃあコーヒー」

「どんだけ図々しいんだ、おまえは！」

文句を言いながらも、だすまで聞かない男だというのがわかっているだけに、白旗を掲げるのは來可のほうだ。おおげさなほどのため息をついて、電気ケトルで湯を沸かし、安物のインスタントコーヒーをカップに入れる。

「ほらっ」

「おー、さんきゅ」

健児はテーブルをまえにして長い片膝《ひざ》を曲げ、行儀悪くコーヒーをすする。來可も圧迫感を覚えさせる男の向かいに座り、「で、なんなんだ」とテーブルに肘《ひじ》をつく。

「毎度毎度、いきなり予告もなしにきて。用事は？」

「愛想もクソもねえな、この弟は。ほら」

「弟じゃないだろべつに。強いて言うなら姻戚関係ができたってだけだ……なにこれ」

手にしていた紙袋をずいと突きだされ、反射的に受けとる。なかには、タッパーがいくつかと缶詰、保存の利く食材などがつまっていた。

「お母さんから、息子に差しいれ言付かったんだ。おまえたまには顔をだせよ」

電話やメールはできる限りしていたけれど、このところ忙しくて、母親の顔を見にいっていなかった。食べ物の差し入れは、あまり余裕のない生活を送る來可にはなによりありがたいものだ。

「……わかった。ありがと。次の休みにでも、そっちの家、訪ねるって言ってくれ」

母の思いやりにかすかに微笑む。目を伏せて袋の中身を眺めていた來可は、健児からの返事がないことに気づいて顔をあげた。

コーヒーカップをおろした健児は、さきほどの來可のようにテーブルに頬杖《ほおづえ》をついたまま、じっとこちらを見つめていた。目尻がきつくつった、猫科の大型動物を思わせる目は鋭く、來可はどきりとする。

「な……んだよ」

「おまえまた綾川寛と会ってるんだってな」

「会ってねえし」

不意打ちの問いかけに即答すると健児はせせら笑った。

「嘘つけ。なんか追いかけまわされてるんだろ」

「……亮太かよ」

誰からの情報かなど、訊くまでもない。ほかに來可の大学での動向を知る人物などいないからだ。

「しかも、あいつおまえが誰だか気づいてもねえっぽいじゃん。昔と逆だよな」

健児は、言葉だけはあざけるようなものを選んでいる。だが表情は昔ほどには意地悪ではなく、どこか心配そうに見えた。

「追いかけまわされてるわけじゃねえよ。ちょっとトラブルがあって、その始末に協力しなきゃならなくなった。あいつはその件で、俺に話を聞きたがった。それだけだ」

半分は嘘で、半分は本当の話をすると、健児は「トラブル？」と眉をよせた。

「おい、またなんかあったのか」

來可はあわてて「俺じゃない」と手を振ってみせる。

「あいつのサークルのやつが借りた本、稀覯本を、返却してないことがわかったんだ。本人が学校にでてこないから司書が代行して取り返せってあいつにいって、そのリスト整理してたのが俺だったから、説明させられてて——」

「んな早口で言い訳しなくてもいいっつの」

「言い訳じゃない！」

怒鳴った來可は、顔を赤くしてテーブルをたたく。振動に揺れた健児のカップから、コーヒーが飛び散った。

「……ごめん」

「べつに。汚れんの、おまえの部屋だし」

取り乱したことにうろたえて唇を嚙む來可に対し、健児はひどく淡々としたままだった。

動揺を見透かされたことが悔しくて、うつむいていると、彼はぽつりと言った。

「なあ、意地張ってねえで、うち帰ってこいよ」

「帰るって、どこにだ」

「おまえのお母さんがいるうちだよ。無茶しなくても、オヤジだってふつうに学費だすって言ってんだろ。なんでそこまで意固地になるんだよ」

進学する際にさんざん聞かされた言葉を健児が性懲りもなく口にした。いくら話しあっても平行線をたどるだけだとわかっているので、來可は反論もせず、ティッシュを取りだすと黙って汚れたテーブルを拭《ふ》く。

「來可、家に戻れ」

「……あそこは、俺にとって戻る場所じゃない」

低い声で言った來可に、健児はそれでも折れず、いつもとは違う方向から責めてきた。

「そうじゃなきゃ大学やめろ」

茶色く汚れたティッシュをごみ箱に放った來可は、健児の突然のそれにぎょっとした。

いままで、意固地になるな、素直に父親たちの世話になれと言い続けた彼だったが、そこまで乱暴な発言をしたのははじめてだ。

「ちょっと待てよ。なんで、そんなことしなきゃなんねえんだよ」

「あの野郎がいるってわかった時点でそうすりゃよかったんだ」

「俺の努力無駄にしろっていうのか」

激昂《げっこう》した來可に、健児はあくまで冷ややかに告げる。

「無駄にはならねえだろ。おまえの頭だったら、どこの大学だって楽勝ではいりなおせるだろうが。奨学金の問題さえなきゃ、あの大学じゃなくたってよかっただろ」

「いまさら受験しなおすとか、冗談じゃねえよ。ばか言うな！」

むちゃくちゃなことを言う健児に、來可は混乱していた。いったいなんでそこまで強硬に言い張るのだとかぶりを振っていると「やってできねえことはねえだろ」と健児がつぶやく。

「あのなあ、俺はおまえみたいに、もとからできがいいわけじゃないんだよ。必死になって勉強して、やっとなんだ。もういっぺんやれって言われたって――」

「そうしないのはけっきょく、あいつに会いたいからじゃねえのかよ」

言葉の途中で、健児が吐き捨てる。あぐらをかいた彼がじっと來可を見つめてきて、その疑るような視線に頭が煮えた。

「なんつった、健児」

「大学やめたくないのは、綾川寛に会いたいからじゃねえのかって言ったんだ」

「そんなわけがあるか！　会いたくだってねえし、同じ空気吸うのもむかつく！」

思いだすだけで吐き気がするくらいなのにと來可が吠える。けれど健児はその言葉をいっさい信じた様子はなかった。

こぼれて量の減った、ぬるいコーヒーを一気に飲み干して、また言葉をぶつけてくる。

「おまえ、ほんとにあいつがあの大学にいるって知らなかったのかよ」

「なんだ、それ」

ばかにするのもほどほどにしろと言いかけた來可に、ものを言わせまいとするかのように健児がたたみかけた。

「あの綾川寛が、二年の段階で進路決めてなかったわけねえだろ。選択クラスだとか、あの野郎の選びそうな学科だとか師事したい教授だとか、家の状況考えれば、聖上学院がいちばん妥当だ。おまえ、それまったく知らなかったか」

健児の問いに、どうしてか來可はうろたえた。違う、そんなはずはない、と何度も自問しながらの言葉は、無意識の弱い声となって発せられる。

「……学年も違う相手の進路、なんで俺が」

「あのころ、あいつは敵味方含めて注目の的だった。おかげでどこで飯食っただとか、休みの日のデートの場所までばれるレベルの有名人だっただろうがよ。進路についての噂なんか、いっくらでもまわってた。俺だって知ってた」

來可は青ざめた顔で唇を嚙む。反論を許さない空気で、健児は最後のだめ押しをした。

「なにより、あのころのおまえが、誰よりも綾川寛の情報に敏感だったのは事実だ。否定すんな。俺がいちばん、知ってる」

じっと見透かすような目で見られて、來可は目を逸らした。ぶつけられた言葉が頭のなかでぐるぐると渦を巻いている。

たとえば無意識に、あの大学を選んだ理由のなかに綾川寛の存在があったのではないかと言われれば、完全には否定できない。

だが、いま來可が答えられるのは、このひとことだけだ。

「覚えてないよ」

「嘘は――」

健児が眉をつりあげ、咎めようとした。來可はそれを、手のひらを見せてとどめる。

「嘘じゃない。覚えてないよ。ほんとに、あの時期のことは俺、覚えてないんだ。なにが起きて、どうなったのか、いまもはっきり思いだせない」

真っ青な顔で、震える声で言った來可に、健児ははっと目を瞠った。

「覚えてないって、どういうことだよ」

「記憶喪失ってほど大げさなことじゃなくて、なんか、ぼやっとしてるんだ。俺にものすごく、いやなことがあった、それは覚えてるしわかってる。けど具体的なことが、わからない。ただ、痛くてつらくて、もうやだ、最悪だって感情しか覚えてない。あのころ誰とどういう話をしたか、そういうのがぜんぶ、遠いんだ」

「医者には……」

「言ったよ。たぶん、ストレスのせいだろうって。脳が、自分にとって有害な細かい記憶をブロックしてるから、自然に思いだすまで無理せずほっとけって言われた。全健忘じゃないし、問題もないだろうって」

しんと沈黙が落ちた。健児の顔も心なしか青ざめている。追いつめたくせに、こういうところは本当にやさしいやつだと、來可はおかしくなって笑った。だがその笑顔はひどく弱々しい、頼りないものでしかなかった。

「來可、それ、いつくらいからだ」

かすれた声で、健児が言う。來可は記憶をたどりながら、あいまいにかぶりを振った。

「……病院で、目ぇ覚めて、脚動かねえって思ったことからしか、まともな記憶がない。退学届書き間違えて二枚くらい破ったとき、ごみ箱に投げたらはいらなかったとか、そういうどうでもいいことなんかは、覚えてるけど」

具体的になにがあったのか。時系列がどういうふうであったのか。そういうことがはっきりしない。四年経ったいまではなおさら、すべてが夢だったような気さえしている。

「とくに高校の三年になってからのことは、……あいつに関してのことは、感情的にいやだっていうことしかなくて、あとは断片的っていうか……思いだそうにも、なんだか夢のなかみたいな、そういうあいまいな感じだけなんだ」

だから、綾川寛がどの大学にいくつもりだったのか、そんな話を誰としたのか、そんなことを覚えているわけがない。

そう告げると、健児は重いため息をついた。

「悪い。もういい。思いだせないもんは思いだすな。それは、いらないもんなんだから」

「そう思ってるよ。自分でも」

うめくような健児の声に、ぶるりと來可は震えた。いま彼に打ちあけたことで、記憶の蓋《ふた》が開きそうになっている。

(言わなきゃよかったかな)

この話は、いままで誰にもしたことがなかった。日常に支障がでるほどではないし、記憶が欠損したとも思わなかったからだ。ただ、あのころのできごとすべてが、遠く霞《かす》んでいる。

それは來可にとっては、幸いなことだった。

それを誰より理解している男は、低い静かな声で確認の言葉を口にした。

「大学、やめないんだな?」

「やめない」

震えていた來可の肩が、両手でぎゅっと摑まれる。大柄な男は、うつむいた來可の顔をしたから覗きこむようにして念を押した。

「おまえ、本当にそれできつくねえのか」

問われて、素直にきついなどと答える性格ではないのは知っているだろう。黙って來可が微笑むと、「ばか野郎が」と健児は舌打ちし、來可の頭を片腕で抱えこんだ。

乱暴に頭を撫《な》でられ、今度は本当に笑ってしまう。

「なんだこれ。健児、なに気持ち悪いことしてんだ」

「うっせえよ。とりあえず弟なんだから、兄貴にあまえろよ、すこしは」

「兄貴って、一カ月かそこら誕生日がさきなだけだし、戸籍もべつだし」

「……気持ちのうえじゃ、おまえはずっと俺の弟だったよ」

そうだろうな、と來可は目を伏せた。

ぶっきらぼうで怖そうに見えるし、口も悪い男だが、健児は友人としても、そして父の後妻の息子としても、來可をできるだけ思いやろうとしてくれている。

だから高校生当時、健児はあんなにも怒ったし、たとえきつい言葉や態度で來可を傷つけてでも止めようとしたのだ。目のまえのものに夢中で、なにも見えていなかった來可は、その手をとることができず、結果として自分も周囲も、痛めつけてしまったけれど。

あまえすぎてはいけない。健児の庇護《ひご》下はとても楽で、心地よいことはわかっているけれど、あのころ選択を誤ったのは來可自身だ。

ただ、誤解されたくないのは、いま來可は自罰的な気分で、無茶をしているわけではない。情けなかったあのころから、抜けだしたいとあがいているだけなのだ。

「おまえの思いやりは、わかりにくいんだよ」

「素直に忠告しても聞かねえだろ」

憎まれ口をたたいて、健児の太い腕をわざと乱暴に振り払った。べちんとたたいたそこを、心得た友人はおおげさにさすってみせる。

「まあ、俺も……素直に言える性格じゃ、なかったけど」

「うわ、健児がしおらしい。気持ち悪い」

「うっせえ」

しんみりした空気をきらった來可を理解したのか、健児もにやっと笑ってみせる。

「ま、そういうわけで携帯だせ携帯。いきなりくるなっつうなら、連絡先くらいオニイサマにちゃんと知らせとけ」

「ちょっ、あ、勝手にひとの携帯……やめろって！」

鞄をあさった健児は、來可の携帯をとりあげて無理やり自分のナンバーを登録する。

「兄上様、っていれておいてやったからな」

「うそ……俺の携帯メモリーが汚された」

子どものように自慢され、嫌みを言ってやろうと思ったのに、言いながら思わず噴きだしてしまった。健児はわざとらしく、ふんと鼻を鳴らしてみせる。

「これでステイタスがひとつあがったぜ」

「ゲームのアイテムじゃねえっつうの」

肩を小突いた來可に、健児も笑った。

思いだせない過去は、あいまいな記憶の向こうに葬ってしまえばいい。

忙しくて金もなくて大変なこともあるけれど、自分は笑えるし、健康に生きている。

返却されてこない書籍のことは問題だが、あれも寛が勝手にどうにかすればいいだけのことだ。データを求められたなら、必要なものだけを渡せばいい。

(俺は、だいじょうぶだからさ)

素直に言うにはお互いひねくれすぎているけれど、心のなかでこっそりと、同い年の自称兄へと感謝した。

＊　＊　＊

来生に呼びだしを食らってから一週間が経過した。

そして、米口さえ説得すればどうにかなるのではないかという寛の予想に反して、本を取り返すという作業はまったくかんばしくなかった。

(……でる気配もない、ないか)

耳に押し当てていた携帯から、留守番電話のアナウンスが流れたところで、寛は通話を切った。着信拒否にはされていないのが救いだが、応答がない以上、なんら意味はない。

あの翌日、まだ電話が通じた米口に寛は本のことを問いつめたが、のらりくらりとして、どこか不明瞭な返答しかしなかった。

以後の米口は電話にでることはおろか、メールの返信すらしなくなった。すでに必須単位を修了しているのか、大学にもめったにでてこないため、まったくつかまらない。

業を煮やして家まで押しかけてみたが、毎度毎度不在。その気配からして、数日は家を空けているようだった。

――言っただろ、稀覯本だって。最低でも十万単位だって。これまとめりゃ、すっげえ金額になるわけ。まだわかんねえ？

岡崎にほのめかされたことはまだ疑惑の段階でしかないため、赤羽や金居に相談はできない。だが、きょう米口の家を訪ねてみた寛は、玄関ドアのポストにぎっしり詰まった投げ込みチラシやダイレクトメールを見た瞬間、胸のなかで疑いが一気に膨らむのを感じた。

本当に、借りた本を転売にでもかけているのか。だから逃げているのだろうか。売った先は古書店か、それともネットオークションか、個人か。

考えられる可能性はあまりに多岐にわたって、絞りこんで捜索するのもままならない。

それにもうひとつ、気になることもあった。

――あたしはなにもフェミ気取って言ってるわけじゃないです。男子にはわかんないかもしれませんけど。

——あいつ、ボランティアサークルでの評判、相当悪いって話じゃんかよ。そんなんに経理任せるとか、どこまで暢気なんだかな。

金居と岡崎の言葉は、似ているようですこしずれている。

寛もそれこそ、米口の評判が悪いことは知っていた。だが奇《く》しくも岡崎の言ったように『評判が悪いという評判』しか耳にしておらず、すくなくともボランティア活動の際にはフットワークも軽く、よく動く人物でもあったため、そこまで悪くは思えなかった。

軽薄な言動が多いため、いろいろな行き違いがあるのだろう、くらいにとらえていたのだが、根本的になにかが間違っていたのだろうか。

(事実関係を、すこし確認しなおしたほうがいいかもしれない)

念のため、とサークルの経費関係の出納帳を確認してみたが、ひとまずそちらには大きな問題は見受けられなかった。計算違いで生じるだろう誤差が多少あったのみで、着服などの可能性が消されたことにはほっとした。

同時に、仲間だと思っていた相手を疑わなければならない現状にげんなりしている。

ふっと息をついた寛の背中を、どしんという衝撃が襲った。

「なーに重苦しいため息ついてんだ、寛」

「准《じゅん》くん。おひさしぶりです」

「よ、ひさしぶり。あいっかわらずでけーな」

そこにいたのは、寛の幼馴染みである皆川《みながわ》准だ。顔をあわせるたびに交わされる挨拶代わりの言葉に、「いまさら縮みませんよ」と寛は笑った。

三歳年上の彼の身長を抜いたのは寛が高校生のころ。といっても数センチ程度の話で、彼も平均的に見ればかなり長身の部類にはいるだろう。

「准くんも、相変わらず男前ですね」

「あほか。おまえに言われっと嫌みだよ」

色素が薄く、ときにはハーフかクオーターかと問われることもある寛のあまめの顔だちとは対照的に、准は目も髪も漆黒で、くっきりとした眉と切れ長の目が凜々しい、いかにも日本男児といった端整な顔をしている。そして性格もまた、見た目に似合って男らしい。

直情で気の強い准と、おっとり物静かな寛はなぜか学年も違うのに馬があい、つかず離れずといった感じで、長い間友人でい続けている。

「せっかくのパーティーで、しけた顔すんなよ。あっちで、おまえいじりたそうなオネエさんたちが待ちかまえてんぞ」

ほれ、と指さされたさきには、ドラァグクイーンよろしく派手な扮装をした集団がいる。

この日は父の友人である二丁目のバー『止まり木』のマスター、花散《はなちる》ミチル主催の、ハロウィンパーティーだ。友人知人を集めてどんちゃん騒ぎをする彼らのパーティーにはじめて寛が参加したのは六歳、准が九歳のころだった。

知りあったきっかけは、准の父親がゲイだったため、ミチルがパイプをつなぐかたちでまず親同士が知りあい、じつは家も近かったということで、幼いころから一緒に遊ぶ仲間となった。

それから十五年。当時は参加者全員が仮装をするのが条件だったりもしたが、顔ぶれの年齢があがるとともに、現在では有志のみというかたちになっている。

会場も変わらず、仲間内のひとりが経営する喫茶店を貸し切り状態にしておこなわれる。

ふだんは穏やかな雰囲気の『ボガード』というその店は、二丁目メンバーたちの張り切りによってすっかり魔界チックな飾りつけになってしまっていた。

「おまえにコスプレさせようって話もあったらしいんだけど、着なかったのか？」

寛は苦笑して「勘弁してください」と言った。

「あのひとたちに捕まったら、オモチャにされるのは必至です」

「ガキのころからかわいがってもらってて、なに言うか」

スコッチグラスを手にした准がにやりと笑う。その足下を、ぱたぱたと走り抜けていくちいさな影があった。

「とりっくおあとりーと！」

「お菓子くれなきゃいたずらするぞ！」

きゃいきゃいと走りまわりながら叫んでいるのは、准の子どもたちだ。お菓子を手に待っている母親のもとへと向かう男女の双子を横目に眺め、寛はちいさくため息をついた。

「にしても早かったですよね、ほんと。学生結婚って、うちのお父さんたちみたいです」

「るせえよ。いいだろべつに」

むっとしながらグラスをかたむける准は、二十四歳にして二児の父だ。最初の妊娠で双子が生まれたため、子どもたちはすでに四歳になる。

「梨璃花《りりか》さんが短大でるなり籍いれて。大学生の父って、大変だったでしょう」

「デキ婚だとかいろいろ言われたりしたけど、べつに大変でもねえよ。それにもともと計画的に作ったからな」

「え、二十歳で子ども作るって、決めてたんですか？」

幼馴染みといえども年齢が違うため、そこまで突っこんだ話まで聞いたことがなかった寛は驚いた。

「そ。俺あいつと幼稚園でいっしょになって、小学校の二年からつきあってっから。結婚の時点で十年計画だからな。俺がりりにプロポーズしたの、九歳のころだし」

自分の妻をいまだに幼いころの愛称で呼ぶ彼は、大変な愛妻家だ。

しかも親に頼って子育てをするような真似はしたくないからと、高校のころから地道にアルバイトをして元手を作り、株で一財産作っていたというのだから恐れいる。

「うちの父は中学生で母と出会ったって言ってましたけど、准くんはうえをいってますよね」

寛の父である寛二は、生活が安定するまではと避妊を怠らなかった。そのため、結婚こそ早くても、寛が生まれたときの彼は二十代の後半。すでに会社も経営しており、満を持しての子作りだったと聞いているが、准は逆の道をいった。

だがそれは、彼なりに理由があったらしい。

「りりんとこは、梨沙《りさ》さんが高齢出産だっただろ。お兄さんとは歳が十九も違うし」

梨璃花の母親は四十近い年齢で彼女を産んだそうだが、見た目が大変若々しく年齢不詳のため、還暦をすぎたいまになっても『きれいなお母さん』といった雰囲気の女性だ。

「でも、三十代後半での出産って、さほどめずらしくもない話じゃないですか？」

結婚や出産の早かった昭和までの時代ならいざ知らず、医療技術の進んだ現代、四十代の出産もない話ではない。寛が首をかしげると「りりは、それでも怖かったんだってさ」と准が苦笑する。

「怖い？」

「梨沙さん、たしかに見た目若いけど、自分のともだちのママとかに較べると、やっぱり年齢が上だって気づいたころから、やたらいやな夢見るようになったんだと」

「いやな夢ってなんでしょう」

寛が問えば、ほんのすこし声を低めて准は言った。

「……母親が、死ぬ夢。年齢がいってる親がいる子どもって、無意識にそうやって、親の死に慣れようとする傾向があるんだと」

実質的に母親が失われるかどうかは関係なく、うっすらした不安に対する防御らしい。そう聞かされ、寛は「そんなものですか」と首をかしげた。

「ぼくは、母がずっといませんので、むしろ夢を見られるだけでも嬉しいですが」

さらりと告げた寛に、准ははっと息を呑んだ。

「あ、悪い。うっかり……」

「いえ。昔のことですからね。なにしろ亡くなったのはぼくが二歳のときですから、残念ながら写真でしか知らないんですけど」

にっこり寛が微笑むと、准は我の強さを表すような、きりっとした眉をひそめた。

「なあ、おまえのその王子さまスマイル、どうにかなんねえのか」

「王子さまって、なんですかそれ」

「まわりから言われてんだろ、とぼけんな。大学でミスターパーフェクトとか、キモいもんになったくせに」

どうやら記事を読んだらしい准にずけずけと言われ、寛は苦笑する。

「あのキャッチコピーは、さすがにぼくとしては、大仰だと思うんですけど」

「辞退もしてねえんだろ。サイト見て、正直勘弁って思った」

おえ、とわざとらしく舌をだす准も、じつのところかなり正統派の美形であると思うのだけれど、なにしろモテようがモテまいが、梨璃花以外目にはいっていない男だ。ちやほやされて見える寛のことが、いまいち理解できないと吐き捨てた。

「タレントでもねえのに愛想まいてどうすんだよ。モテ自慢みてえで気色悪い」

「うーん、でも褒めてくださっている以上は拒めませんし」

おっとりと告げる寛に「それが本気だから手に負えねえんだよなあ」と准はぼやいた。

「つーか、おまえは本命っていないのかよ」

「んん、いまのところは、とくに」

ふふ、と微笑む寛に、准は思いきり顔をしかめ、「こないだまでつきあってた女は？」と声をひそめて問いかけてくる。

「ああ、留学するという話があったので、お別れしました」

「そのまえにつきあってた男は？」

さらっと問いかけてきた准に、寛も同じテンションで言葉を返す。

「就職して田舎に帰ると言ってましたね」

「んじゃ、そのまえの後輩……」

「友人づきあいはしてます。いまは好きなひとができて幸せだと、メールもらいました」

問われるままに、さらさらと答える。ちなみにいまあげたのはすべて、ここ一年以内につきあった相手ばかりだ。もうすこし軽いつきあいならば、さらに数が増える。

相手が異性でも同性でも、別れの際にもめたことはない寛をよく知る幼馴染みは、あきれともつかない言葉を零した。

「……そんだけなで切りにしてんのに、全員と円満に別れて、誰にも恨まれてないってのが怖《おそ》ろしいよな。まあ、お互い納得ずみってのが前提にあるからだろうけど。本命ができたら、いままでみたいにうっすいつきあいするんじゃなく、特別扱いするくらいはしろよ」

そもそもおまえは恋人と友だちの区別がついてないのだと言われ、そうだろうか、と寛は首をかしげた。

「ぼくはぼくなりに、大事にしてると思うんですけど……」

「大事にはしてんだろうけど、どれもこれも軽いっつってんの」

「軽いって……ひとのこと遊んでる人間みたいに」

「年間で二桁《けた》近く相手が変わるのは、遊んでるっつうんだよ！」

ばしんと准に背中をたたかれる。けっこうな力がはいっていたそれに顔をしかめた寛は、手にしたグラスの中身を揺らしながらつぶやいた。

「……じつはこの間も友人の赤羽に、似たようなことは言われたんですが」

「あ？　似たようなって、どんな」

准の問いかけに、寛はグラスの中身をすすって、ため息をついた。

「清潔で品行方正なヤリチン、とか……失礼な話ですよね」

そのひとことに准は噴きだし、爆笑した。

「はっはは！　し、失礼もクソも事実だろ！　うまいわそれ、いいな！」

遠慮もなにもなく、げらげらと笑っている幼馴染みを軽く小突いた。

「准くんも失礼ですよ」

「ひっひ……いや、そいつと話してみたい、俺。んで、寛の夜の生活暴露してやりたい」

涙目になって笑いまくる准に「やめてくださいよ」と寛はさすがに憮然《ぶぜん》とした顔をした。

「だ、だってよ。どうせ女関係の、それも学内のぶんしか、赤羽ってやつ、知らないんだろ。それでヤリチンとか」

准は言葉の途中でまた噴きだした。よく見るとグラスの中身は半分ほどに減っていて、耳のあたりがほんのり赤い。酒好きのわりにさほど強くなく、笑い上戸の彼が飲みすぎたことを知って、寛はため息をついた。

「絡み酒は勘弁してくださいよ、准くん」

「明るい酒だろうが。おまえみたいにザルとおりこしたワクといっしょにすんな。つうか、話逸らすんじゃねえよ、ヤリチン」

「だからそれ、やめてくださいって。下品ですよ」

「次から次から相手変えるのは上品たぁ言えねえだろ」

「……准くんに較べたら、誰だってヤリチンになっちゃうでしょう」

にやっと笑う准と寛は、見た目や性格、酒の飲みかたばかりでなく、恋愛遍歴もまた正反対だった。

准は小学生時代からのハツカノと入籍した筋金入りの純愛主義。くらべて寛は、周囲がゲイだらけという環境もあったのかどうかわからないが、博愛主義のバイセクシャルに育った。

大学ではカミングアウトしていないため、赤羽にすら彼氏がいたことは打ちあけていない。そういう相手と知りあうのは大抵、同類の集まる場所ばかりだ。

――お互いにわかりあったうえで、おつきあいしている相手はいました。

――それで相手の女、納得してるの？

つい先日、赤羽と交わした会話で寛がほのめかした『わかりあったおつきあい』の相手は大抵、同性だった。女性よりも性欲がストレートなぶん、友人間でのセックスが成立しやすく、相手さえ選べばこじれる確率も低いというのも、寛が修羅場に巻きこまれにくい理由のひとつだろう。

だが、そういう寛のつきあいかたについて、長いつきあいの友人はいまいち納得いかないらしく、顔をあわせれば「ちゃんとしろ」と説教をする。

「ま、あんまり遊んでないで、適当に見つけろよ。博愛もすぎると、本命ができたときに信用なくすぞ」

いままで何度も口にされた、年上の幼馴染みの忠告だった。けれどなぜだか聞き流すことができず、寛はすっと優美な眉をひそめて口ごもる。

「そう……ですか？」

「そりゃそうだろ。誰彼かまわず愛想振りまくってのは、場合によっちゃ、うさんくせえって思われかねないしな」

——うさんくせえ。難癖つけられて笑うのかよ。

耳に残っている彼の言葉が、ひときわあざやかによみがえる。そう根に持つ性格でもないはずなのに、出会い頭の発言がいまだに引っかかっている自分にも驚いた。

寛の表情の変化にめざとく気づいた准が「どうした？」と問いかけてきた。はっとして浮かべた笑みは、自分でもあまり冴えたものではないと、いやでもわかった。

「ああ、いえ。それも……似たようなことをこの間、言われたので」

「赤羽じゃなくてか？　誰に」

どこまでも鋭い幼馴染みに「ちょっと知りあったひとから」と告げ、寛は顔を曇らせた。准と話すことでまぎれていた気分が、ゆっくりと下降線をたどりはじめる。

「じつは……そのひとに、ひどくきらわれているようなんです」

「え、おまえが？　やっかまれてるとかじゃなく？」

めずらしい、と驚く准にうなずくと、彼は「それ、男？　女？」と問いかけてきた。

准の突っこみに、寛は「男性です」とだけ答え、詳しい話はしなかった。准もしつこく追及することはせず「ふうん」と言うのみだ。

そっけないような空気が、ひどくありがたい。准独特のこういう間のとりかたは、さすがに年上だと思わされる。あるいは、父親の貫禄《かんろく》だろうか。寛が本気で困ったとき、准はけっしてそれを追いこむような真似はしない。

だからこそ、大学内での友人には言えない話も、彼には打ちあけられるのだ。

「この間ミスターコンテストの取材があったんです。彼にはそのとき、はじめて会ったんですけど……」

ぽつりぽつりと話す寛の言葉を、准は一度も遮らなかった。中途半端な相づちも打たず、じっと意志の強そうな目で『聞いている』ことだけを教えてくれる。

思いだすままに語った寛は、岡崎という彼のこと、米口のこと、いま起きている面倒なトラブルのことまで、すべてを口にした。

ひととおり話し尽くしたところで、准は「ふーん」と吐息混じりの声をだす。

「なるほどな。理由はわかんねえけど、またえらいきらわれたもんだ」

その声がどこかおもしろがって聞こえて、寛は眉をよせた。

「准くん、なんで笑ってるんですか？」

「そりゃ、笑えるからだろ。おまえが人間関係の愚痴こぼすなんて、はじめて聞いたし」

たしかにそのとおりだと、寛は言葉を失った。

そもそも寛にとって、ほかの人間について『困っている』状態というのはめずらしい。大抵の人間は許容してしまうため、人間関係で思いわずらうということ自体がほとんどないからだ。だが岡崎と知りあってからこっち、困惑することばかりで、調子が狂っている。

「なんなんでしょう、これ」

「んなもん、俺が知るかよ。つうか、おまえはどうしたいんだよ」

「ぼく……？」

シンプルに問われて、戸惑った。思考停止しかかっている寛に対し、准はしかたなさそうに笑って「そこが問題だろ」と言った。

「相手が寛をきらってるらしいってのは把握した。このまま避けてとおるのもひとつだが、図書館の本についての問題が解決するまでは、あっちがいやでも関わらざるを得ないよな」

「そう、ですね」

いやでも、という言葉になぜか胸が重く感じる。寛の声がにごるのを、准はやはりおもしろそうに目を細めて聞いていた。

「でだ。ことが解決したあと、関わりは切れる。そこで、おまえはどうしたいわけよ」

「どう……」

しばし考えこんだあと、寛は素直な答えを口にした。

「……ぼくとしては仲よくしたいんですけれどね。どうしたものかなと」

ぽつりとつぶやいた寛をおもしろそうに眺めていた准は、目を細めて「いっぺん、ゆっくり話してみたらどうなんだ」と提案する。

「話す、ですか。でも、近づくのもいやがられてるのに？」

「うん、だからそれだよ」

びしりと准は寛を指さす。それとはどれだ、と寛が目をまるくしていると、准は長い指のさきをくるくるまわしてみせた。

「おまえはさ、その相手がいやがるから近づくのをためらってんのか、それとも、いやがられることで自分がへこむから、腰引けてんのか、どっちだ？」

寛は目をしばたたかせた。

「それは、ふつう、どっちもいやなことだと思いますが」

「ふつうねえ。寛に似合わない言葉だよな」

かか、と准は大口をあけて少年のように笑った。

「いやがられるにしたって、思いあたることがねえんだろ。そこ知りたいと思わねえのか」

「それは、……うん、思います」

「んじゃ、なに言われてもにこにこしながら押してみろよ」

逆効果じゃないのかと問えば、准は「人間、自分に笑いかけてくる相手には、いつまでも怒ってらんねえもんだよ」と言った。

「なにしろ、おまえをきらいってだけで希少種なんだ。それにどっちにしろ、本のことで協力してもらわなきゃならないんだろ。チャンスと思って食いつけよ。もしかしたらなにか、おもしろい方向に転ぶかもしれないしな」

「おもしろいって、ひどいな准くん」

「俺くらいはおまえのことおもしろがってやんなきゃ、どっしょもねえだろ」

なかば野次馬根性で唆《そそのか》されたと知りつつも、寛は准の言葉にやわらかに微笑んでみせる。

「そうですね、今度機会を作ってみようと思います」

米口のこと、岡崎のこと、なにも解決はしていない。それこそ愚痴を言っただけの話ではあるけれども、まっすぐな友人に励まされ、肩の力が抜けた。

准もそれを理解したのか、にやっと笑って寛の肩を何度もたたいた。

「そうそうそれ、その王子スマイル。がんばれよ、爽やかヤリチン」

「……だから、下品な発言はよしてくださいって」

そのあとは世間話に終始して、不可思議な彼について話題にのぼることはなかった。

気配を察したのか、話が一段落するまで准と寛を放っておいてくれた面々に引っぱられ、はしゃぎまわる子どもたちの面倒を見て、にぎやかなパーティーを満喫する。

だがなにをしていても、誰と話していても、寛の意識のすみには、常に、あのきゃしゃで無愛想な彼の姿がこびりついていた。

＊　＊　＊

狭い場所に大柄な男がいると、よけいに狭苦しく感じられる。

先日、來可の住まうアパートを健児が訪ねてきたときにもそう思ったけれど、うっとうしさについてはいまの比ではなかった。

「へえ……木版刷の本って、昭和初期まででで終わりだと思ってたんですけど、これ奥付が平成なんですねえ」

和綴じの本をめくりながら感心したようにつぶやく男は、なぜか來可が作業している机の面前に陣取っている。

書庫を兼ねた事務室のなかは薄暗い。書籍類を保管するには日光が大敵で、ごくちいさな窓から差しこんだ午後の陽差しが舞う埃に反射して、あわくやわらかなひかりになる。

それに照らされたノーブルな顔の青年は、まるで一幅の絵のようにうつくしい。

丁寧に版画集をめくる寛の指は長く、色白の頬にあたる陽の光のせいか、輪郭全体がふわりと輝いているかのようだ。

「昭和のこういうデザインっていいですよね。版画なのに版ずれもなくて、緻密《ちみつ》だし、色合いがすごくあざやかだ。現代でもぜんぜん通用しますよね」

がちがちがち、と來可はマウスを連打した。データベースを呼びだしているこの端末はもう二世代は古い型で、動作が遅くストレスがひどい。

といっても來可の覚えているストレスはマシンスペックが理由ではない。返事があろうがなかろうが、ひっきりなしに話しかけてくる男のせいだ。

（ああ、もう、いらいらする）

ちらりと視線を向ければ、気づいた寛がすぐに顔をあげてにっこり微笑む。一部の女子には「綾川さんの笑顔はチャーミングの魔法」だなどと、恥ずかしいことを言われている笑顔に、來可はうんざりと口を歪めた。

「……米口が借りた本、どんなもんかっていうからだしたんであって、感心させるためじゃないんだけど」

ぜったいに口を開くまいと思っていたのに、つい皮肉がこぼれた。怒って退出するかと思ったのに、寛はなぜかぱっと表情を輝かせる。

「ああ、すみません。つい見いってしまって。こんな機会でもないと、なかなか見られないので」

うっかり会話の糸口を作ってしまった自分に舌打ちして、來可はぶっきらぼうに言い放つ。

「それ、見終わったらちゃんと帙《ちつ》にいれて、しまえ」

「……え？　ど、どれのことですか」

聞き慣れない単語に、寛が視線をさまよわせる。來可はため息をついて「それ」と、厚紙に布を張り、数冊の本をまとめて収納するようになっているケースを示した。

「それのことだよ。象牙《ぞうげ》のこはぜ……ツメがついてるやつ」

和本のセットには欠かせないものだが、現在ではほとんど流通していない。いま机のうえにあるのは四方帙といって、開くと立方体の展開図のようになるタイプのものだ。

「岡崎くんは、いろいろよくご存じですね」

「資料作ってるうちに覚えただけの話」

ぶっきらぼうな來可の言葉に、ていねいに帙へと和本をしまう寛はくすりと笑った。

「それでも覚えたのがすごいですよ」

きらきら、ひかりを集めたかのような完璧な笑顔に、來可はますます顔をしかめた。

(なんなの、こいつ。まったくなに考えてんだか、わかんねえ)

自分はたしか、死んでも会いたくないとか、近くにいるだけで不愉快だとか、そういったことを彼に告げたはずだ。

(なのになんで、会うたび会うたび、にこにこしてんだ……⁉)

來可が手ひどく拒絶してから一週間ほどの間は、寛の姿を見かけなかった。最初の三日は警戒していたけれども、相手はなにしろ他大学にも名を馳せるレベルの有名人。おそらくは忙しさや社交活動にまみれて、こちらの存在などすぐに忘れたのだと見当をつけた。

四日経ち、五日経ってもアクセスしてこないことから、ようやくこれで平和が戻ってくると思って完全に油断しきった來可の考えは、あまいのひとことに尽きた。

きっかり一週間後の月曜日。図書館に向かう途中の來可を追いかけてきた寛は、突然に図々しいことを頼みこんできた。

——米口先輩が借りていた稀覯本について、もっと教えてほしいんです。

——そんなもん、自分で調べろよ。

——調べます。だから、詳しいひとに教えてほしいんです。お願いします。

公衆の面前で長身を深く折る寛の姿は、ひどく目立っていた。大学のアイドルに頭をさげさせたかたちになった來可は、通りすぎていく学生たちにじろじろと見られ、ひとまずその場は逃げだした。

しかし、話はそれでは終わらなかった。それからというもの、寛はことあるごとに來可を追いかけまわし、やたらと話しかけてくるようになった。

いやだと、協力はごめんだと何度も断ったのにまるでめげず、あまつさえ、いつの間にか司書の面々を味方につけて、ついにはこの図書館の事務室内に顔パスで入り浸る始末だ。

——わからないって言ってるんだから、協力してあげなさいよ。だいたいリスト作ってるのは岡崎くんなんだから、あなたが教えてあげれば手っ取り早いじゃない。

来生にまで協力をするように命じられ、作業中の自分のそばにいることだけは認めた。

だが正直いって、寛のやっていることは無意味だとしか言えない。

いくら本自体の知識を増やしたところで、米口が返却するよう説得するか、もしくは強硬手段で彼から取り返すかしない限り、どうしようもない。ここでだらだらと本を眺め、來可を相手に話をしている余裕などないはずだ。

「……どうでもいいんだけどさ、米口のほう、どうなってんだ？」

「相変わらず連絡はつかないですね。いま、ご実家のほうの連絡先を調べてるところです」

もうすこしあせったほうがいいのではないかと言いたくなるほど、さらっとした答えだった。なにを暢気な……と言いそうになったけれど、彼はもとからこういう性格だったことを不意に思いだす。

大変であればあるほど、忙しければ忙しいほど、ゆったりと微笑んで激務をこなす。誰よりも仕事を抱えていたあのころ、間近に見ていてさえ、寛が切羽詰まった顔をしたことなど、一度としてなかった――。

「……！」

ざわっと、うなじの毛が逆立った。健児に言ったとおり、詳細はあいまいで思いだせないはずの記憶が唐突によみがえってくる。そして同時に、心臓が突然暴走をはじめ、息苦しさを覚えはじめた。皮膚がいきなり過敏になり、空気に触れた部分がひりひりと痛みだす。

パニック発作の前兆だと気づいて、來可はあせりを覚えた。急いで作業中のデータに保存をかけ、電源を切る。

「あ……どうしたんですか？」

「きょうは終わりにする。帰る。残ってるなら、来生さんに、俺は帰ったって言っておいて」

鞄を手にした來可は、戸惑っている寛が追ってこないうちにと足早に部屋を横切る。

「ちょっと、あの、岡崎くん！　待って！」

待てと言われて待つ人間がいるわけがない。駆け足で、來可は外へと向かう。

このフロアは、一部の専門書の保管庫となっているため、ほとんどひとの姿はない。

急いで階段へと向かった來可は、踊り場の手前にさしかかったところで不意に脚が痛むのを感じた。

（しまった……っ）

階段は來可にとって鬼門だ。意識していなければうまくおりることができない。その苦手意識が身をすくませ、背後から聞こえた足音がさらなる焦りを生む。脚が動かなくなる。

平衡感覚がわからなくなり、自分の身長の分だけ頭から遠いはずの床が、目のまえに迫りあがってくるかのような錯覚を覚えた。

鼓動が異常なくらい早くなる。どどどっ、とこめかみがせわしなく脈打ち、今度こそパニックに陥った來可の膝から、がくん、と力が抜けた。ねじのとれた人形のようにぐらぐらになり、まともにバランスをとることすらできず、階段に向かって倒れかかる。

（落ちる……！）

痛みを覚悟して目をつぶる。だが來可の身体は床に崩れ落ちるまえに、長く力強い腕に抱きとめられた。

「危ないですよ。気をつけてください」

「あ……」

必死に追ってきたのだろう、相手も息を切らしている。焦った表情をする寛の顔がめずらしく、それを見つめているうちになぜか脈拍も呼吸も平常になり、パニックが去ったことに來可は気づいた。

目を開けると、まだ階段までの距離は充分にあり、転んでも落下することはなかっただろう。もう落ちると思いこんだのは、やはりパニックのせいだったようだ。

恐怖すら感じていた自分が気まずくて、來可はすこし乱暴に寛を押しやる。

「平気だから、手、離して」

「だいじょうぶですか？」

つっけんどんに言っても、寛は怒りもしない。助けてくれてその態度はなんだとか、そんなふうに言ってくれたほうがましだと唇を嚙み、体勢をたて直すなり距離をとった來可は、彼を睨んで吐き捨てた。

「なに追いかけてきてんの」

「そっちこそ、どうして逃げるんですか？」

問われたところで、答えようもない。もう何度も苦手だきらいだと言っているのに、まったくめげる様子のない相手に対する言葉は尽きた。

なにより、ひとにきつい言葉をぶつける行為は、発した本人にもダメージが大きい。すくなくとも來可は、追ってくる相手をわざと傷つけて遠ざけるような行為には疲れを覚える。

「なあ、もうさ、本探すならサークルのほうで勝手にやってくれよ。わざわざこんなとこに日参して、似たような本眺める必要、どこにあんだよ」

「手がかりを探してるんです」

「手がかりって、なんのだよ」

「どうして米口先輩が、あの本を返さないのか。もし本当に売り払おうとしたのなら、どうしてそんな真似をしたのか。大学にもこないアパートにもいない状態で、いまはどこにいるのか。……なにもわからないので、せめて彼のいた場所の近くに、ヒントはないかと」

「あのな……」

あるわけがないだろう、とあきれ混じりに吐き捨てようとした來可は、寛がふっと浮かべた微笑みに硬直した。

「というのは、半分くらい本音で、半分くらい口実です」

「口実って、なに」

「ぼくは、岡崎くんと話をしたいんです」

寛が一歩、間合いをつめた。無意識にあとじさりながら、來可は「なんだそれ」とせせら笑う。

「話とか、俺はしたくねえし。なんでそんな」

「どうして、そこまできらわれたのか、ぼくは理由が知りたい」

光を透かした寛の目は、紅茶のような色合いに輝いている。澄みきったそれに捕らえられ、來可は息を呑んだ。気圧《けお》された自分が不快で、顔をしかめる。

「知って、どうすんだ」

「自分で気づいていない欠点があるなら、それが岡崎くんにとって不愉快なことなら、直したい」

また跳ねあがりそうになった心拍数を、來可は大きく息を吐きだすことでおさめた。

今度のそれはパニックではない。四年の間、必死に記憶から追いやろうとし、自分でも持てあましているあの純粋な怒りだ。

(なに言ってんのかわかってんのか、こいつ)

寛が言うところの『欠点』『不愉快な点』は、彼自身が矯正することなど不可能だ。なぜならば來可にとっての寛は、あの当時の象徴であり、すべての原因となった男だからだ。どこがどう悪いというわけではない、彼が存在するそれだけでパニック発作を起こしそうになる程度には、トラウマの権化なのだ。

(なにが、知りたいだ。これだけ近くで話してても、すこしも気づかないくせに!)

いっそすべてをぶちまけてやりたい。けれどそうすることは、來可のなけなしのプライドが許さない。

もう一度、肩で大きく息をした來可は、どうにか平静な声をつくろった。

「理由とかねえよ。生理的にいやなんだっつっただろう」

「じゃあ、たとえばどういうところが」

食いさがってくる寛に、できるかぎり見下したような態度で答える。

「後輩相手に敬語とか気持ち悪いから」

來可の言葉に、寛は心底困った顔をした。彼はわざと丁寧語を使っているわけではなく、それ以外を口にしようとするとおさまりが悪いのだと言って、誰に対しても言葉遣いを崩さない人間だ。

(……くそ、まただ)

寛を目のまえにすると、それが呼び水でもあるかのように、彼に対して知りすぎるほど知っていた情報がごく自然に頭に浮かぶ。思いだしたくもないし忘れていたはずなのに、脳に根づいた記憶が次々と解凍されて、容量を超えてしまいそうになる。

この場を終わらせたいと、來可は口早に言った。

「そういう話しかた、鳥肌たつくらいきらいなんだよ。だから——」

「じゃあ、なおします……なおす」

もう話しかけるな、と言いかけたことを察したように、声を大きくして宣言した寛に驚き、來可は目を瞠る。

「岡崎、が、いやなことは、しないようにしま、するから」

とんでもなくぎこちない口調だった。ふだんから落ち着き払っていて、穏やかながら弁のたつ彼とも思えないくらいのたどたどしさに、來可はあっけにとられた。

「おまえ、変なんじゃねえの。なんでため口きくのがそんなにむずかしいんだよ」

「そ、そう言われても習慣なので」

「英語とか得意なんだろ。あっちは、日本語みたいな丁寧語とは概念が違うけど、すくなくとも外国語話せるんだったら、使い分けくらいできんだろ」

上流社会で使う英語とブロークンなそれとでは、使う単語と発音が根本的に違う場合もある。シチュエーションによって文型が変わることで表現するため、日本語のように謙譲、尊敬表現など語尾を変えたりするものとは根本的に違うのだ。

「単純な話なのに、なにこだわってんだよ」

來可のあきれた声に、「だから、それが」と寛は困った顔をした。

「英語と日本語だと、脳を使う部分が違う、から。なんか、こう……くだけた言葉遣いは、それこそ言語野が違う感じで」

やはりしどろもどろの寛に、來可は顎がはずれそうになった。

「綾川寛って、案外ばか？」

「ば……」

言われたことのない言葉なのだろう。ものすごくショックを受けた顔になる寛に、來可は思わず笑ってしまった。

「……笑った」

寛が目を瞠り、ちいさくつぶやく。無意識だった來可はきょとんとなったあと、すごい勢いでしかめっ面になった。それが残念ででもあるかのように、寛は「ああ」と眉をさげる。猛烈な羞恥を覚え、來可は寛へとまたもやつっかかった。

「笑ったからなんだよ。つうか、話しかけさえしなきゃ、丁寧語になんねえじゃん、おまえ」

「え、ああ、そうですね」

にっこりと微笑んだ寛は、笑顔こそがデフォルトの表情だ。口角がわずかにあがったかたちをしているせいもあるのだろう。きれいでやさしいその笑顔に、むくれている自分がひどくばかばかしくもなった。

そして同時に、むかついた。

「ほらまた、『ですね』。やっぱわざとだろ。気持ち悪い」

「あ、違いま……違う！」

吐き捨てて歩きだした來可のあとを、寛があわてて追ってくる。肘をとられ、振りほどこうとしたら「危ないから」と強く握られた。

「危ないって、てめえが絡んでこなきゃ危なくもねえし」

「でも、脚、痛そうだから」

軽く引きずっていることを気づかれたらしい。冷えがきつい朝だったせいで、たしかに古傷が疼いてはいる。けれどべつに、そこまで気遣われるようなことでもない。

「綾川寛の顔見なきゃ、痛くもない」

うつむいてぼつりと言った來可に、寛は「ひどいな」と苦笑した。だがつぶやいた言葉が真実であると気づいてしまった來可は、ますます顔を歪める。

この半年、脚が痛むことなどなかった。本当にこれは、寛がそばにいると痛むのだ。気にしたくない、考えたくないし――思いだしたくもないのに、疼くのだ。

(もうほんと、こういうの勘弁してくれ)

來可は奥歯を噛んで自分の混乱と戦う。意味もなくかぶりを振ると、寛がちいさな声で「その髪……」とつぶやいた。

「髪がなんだよ」

いいかげん離せともがく來可に、寛は困ったように笑いながら言った。

「いえ、いつもくくってるうしろの部分が、ちょこちょこ動いて、犬のしっぽみたいで」

「……しっぽ？」

寛にとって、それはなんの気なしに言った言葉だったろう。けれど來可にとってその言葉は、最悪中の最悪だった。

——犬だよ、おまえ。

健児に何度もあざけられた、数年まえの自分の姿が一気にフラッシュバックする。幼いころ、名前のせいで何度も何度もからかわれたことも。

どうしてここまで、この男は來可の地雷を踏むのがうまいのか。頭に血がのぼり、ただただ、すべてがいやになる。

「……ひとを、ばかに、すんな！」

叫んで寛の腕を振り払い、広い胸を両手で突き飛ばした來可は痛む脚で階段を駆けおりた。不格好に転びそうになりながら、息を切らして。

「ちょっと、岡崎くん！」

出遅れた寛があとを追ってくる。階段に対して覚える恐怖もなにもかも、背後から迫る男に較べたらずいぶんとマシだ。

ろくに運動もしない身体が悲鳴をあげた。呼吸が荒れて、胸が苦しくてたまらない。どんよりした水のなかを泳いでいるかのようだ。うえを向いていくらあえいでも、酸素がはいってこない気がする。

手すりを掴み、遠心力に振りまわされる勢いで方向を変えた來可は、さらに階下の踊り場へと走る。脚の痛みがひどくなり、徐々に、足があがらなくなってきた。

「——岡崎くん、危ない！」

叫ばれたそのとき、あと数段のそれを踏み外した。今度はもう、さきほどのように覚悟をする暇もなかった。ぐるんと身体も視界もすごい勢いでローリングする。

幾度かの不規則な衝撃と、叩きつけられるようなすさまじいG。

なにかにどんとぶつかったような感じがして、ようやく來可の世界が落ちついた。おそるおそる身体を動かしてみると、思ったほどには痛くない。

衝撃を吸収するなにかが、來可の身体を受けとめていたからだ。

「……なんで……」

いたた、とうめいた彼は、茫然とした來可の顔をしたから覗きこんでくる。

「あの、だいじょうぶ？」

「だ、だいじょうぶって、なんで、おまえ、どうして」

なぜ、うしろにいたはずの寛が、來可の身体のしたにいるのだ。さきほどとはまったく別の意味でパニックになりかけると、寛があっさり種明かしをする。

「間に合わないかと思って、とっさに飛んだんだ。ちょうど受けとめられて、よかった」

なぜか得意げな寛に來可はぎょっとした。いくら階段の途中から踊り場までとはいえ、数メートルの高さがあったはずだ。途中で落下してもおかしくないのに、たった三、四段を転びかけた相手を助けるためにやることではない。

しかも、ぶつかった勢いで寛は背中から倒れこんでいる。彼の背後にあるコンクリートの壁を見て、來可は心底ぞっとした。

「ばかかよ！　頭でも打ったらどうする気だ！」

「あ、だいじょうぶ。受け身はとれるし」

「そういう問題じゃ……！」

反射的に彼の肩を拳《こぶし》でたたいたあと、自分が乗っかったままだということに気づいて來可はあせった。あわててどこうとしたとき、手首をきつく摑まれる。

「犬のしっぽとか言ったから、怒った？」

「べ、つに。ふつうに、犬扱いとか怒るだろ」

自分のトラウマをえぐったなどと教えてやりたくはなく、寛はぷいとそっぽを向いた。

「悪気はなかった。ごめんなさい。でも、ぼくはただ……」

「ただ、なんだよ」

一瞬言いよどんだ寛は、來可の目を覗きこんできた。そしてためらいがちに告げる。

「ただ、とてもそれが気になって、かわいいと思ったから」

「な……」

思いきり殴られても、ここまでの衝撃を受けないだろう。

あの綾川寛が、怒らないかとうかがうように來可を見つめ、こちらの感情を気にしている。

それこそ、彼のほうが主人の機嫌をうかがう犬かのようだ。

しかも彼の口からでてきた言葉も言葉。

(あり得ない)

こんな状況は、來可のなかに想定されていない。どんなにばかげた妄想のなかにすら存在しなかった。なのに現実の寛は、逃がさないように來可の手を握ったまま、まばたきも忘れて見つめてくる。

「……名前を教えて」

紅茶色の目が熱を帯びて感じられる。握られた手もおなじくだ。來可はそれを、自分の指が冷えているせいだと思おうとした。けれど汗ばんでいる手のひらの感触が、思い違いを許さないと伝えてくる。

「名前とか、もう、知ってんだろ」

「岡崎、それは知ってる。下の名前はなに?」

いつの間にか寛は、誰に対しても崩さないはずの丁寧な言葉遣いではなくなっていた。身体的にも、そして心理的にもいきなり縮まった距離に、來可の鼓動は破裂しそうになる。

握られた手首が痛い。どくどくと血を送りだす心臓のせいで爪の先までもが疼く。息が苦しい。ここではうまく、呼吸ができない。陸に打ち上げられた魚のように、ぱくぱくと口を開閉したあと、かすれきった声を絞りだす。

「そんなもん、知らなくていいだろ」

「知りたい、教えて」

まっすぐな目が、ひどく近い位置で來可を見つめてくる。息がかかりそうなほどの距離に眩暈《めまい》がして、同時に哀しくもなった。

來可は激しくかぶりを振り、うつむいた。

「いやだ」

「どうして」

これだけ見つめられても、寛は來可に気づけない。名前を教えてと言われて拒絶感が強いのは、過去の自分を気づかれたくないだけでなく——よしんば教えたところで、彼が本当に忘れているのを、思い知りたくなかったからだ。

(なんで、俺は)

もう忘れたと、吹っ切っていると、健児にあれほどえらそうに言ったのに。なにひとつ変われていないのかと自嘲の笑みが浮かぶ。

歪んだ表情に気づいた寛が「岡崎くん?」と心配そうに覗きこんできた。

(それは、誰だ)

岡崎の名を手に入れてまだ一年。耳に馴染まないその呼びかけに、來可はやっと正気を取り戻した。

「どうしてもだ。ぜったいにいやだ」

寛の手を乱暴に振り払って、來可は立ちあがる。まだ床に倒れたままの彼を睥睨《へいげい》し、どこまでも冷たく言い放った。

「おまえは俺の名前知る必要なんかないし、覚えておく必要もない。だからもういいだろ」

「岡崎くんっ……」

あせったような寛の顔など見ない。声も聞かない。言いたいことを、必要なことを言うだけだと來可は目を逸らし、落ちていた鞄を拾った。

そして背中を向けたまま、寛に告げる。

「しかたないから本、調べるのは手伝う。必要な資料もだしてやる。けど、それ終わったらもう、話しかけてくるな」

言い捨てて、來可は歩きだす。さきほどのように駆けだしこそしなかったけれど、逃げるのだということは自分がいちばんわかっていた。

寛は今度は追ってこなかった。それでいい、と自分に何度も言い聞かせる。

建物をでても、まだ背中に視線が突き刺さっているような気がするのは、かつての自分の未練が起こす錯覚だろう。

もう終わり、今度こそ。唇を嚙みしめ、來可はひたすらまえへと脚を進めた。

＊　＊　＊

季節は日々うつろい、大学構内の小道に植わった木々もきれいに色づき、日に日に空気が冷たく感じるようになっていく。

寛はボランティアサークル恒例のミーティングを終えたのち、赤羽と金居のみに残ってほしいと告げ、先週一週間かけて調べたことを打ちあけた。

「……水増しって、それ、マジでか」

青ざめた赤羽の声が、人気《ひとけ》のない部室に響いた。テーブルのうえに広げられているのは、米口が作りかけで放置したままの経費を申請するための書類。そして、ここ半年の間、後援会に対して請求するための根拠となる領収書と、納品書の明細だ。

「細かいところで、すこしずつやってました。たとえばイベントを催す際の、レンタル備品やアルバイトのひとへの報酬。椅子を使用したのはじっさいには二十五セットですが、これをあとから書き加えて、三十五セット、というふうに変えているんです」

レンタルの納品書は受注時にコンピュータで作成されたもので、細かい明細も記されているため数字の変更は不可能だ。しかし領収書については、イベント終了後に現場で支払い、その場で切ってもらうことも多いために、手書きのものが多かった。

米口の字はけっこう不安定なくせ字で、あとから書き換えられた不自然さを感じさせないのも災いしたのだろうと寛は言った。

「でも、じっさいのイベントには担当者もきてたりするだろう。大幅に違ったら、その時点でばれないのか？」

「差分については、うちのサークルの倉庫にあるぶんで補っていたんじゃないかと思います。ときどき、レンタルでは数がカバーできなかったと言っていることもあったので」

そのときに気づけばよかったと、寛は苦い面持ちで目を伏せた。

発覚したきっかけは、図書館の本が返却されていないと騒ぐ羽目になった、例の大学後援会に対しての申請書類だ。担当者だった米口が大学に姿を見せなくなって一カ月弱。いよいよ申請の期日が迫ってきたため、寛が代行したのだが、過去の資料を参考に引っ張りだし、数字のあわなさに気がついた。

「サークルのほうでまかなってる経費については、手をつけていませんでした。だから油断していたんですが、まさか外部への請求の際に、こんなことをしていたとは思わなかった」

「しかもこんだけ証拠残してトンズラって……もう完全に黒だろ」

赤羽が「くそっ」とうめいて顔を歪める。寛も気分的にはまったく同感だ。

「じつのところ、図書館の本についても転売したんじゃないかという疑いが持たれています。ただあくまで、疑惑の段階だったし証拠もなかったから、言えなかったんです」

できることなら、ことが終わるまで寛の胸にしまっておきたかった。だがここまで大がかりな着服までしているとなると、さすがに幹部である赤羽と金居に打ちあけるしかないと思った。

赤羽はひどいショックを受けているようで、いつもの陽気さを保てなくなったように、うちひしがれている。だが金居の反応は、冷静そのものだった。

「ああ、やっぱりね」

「やっぱりって、どういうことですか」

ため息混じりの金居の言葉に、寛と赤羽は驚かされたけれど、彼女は「まえまえから怪しいとは思ってたんです」と打ちあける。

「綾川先輩とか赤羽先輩が目を光らせてるときはちゃんとしてるんですけど、米口先輩とうちらだけとかのとき、どう考えてもいろいろつじつまあわないこと多かったんですよ」

たとえばボランティアのため遠征する際、バスをチャーターすると聞いていたのに、いざ現場に向かえば市バスで乗り継ぎをする羽目になったり、炊きだしメニューが突然、現場では予定より安いものに変更になったり、ということが数回あったという。

「どうしてそのとき、おかしいって言わなかったんですか？」

「証拠はないし、こっちの聞き間違いだとか、連絡ミスしただけだとか言われたら、四年生相手じゃあ、一年や二年はなにも言えないです」

目を伏せた金居に、赤羽がむずかしい顔で問いただす。

「もしかして、まえに言ってたセクハラも、シャレになってないのか」

以前その話をしたとき、金居はあきらかになにかを言いたそうだった。米口本人が顔をだしたために中断してしまった言葉の続きを、赤羽は求めた。

「もうこの際だから、ぜんぶ言っちまえよ。かまわないから」

うながされた金居は、なにかを確認するかのように寛を見た。うなずいてみせると、彼女も覚悟を決めたように大きく息を吸いこむ。

「じつは、今年の春先ごろですけど、米口さんに、俺とつきあえって言われました。断ったら、あることないこと吹聴《ふいちょう》してやるって脅されたんです」

赤羽が「えっ」と声を裏返し、寛は「それは、金居さんが？」と念押しをした。こくりとうなずいた彼女は、いままで『女子代表』として客観的に話をしてきたが、じっさいのところ自分自身がいやな目にあっていたのだとはじめて打ちあけた。

「そ、それで、どうしたんだよ」

淡々としている金居とは対照的に、赤羽はおたおたしている。彼女は顔をしかめ「言うまでもないでしょ、断りましたよ」と言いきった。

「自分で言いますけど、あたしわりとともだち多いほうだし、それなりに信用もあると自負してますから。で、逆に米口先輩はともだちすくないでしょ」

「ああ、まあ……」

「言いふらすって言っても、信用度はどっちがうえかって話なんで。そんなこと言われたら、好きなもんも大きらいになりますって返事したあと、根回ししまくりました」

当時の怒りを思いだしたのか、ふん、と鼻息荒く言ってのけた金居の強さに寛は感心したが、赤羽はちょっとだけ怖そうに顎を引いていた。

「おまえそれさ、あのひとが女関係に評判悪いの、そのことのせいじゃねえの？」

「それも理由のひとつですってば。綾川先輩とか赤羽先輩に紹介してやるって言って、女の子ひっかけたりとか。やることけっこうえげつないですよ、アノヒト」

「は⁉　なんだそれ⁉」

「そんなこと、あったんですか⁉」

ぎょっとした赤羽と寛に、金居はうなずいた。

「いまいちモテてる自覚ないおふたりに言っておきますけど、本気であなた方の存在って、わんさか女の子釣れますからね？　とくにそこのミスター三連覇」

金居にびしっと指をさされ、寛は思わず「はいっ」と硬直する。

「都内の大学ではアイドルだってことをわかってください。綾川寛の名前っていうのは、思ってる以上に利用価値があるんです。よくも悪くも」

ふうっとため息をついて「あなたに近づこうとして、サークルの男ひっかけようとする女子もいるんです」と金居は暴露した。

「姉妹校の女子大と合同で、養護施設のボランティアにいったときとか、掃除するんじゃなくて職員さんとか、ボランティアの子ナンパしてたくらいだし。『フロイントシャフト』はいつから合コンサークルになったんですかって嫌み言われたこともあります」

思っている以上に米口がどうしようもなかったこと、自身の名前がいやなふうに利用されていたことを知らされて、寛はどうすればいいのかわからなかった。

「もっと、早くに言ってくれれば……」

「綾川先輩たちが忙しくしてるのもわかってましたから、言いたくなかったんです。……でも、早く報告できなくて、すみません」

言いづらかったのだと肩を落とす金居の姿に、寛はかぶりを振った。

だが、その黙って片づけようとしたことについて、なにかデジャブを感じる。

自分のことで手一杯で、なにかを見落としていた違和感、不安そうな、落ちつかない誰かの顔。

(まえにも、こんなことがあった……)

寛にとっても、あまり思いだしたくない高校時代のできごと。季節もちょうど、いまくらいの時期だった。

よかれと思ってやったことが、思いがけないトラブルを引き起こす。そんなことはとっくに学んでいたはずなのに、いつの間にか慢心していたのかもしれない。

苦い面持ちで、寛は目を伏せた。

「そんなことが起きてると気づきもしていませんでした。本当に申し訳ない」

「俺も、悪かった」

ぺこりと頭をさげたふたりに、金居はあせったように手を振ってみせた。

「やめてくださいよ！　先輩たちが謝ることじゃないでしょ！」

「いえ。今後はもうすこし、サークル内の風紀についても目を光らせるようにします。あと……次回もし、ミスターに推薦されることがあっても、辞退します」

赤羽と金居は「えっ」と声をあげた。

「なんでですか。もうこうなったら、在学中のミスター、コンプリートしましょうよ」

「そうだよ、もったいねえ」

「推薦されたらって言っただけなのに、優勝前提で話をしないでくださいよ。正直、コンテスト期間はひとの目が気になるし、取材だなんだで時間もとられて、サークルのほうがおろそかになりがちなんです。もう広告塔としての役割は充分果たしたと思いますから」

ブーイングの声をあげるふたりに対し、寛はにっこりと微笑みかけた。

「そんなことより、米口先輩の本、ですね。とりあえずご実家の連絡先は入手しましたので、こちらに連絡してみましょう」

「あの、あたしやりますよ、それ。書類作成とかも、手伝わせてください」

「俺も、もうちょいあたってみる。サークルの連中にも、細かいことは伏せて協力するよう言ってみるわ」

米口本人と、消えた本の捜索についてはもはや人海戦術しかないだろうという結論に達した。いままで彼が着服したとおぼしき費用については、そのあとだ。

「あとなんか、できることってありますかね」

「……考えはあります。協力してくれそうな相手にも、心当たりはありますし」

どんな、と金居は問いかけてきたけれど、寛はあいまいに笑って答えなかった。

岡崎の話を彼らにするのははばかられた。なぜだか理由はわからないが、あの小柄な彼は自分の存在を他者に知られることを異様にきらっている気がしたからだ。

（たぶん、それはぼくにも同じことなんだろうけど）

――おまえは俺の名前知る必要なんかないし、覚えておく必要もない。

言い放たれてから、三日が経った。寛は、あれ以来図書館を訪ねていない。今回の経理上の矛盾点に気づき、確認作業に追われていたせいもあったが、彼の言葉にさすがに落ちこんだからだ。

（なんでこんなに、彼が気になるんだろう）

何度も、何度も拒絶され、それでもどうしてか、声をかけたい。つながりをあきらめたくない。この気持ちがなんなのか、うっすらとわかっているような、いないような。

冷たくされれば落ちこむし、きついことを言われると哀しくなる。そのくせ、いままで一度も彼に対して腹をたてたことがない。

もともと寛は感情の沸点が高いほうで、めったに怒るということをしないけれど、彼に相対するときはいつでも、いままでに味わったことのない不思議な気分になる。

――しかたないから本、調べるのは手伝う。必要な資料もだしてやる。

ああ言ってくれたのだから、ぜひとも協力してもらおう。それが終わったらどうとか言われた気がするが、そのあたりはひとまず棚上げだ。

「それじゃ、各種手配は打ち合わせのとおりで、お願いします」

立ちあがった寛に、赤羽が首をかしげた。

「なんです？」

「いや……なんかおまえ、妙に楽しそうな顔してたから」

友人の言葉に寛は一瞬虚を突かれたような表情になった。そしてじわりと微笑むと「そうかもしれませんね」とつぶやく。

「いま、ぼくは、なんだか楽しい」

「なんだそれ」

「さあ、ぼくにもわかりません」

謎めいた笑みを残して、寛はサークルの部室をでる。残された赤羽と金居が、不思議そうに顔を見あわせていたことなど、彼の知るよしもなかった。

＊　＊　＊

日曜日。神田、古書店街を歩く來可は、むっつりとした顔を隠そうともしていなかった。

朝からずっと歩きまわっていて、正直かなりグロッキーだ。古傷が疼きはじめて、歩みものろくなる。

それに引き替え、隣を歩く、むかつくほど長い脚の持ち主は、疲れなどみじんもない顔で手にしたリストを睨んでいた。

「んん、やっぱり手がかりなしですねえ」

「あたりまえだろ……日本中にどんだけ古本屋があると思ってんだ」

ちょっと休憩、とうめいた來可は、商店街にあったベンチに腰かけてため息をつく。

(なんだっつうんだよ、ほんとにもう)

階段で言い争ってから三日ほど顔を見せなかった寛に、今度こそあきらめてくれたのかと半信半疑でいたところ、ふたたび彼は現れた。

——米口先輩が、あれらの本を売り払ったとしたら、どこにだす可能性が高いでしょう？

そんなもん知るかと突っぱねたが、再三再四「お願いします」と頭をさげられた。しかも、またもや来生らのまえでやらかしたあたり、確実に計算尽《ず》くだとしか思えない。

いやいやながら売り飛ばされた書籍の行方を探す手伝いをする羽目になったが、それはせいぜい、ネットオークションや古書店サイトをめぐる程度の話だと思っていた。

「なんで、リアル古書店までまわる必要があんだよ……大抵この手の店でも、サイトは持ってるし在庫情報はでてるだろ」

「それも見てみました。でも、店舗のみで扱ってるものもあるって記述がある店も多かったんです」

寛は反論するが、無駄足だ、と來可は目をつりあげた。

「そもそも、ネットで転売かけた可能性のほうが高いんだ。高額な古書を扱ってる古書店は、よっぽど信用がなきゃ買い取らないんじゃないのか。米口みたいな学生がいきなり飛びこみで稀覯本持ってきたって、相手にもされないだろ」

ただの古本屋とはわけが違うと來可はぼやくが、寛は無駄にポジティブだった。

「それはそうなんでしょうけど、念のため自分の目で確認したかったんです。万が一ってこともあるじゃないですか」

じゃあひとりでやれよ。怒鳴ってやりたいが疲れすぎて気力もない。

そもそも、せっかくの休みをつぶされたのは、この男が突然、來可の住んでいるアパートを訪ねてきたせいだった。

今朝、呼びだしのチャイムが鳴った玄関ドアを開けるなり、その場に立っていた人物の姿に、來可は我が目を疑った。

——おまえ、ここ、どうやって知った⁉

驚いたなどというものではなく、心臓が口から飛びだす、という表現はきっとこういうときに使われるのだろうとすら思った。まともな反応すらできないでいる來可に、寛はあの、やさしげでいて一歩も譲る気配のない笑みを浮かべる。

——申し訳ないんですけど、あとをつけました。

——てめえはストーカーか！

あきれ、怒鳴りつけはしたものの、こちらの素性を調べたのではないと知ってほっとした。「この行動力を古書探索に使え」と怒鳴りつけてドアを閉めようとしたが、寛はまったく聞きいれようとしなかった。

長いこと玄関先で押し問答となったけれど、最後の決め手は「つきあってくれたらアルバイト代はだします」という寛のひとことだった。

——いくら、だすんだよ。

正直、金欠だった來可は文句を言いつつ、つきあうことを了承はしたが、はかばかしい結果はでないままだ。

ぐったりとうなだれていると、頭上から申し訳なさそうな声がした。

「疲れましたよね。つきあわせちゃって、すみません」

「謝るなら最初っからすんな……」

ぎろりと睨んでみせたけれど、しょんぼり顔をした寛の表情に、怒りより脱力感が襲ってきた。肺の奥から空気を吐きだした來可は、だらしなくベンチの背もたれに身体を預け、脚をまえに投げだすようにしてよりかかる。

寛は隣に座ろうとせず、ただ黙って來可のまえに突っ立っている。ぼうっとそのきれいな顔を見あげ、來可は口を開いた。

「なあ。こんなんしてるくらいなら、米口捜索したほうがいいんじゃねえの」

「そっちはもう、別働隊が探しまわってますから」

「あ、そ」

会話がとぎれ、なんともつかない沈黙が流れた。來可は無意識に脚をさすりながら、しょげかえった美形をこっそり見つめる。

（こんな顔されると、俺が悪いみたいだろ……）

今朝、強硬手段で連れだされたときに拒めなかったのは、この日の寛のオーラがいまひとつ力ないものであったことも大きかった。

気にしたくもなかったけれど、ひとを強引に引っぱりだしておいて黙りこむことの多い寛に、思わず「うっとうしい顔」と言ってしまったところ、ひどく弱々しげな笑みとともに彼は謝罪した。

――すみません。岡崎くんの予想が、当たってたみたいです。

そのあとぽつぽつと語った寛の言葉によると、米口の横領まがいの行為は確定してしまったらしい。サークルのメンバーのまえではリーダーシップをとるほかないのだろうけれど、部外者の來可のまえでは気がゆるんだというところか。

(迷惑な話だ)

内心でつぶやきながら、來可はひどい疲れを感じていた。

ここしばらく寛に振りまわされていて、疲れて、疲れすぎて――怒る気力が湧《わ》かなくなっている。同時に、肌がひりつくほどのあの嫌悪感もなりをひそめているようだ。

許せたわけではない。水に流したわけでもない。けれど振り払っても振り払ってもついてくる男に対して、奇妙な慣れが生じているのは自覚していた。

人間は弱くて、いやなものといつまでもつきあってはいられない。それから離れることができないとき、感情のほうをねじまげてでも適応してしまうことは、かつての経験で知っている。

いまのこの、なんでもない無言の時間もそれだろうか。馴れあいがはじまっているのだろうか。ぼうっと考えながら寛の顔を眺めていると、視線にまごついたように寛が眉をさげた。

「……なんでしょうか？」

「敬語うざい」

「あ、すみませ……ごめ、ん」

來可の言葉に、寛ははっと口を押さえ、相変わらずたどたどしく言葉を変えた。なんだかその滑稽《こっけい》な姿に笑ってしまうと、彼が驚いたように目を瞠る。

「なんだよ？」

「あ、いえ。あの、なんでもないで……ない」

うろたえてでもいるかのような寛に「変なヤツ」とため息混じりにつぶやいた來可の腹が、大きな音をたてた。

言葉が途切れたタイミングだっただけに、かなり派手に響き渡る。寛は目をまるくし、來可はあまりのことに、真っ赤になった。

「ふ、ふふ。おなか、すいた？」

「……うっせえ。朝っぱらから食べる暇もなく連れまわしたのそっちだろ！」

くすくすと笑われ、屈辱に震えていると寛が手を差しだしてきた。

「なんだこの手」

「昼食おごるから、いきま、……いこう？」

答えず、來可はじっと寛を見あげる。微笑んでいた彼の表情がだんだん困ったものになっていき、差しだした手を持てあましはじめたところで、それを無視して立ちあがった。


ほどなく連れていかれたのは、神田で名店と言われる欧風カレーの店『ボンディ』だった。古書センターの二階にあるその店のまえには、長蛇の列ができている。

「おい、なんか並んでるけど……」

「さっき電話で予約いれておきましたから、だいじょうぶです」

いったいいつの間に、と驚く來可は、ずらりと並んだ行列の隙間を縫って優雅に歩いていく寛のあとに続く。

寛が名前を告げると、店員がすぐにやってきて「こちらへどうぞ」と案内をする。うしろについて歩いていた來可の耳に、列に並んだ客の間からひそひそとした声が聞こえてきた。

「わ、いまのひとかっこいい……」

「モデル？　脚なっが」

來可は次にくる言葉を予測した。案の定、寛へ向けられた感嘆とはまるで違う、笑い含みの声が聞こえた。

「ていうか、ツレがおかしくね？」

「なにあれ、だっさ」

　まあそれもそうだろう、と自分の格好を見おろして來可は思う。秋色で上品なコーディネイトをした寛のいかにも高級そうな服装にくらべ、こちらはだぼだぼとしたトレーナーに安物のカーゴパンツ。髪は伸び放題のそれをくくっただけで、フレームの分厚いメガネと、いかにもな貧乏オタクルックだからだ。

　好きでしている格好だから、ひとにとやかく言われる筋合いはない。だがこそこそと揶揄する声は昔のいやな思い出をよみがえらせて、來可は一瞬足を止めた。

　驚いたのは、てっきりうしろなど見ていないと思った寛がすぐさま気づいて振り返ったことだ。

「どうしたの？　こっちですよ」

「あ、いや」

　平然と自分を呼ぶ寛に、なぜか來可はあわてた。軽く首をかしげてうながしてくる彼に小走りで近づくと、やわらかく微笑んで背中に手を添えられる。エスコートするかのような仕種に、來可はあせった。

「ちょ、おい。女のひとじゃないんだから、そういうのいらない」

「え？　なにか変なことしましたか？」

軽く腕を振り払うと、寛は不思議そうな顔をする。わからないならいい、とため息をついて、どうにか奥まった席へと移動した。

料理を注文する際、カレー一杯が千三百円くらいという価格設定に驚いたが、値段に見あって見た目も上品、驚くほど美味だった。

きりつめた生活をしていた來可が、ものも言わずに夢中になって食べていると、寛が微笑みながら「おいしいですか？」と問いかけてくる。

「ん、うまい」

「そうですか、よかった」

すっと背筋を伸ばしている寛は、それこそフランス料理でも食べているかのようなきれいなマナーで食事をする。來可も母のしつけが厳しかったため、さほど行儀が悪いほうだとは思わないが、なんというか彼は格が違う気がした。

（……きれいだよな）

顔だちのことだけでなく、寛は仕種、表情、立ち居振る舞いのすべてがなめらかで優雅だ。無意識のまま見惚れていると、視線に気づいた寛が問うような目でにっこりと笑う。

ぎくっと心臓がこわばり、來可はあわててカレーの皿へと目を落とした。耳の裏がいきなり熱くなり、この反応はなんだ、とうろたえる。

（ふざけんな、ばかか、俺）

もう、寛を見てマイナスな感覚以外のものを覚えることなどないと思っていただけに、自分に裏切られたような気分だった。

「そ、それにしても、カレー一杯にこの値段って、おぼっちゃんは違うよな」

動揺のあまり、言わなくてもいい皮肉を口にする。言った瞬間、そんな自分にどっと疲れを覚えたが、寛は気にした様子もなく、なつかしそうに目を細めていた。

「父に連れてきてもらったことがあるんです。思い出もあって」

「ふうん……」

「小学生のころからですかね。父のパートナーがここのカレーが大好きで、日曜日には三人でよく食べにきてました」

「パートナーって、仕事のとか？」

寛の伏せた睫毛が長い。そんなことに気がいく自分がいやだ。あいまいな相づちを打って、來可は残ったカレーを口に運ぶことに専念しようとした。

だが続いた寛の爆弾発言に、無関心なふりなど吹き飛んだ。

「いえ、籍は入れてませんが、父の彼氏ですね」

あまりにさらっと言われたので、最初は意味がわからなかった。ちょうどカレースプーンを口に含んだばかりだった來可は、三回ほどもぐもぐと咀嚼《そしゃく》したのち、派手に噎《む》せる。

「げほっ……！」

「あ、だいじょうぶですか？」

何度も咳《せ》きこんだ來可が涙目になりながら「水、水」とうめき、寛がその手にコップを握らせてくれる。冷たい水で喉につかえたものを飲みくだしたあと、來可はもう一度大きな咳《せき》払いをした。

「お、おまえのお父さんの恋人、男ってことか？」

寛はなんらためらうことなく「ええ」とうなずく。來可は目を白黒させ、気まずく肩をすくめた。

「あの、さ。そんなん、ぺろっと話していいのか」

「ああ、そういえば、この話は赤羽にもしてませんでしたね」

いちばんの親友である彼にも言っていないと告げられ、來可はますます驚いた。

（本物だったのか……）

一時期、彼の父親が女装社長としてテレビにでていたことは知っていた。だが息子がこうしているわけだし、テレビを引退して数年後にはすっかり女装はやめたという話も聞いていたから、てっきりテレビ用のパフォーマンスだけだと思っていた。

おそらく世間の認識もそんなもので、だから亮太も「オカマのパパ」などと大声で揶揄できたのだ。本当にセクシャルマイノリティだったと知っていれば、いきがってみせても案外小心者の彼は、さすがに口にできないだろう。

「小学生のときからって、いっしょに住んでたのか？」

「ええ、ある意味、もうひとりの父親ですね。性格的なところも、父より乙耶くん……その、パートナーの彼に似ていると言われたこともあります」

それがどこか誇らしいように言ってのけるから、來可はむしろ感心してしまった。

「おまえ、それで平気だったのかよ。その、ゲイカップルに育てられて」

「周囲にそういうひとも多かったので、べつに。ぼく自身もバイですから」

またもやとんでもないことをさらりと言われて、今度こそ來可は硬直した。

「……バイ？」

「ええ、バイセクシャルです」

來可がカレー皿のなかにスプーンを取り落とす。「どうしたんですか」と首をかしげた寛に、來可は大混乱のまま口をぱくぱくと開閉させた。

「え、どうし、え……バイって、なんで」

「なんで、と言われても、そうだからとしか」

たしかにそれもそうだ。けれどいままでの寛のイメージからしても、はいそうですかと飲みこむことはできず、來可は往生際悪く問いつめる。

「だ、だって、あれだろ、同じゼミに彼女いただろ。つい最近まで」

「ええ、留学するからと別れましたけど。でもそのまえには、彼氏がいましたよ」

どこまでもあっさりとした寛の態度に、うろたえる自分がおかしいのだろうかという気さえしてくる。

与えられた情報があまりに予想外で、どう判断すればいいのかわからない。ぐるぐるとまわるばかりで働かなくなった頭は熱をだしそうで、あえぐように言葉を絞りだした。

「い、いつから、バイ、とか」

「いつって……最初に、同性をいいなと思ったのは高校の二年のころですね。ただ、当時はさすがにはっきり自覚もしていなかったし、……彼女もいましたし」

それは來可も知っている。──いやというほど、知っていた。だからこそ信じがたい気持ちでいたのに、寛はさらに動揺させるようなことを言う。

「だから、はじめて彼氏ができたのは、大学にはいってからですね」

「へ、え……」

そんなことは、まるで知らなかった。來可の背中に冷や汗が流れ、こめかみがどくどくと脈打つ。全身の肌がびりびりと痺《しび》れたようになり、耳鳴りまではじまった。

(なんだ、これ)

來可の知る彼は、完全なヘテロであったはずだ。高校時代、何人か彼女が変わったことは知っていたけれど、けっして不誠実につきあうわけではなく、それなりにきちんとした関係を作り、お互い良好に別れていた。

美男美女、優等生同士の、お似合いのカップル。そんなふうにスマートに交際してみせることすらも、眩《まぶ》しいと思っていた。そう思うしかなかった。

けっしてステージにあがることのできない自分は指をくわえて見ているだけだとわかっていたから、疼く嫉妬《しっと》をこらえていたのに。

(なにが起きてんだ、いま。なにを聞いたんだ俺は)

彼の思い人が誰かなど、來可にはわからない。けれど、まるであり得ないと思っていた片恋に、見えずにいた光を知ってしまった。

(もしかしたら、俺にもチャンスくらいは、あったのか)

けれどそれはすこしも、救いではなかった。あきらめて、絶望して、だからせめても近づきたいと願ったあのころが、すべて否定された気がした。

思いも寄らなかった寛のセクシャリティも、そう考えてしまった自分もうまく受けいれることができなくて、來可は茫然となった。

(俺、なに考えてんだよ)

いつの間にか〝あのころ〟に引きずられそうになっている。それだけはだめだと、頭のなかで声がする。

綾川寛に馴染んで、ほだされて。またあのころのような気持ちになったなら、そこに待っているのは、おそらく破滅だ。

彼を好きになったら、待っているのは絶望だけだ。

それだけはだめだ。それだけは——いやだ。

ひどい恐慌状態に陥っている來可には気づかないのか、寛はなぜだか嬉しそうに問いかけてくる。

「岡崎くん、ぼくに彼女がいた時期とか、知ってたんですか？」

來可はあまりの衝撃にうろたえて、平静を装うことすらできなかった。がたがたと震えそうな指を、とっさにテーブルのしたへと隠す。

「そ、そりゃ、ミスターの噂はいやでも耳にはいるし」

「そうですか。でも、岡崎くんがぼくのことを気にしてくれたのは、なんだか嬉しいです」

「な、に……言ってんだか」

微笑んだ目に見つめられ、來可は一瞬、躍った心臓をごまかすように、話を思いきり逸らした。

「と、ところで。米口については別働隊とか言ってたよな。それこそ、なにかわかったこととかないのか」

水を向けると、寛もふっと真顔になる。

「サークルのメンバーがあちこちで聞きこんできてくれたんですけど、友人のひとりに実家に帰るって言ったきり、姿を見せなくなったんだそうです」

ずいぶんと長いこと大学に顔を見せていなかった米口だが、本格的に姿を消してしまったらしい。身近な人間には根回しをしていったあたり、もしかしたら計画的なものではないかと來可が指摘すれば、可能性はあると言いつつも寛は否定したがっていた。

「完全に計画的だったとは思えないんです」

「なんで？　だって、あれだけのことやってれば、飛ぶしかないだろう」

「んん……調べてわかったことですが、卒論も提出していないそうで。このままいくと、せっかく決まっていた就職も、だめになるかもしれない。言ってはなんですが、何十万で今後の人生を棒に振るとは、思えないんですよね」

「世の中には、何千円でひとを殺す人間だっているのに？」

シビアな現実を突きつけると、寛は眉をさげて目を伏せてしまった。またあのしょげた顔に逆戻りした彼を眺め、來可はため息をついた。

「なあ。これは訊きたかったんだけど、なんであそこまで評判悪い男に経理なんか任せた？知らなかったですむ話じゃないと思うんだけど」

「そこについては、代表として言い訳もたたないんですけど」

でも、と寛は言った。

「去年やおととしまでは問題もありませんでしたし、ぼくが一年のころは、本当に面倒見のいいひとだったんです」

「いいひとが泥棒するのかよ」

それを言われると、と寛は力なく笑ったが、それでもどこかで米口を信じたいと思っていることを打ちあけた。

サークルの発足初期からそこまであからさまであれば、いくらなんでも寛も気づいた。へらへらして軽くはあったが、そもそもボランティアに参加しようなどという男だ、根はまじめだったし気のいいところもあったのだと彼は言った。

「米口さんがそこまで根っからひどいひととは思えないんですよ」

「……ひとは、変わるだろ。簡単に」

來可のつぶやいた言葉の、真の意味も知らないまま、寛は「それでも」と言った。

「だからこそ、ちゃんとした事実が知りたいんです。それに……すくなくともこの半年くらい、みたいなんです。問題行動が起きたのは」

「なにが起きたにせよ、変わらないヤツもいるし、変わるヤツもいるだろ。それが必ずしもいい方向にいかないこともくらい、わかれよ」

「……そうですね」

冷ややかに告げると、寛はかすかに眉を寄せた。伏せた瞼の奥、きれいな紅茶色の目が浮かべる沈鬱な表情に、來可は息苦しくなってくる。

「なんで、こんなことになったんだろうって思います」

意味もなく窓の外へと目を向け、寛はため息をついた。憂いを帯びた横顔のきれいさに、思わず目を奪われていた來可は、直後にこぼした寛の言葉によって、ぞっとするような気分に見舞われた。

「でも、信じてたんですよ」

「……え？」

ため息をついた寛は、來可に聞かせるためというよりも、自分の散漫な思考をそのまま口にするかのように言葉を綴《つづ》った。

「あんなことをした理由があるなら、ちゃんと教えてほしいんです。もしなにかあったのなら、行動にでるまえに」

「話、したら、おまえちゃんと聞くのか？」

重苦しい來可の声に、寛はうなずいた。

「聞きますよ、米口さんが話してくれるのなら」

「裏切り者じゃん。それなのに、ちゃんと聞いてやるんだ？　えらく、おやさしいんだな」

あざけるような來可の言葉に、寛は視線をこちらに戻して「それでも聞きます」ときっぱりと言った。

その答えに、來可の全身から、血の気が引いた。

「あんな行動をとるからには、なにかあるはずなんです。ぼくの知っている米口さんと、変わってしまった彼とのミッシングリンク、それを埋めたい。……裏切られても、それには理由があると、そう思いたいだけかもしれないけれど」

ぽつりと、追憶をなぞるようにつぶやいた寛の声に、來可はぎりぎりと、心臓が締めつけられるのを感じた。かふ、と中途半端な息が漏れたけれど、物思いに沈んだ寛は気づかない。

（待てよ、なんだそれ）

胃の奥が気持ち悪くなってきて、脚が痛みだす。がたがたと全身が震えはじめ、來可の脚が触れたテーブルがちいさく音をたてた。

裏切られても許す。事情があるなら聞く。おやさしい言葉だ。ある意味寛らしい言葉でもあった。けれど來可のなかに渦巻いた感情は、憤怒と憎悪を通り越した、真っ黒なものに塗り替えられていく。

（じゃあどうして、どうして、どうしてどうしてどうして——）

あのころの來可は、なにも聞いてもらえなかったのだろうか。

つきあいが短かったからか。信じてもらえていなかったからか。

本を盗み、金を盗んだ男よりも、価値が低い人間だったからか。

どっと襲ってきた過去の重たさに、來可は肺が押しつぶされていくのを感じた。

「岡崎くん？」

ひゅ、ひゅ、と喉が鳴る。目のまえがまっくらで、耳は、水のなかにいるかのように不鮮明な音しか拾えない。

「岡崎くん？　どうしたんです、岡崎くん！」

誰かが知らない名前を呼んでいる。肩を摑まれ、揺さぶられた。がちがちと歯が鳴って、全身が瘧《おこり》のように痙攣《けいれん》していた。

「しっかり、どうしたんですか、岡崎く——」

「……じゃない」

「え？」

「俺じゃない、おれ、じゃ、な、……ない、ない」

がちがちと歯を鳴らしながら、來可は不明瞭な発音でつぶやき続ける。なにを言っているのか、という顔をした寛と目があったとたん、目のまえに真っ暗な闇《やみ》が落ちるのを知った。

そしてそのまま椅子から転げ落ち、気絶した。


意識を失った來可を、寛は自分のマンションに連れて帰った。店のなかで気絶した彼を救急車で運ぶべきだろうかと思ったけれど、たまたま居合わせた客のなかに内科の医師がいて、その場で診察したところ、過呼吸で気絶したのだろうと言われた。

——あとで念のために医者に連れていくほうがいいとは思うけれど、いまは眠っている状態だから、ひとまず安静にさせたほうがいいと思うよ。

店のひとがタクシーを呼んでくれて、そのまま自宅までまっすぐ向かってもらった。神田から世田谷までのタクシー代はいささか懐に痛かったが、緊急事態なのでしかたない。家に送り届けることも考えたが、いずれにせよ目を覚ますまでは看病する人間がいるだろう。勝手を知っている我が家のほうが手間が省けると寛は考えた。

（……軽いな）

タクシーから降りる際、運転手に手伝ってもらって背中に彼をかついだ。片手にふたりぶんの荷物を持った状態で暗証番号を打ちこみ、指紋認証タイプのキーを解除する。

「ただいま……」

誰もいないとわかっていても、幼いころからの習慣でつい口をつく言葉。背中の存在に気兼ねして、こっそりささやくような声になった。

ぐったりした彼を自分のベッドに寝かせ、メガネをはずす。

「……やっぱり、美形だった」

メガネと目つきの悪さできつい作りに思えていたけれど、前髪で隠しているのがもったいないくらい、きれいな顔だった。

細面の輪郭に、繊細な鼻。薄いけれどやわらかそうな唇。目を閉じていると、やはり長い睫毛。目尻がすこしさがっていて二重まぶたがくっきりしているから、目を開くときっとすこし眠たげに見えるような、やさしい顔になるだろう。

だがせっかくの整った顔だちなのに、ひどい疲労が頬に翳《かげ》りをもたらし、やつれた印象になっている。たぶんもうすこし体重を増やしたほうがいいはずだ。

(……あれ?)

じっと見つめていた寛は、ふと首をかしげた。この顔をどこかで見たことがあるような気がした。だが眉間にしわを寄せて眠る彼をまじまじと見つめても、やはり記憶のなかにない。勘違いだろうと結論づけて上掛けをかぶせ、ひと作業を終えた寛は、ふっと息をついて自分の城を見まわした。

このマンションは、父親が「学生の身分相応な」部屋として借りてくれたものだ。高校を卒業と同時に家をだされたのは、寛二いわく「もうぼちぼち、夫婦生活に集中したい」という理由だった。贅沢をしてきたつもりはないが、それでも新築で広めの間取りの1DKは、学生の住まいにしてはかなり上等なほうだろう。

朝に見た、彼の住まう古いアパートとは大違いで、彼がしょっちゅう「おぼっちゃん」と揶揄する理由がなんとなくわかった気がした。

(でも、すこしもきみがわからない)

ベッドの脇に腰かけ、寛はじっと彼を見つめる。図書館に通いつめたおかげで、司書たちから岡崎の現状をすこしだけ教えてもらうことができた。

彼はあの安アパートにひとり暮らし。特待制度と奨学金を使って、アルバイトをして無茶をしている。家族はいるらしいけれど、再婚家庭に気兼ねして、自立したいと宣言したとか。あの口の重い秘密主義者からよくもそれだけ聞きだせた、と来生たちの情報収集能力に驚いたけれど、「オバサンってのは詮索《せんさく》がうまいのよ」と笑っていた。

そして、岡崎くんはまじめでいい子だけど、無理ばっかりしてるから心配なのよね、とも。

(家族がいるなら、頼ればいいのに)

どうしてそんなに意地を張っているのかと、瘦《や》せた顔を見ていると哀しくてたまらない。背負った彼の身体は、びっくりするくらいに細く、きゃしゃだった。まるで子どものような頼りなさで、ちょっとでも扱いを間違えたら壊れてしまうんじゃないかとすら思った。

(まだ、名前も知らないのに)

アパートの表札には『岡崎』の表示しかなかった。いまだに、彼のしたの名前を寛は知らない。大学にいるのだから、ちょっと調べればわかるけれど、どうしても彼のほうから打ちあけてほしかった。

(知りたい、すごく。気になる。どうしても)

メガネをとった寝顔はひどく疲れていて、目のしたにはくまがある。頰も瘦《こ》けて翳りがひどい。きょうたまたま具合が悪かったというだけでなく、慢性的に栄養が足りていないような印象があった。

思わず頬に触れると、ぴくりと眉が寄った。

「んん……」

さわられたのがいやだったのか、眉をひそめた彼がかすかにうめいた。鼻に抜けたその声を聞いたとたん、突然、自分のベッドにきゃしゃな身体が横たわっているのが、ひどくなまなましく感じた。

ぎくりとして、寛は手を離す。眠っている彼はこちらの動揺になど気づきもしないまま、すやすやと寝息をたてていた。

寝返りを打った彼の頭をそっと撫でてみると、無意識なのか、ほっとしたように息をついて、唇を軽くほころばせた。

「……うわ」

意味もなくつぶやいて、寛は赤くなった。

皮肉な笑みや、嘲笑なら見たことはある。ほんの一瞬だけかすかに笑った表情も。だがいまのように無防備で、愛らしいと言っていいような彼の笑顔など見たことない。

驚いた。びっくりした。心臓がとんでもない勢いで跳ねはじめ、髪を撫でる手が離せない。

静かな部屋で耳にするのは、どくりどくりという寛自身の鼓動の音だけだ。

髪を梳《す》いていた手がすべり、こめかみに触れた。そのまま頬から顎のあたりへと寛の指は移動していき、寝息をたてる唇へと近づく。

数ミリの距離で迷っていると、湿った熱を感じる息が人差し指をかすめた。ぴくりと震えたそれが、彼の唇へと触れる。思いきってそっと押してみると、唇がそっと開き、指の端を濡《ぬ》れた粘膜がかすめた。

むずがゆいようなその感触に背筋を這《は》いのぼるのは、どうしようもない衝動だった。

（だめだろ、それは）

頭の隅で、卑怯《ひきょう》な真似をするなと告げる誰かがいる。なのに寛の両手のひらは細い身体の両脇へと押しつけられ、囲いこむように覆い被《かぶ》さってしまう。

寛の心臓の音は、もはやバスドラムかのような重たい大きさで打ち鳴らされていた。だめだ、よせ、だめだ。何度も脳内で響き渡る警告の声も聞こえないまま、そっと唇を寄せていく。

近づいたことで、体温を感じる。寛の頬に、寝息がすべる。

もうずるくてもなんでもいい――そう思って目をつぶったその瞬間、携帯の音が鳴り響く。

「……っ！」

びくっとした寛があわてて跳ね起き、あたりを見まわすと、音源は脱がせた彼の上着にはいっているらしい。

とりだした携帯の着信表示を見れば『兄上様』とある。こういう、冗談めかした登録をできるのなら、家族仲はけっして悪くはないのかもしれない。

勝手にでてもいいものかと迷ったが、倒れた報告くらいはすべきだろう。寛はこっそりと眠っている彼を拝んだあと、通話をオンにした。

『あ、來可？　てめえきょう、実家帰れっつっただろが』

電話にでるなり、挨拶もなしにぶっきらぼうな声が聞こえた。とっさに寛は言葉を失い「あの、もしもし……」と間抜けな挨拶をする。相手は声の違いに気づいたのか、一瞬押し黙った。

『あー、あれ？　もしかして俺、間違いましたか？　そちら、岡崎來可の携帯じゃねえの？』

「あ、いえ。これは岡崎くんのものです。じつはぼくと会ってるときに倒れてしまって」

『倒れた？　なんだ、どうしたんだよ』

手短に食事中に気絶したこと、判断に迷ったけれども自分の家に連れてきたことなどを話しながら、寛は奇妙なことに、名前も知らない岡崎の兄の声、ハスキーで低い、独特のうねりがあるそれに、なぜか聞き覚えがあるような気がした。

『面倒かけたな。來可のやつ、昔ちょっと入院したことあって、身体弱いから』

「いえ、たいしたことしてないです。でもあの、だいじょうぶなんでしょうか」

『たぶん、ただの過呼吸だろ。來可は神経弱えから』

彼の名前を、何度も彼の兄の声で聞かされる。あれほど知りたかったはずの名前の響きに、寛はじわじわと湧きあがってくるいやな予感に震えた。

（まさか）

けれど、さきほど彼に対してしかけようとしていた寛は動揺を引きずったままでいたし、そんな自分にまともな判断能力があるとは思えなかった。

そうだと思いたかった。

「……來可、くんは、ふだんは健康に見えるんですけど。持病でもあるんですか？」

『あ、いや。いろいろあって、怪我でな。あとまあ……ちょっと』

にごした言葉に、メンタル的な理由なのだろうと察せられる。寛がどう返せばいいのか迷っていると、『とにかく、迎えにいくわ』と言った。

『世話ばっかり悪いけど、そこの住所教えてくれるか？』

「ああいえ、きょうは泊まってもらってもかまいませんけど」

『そういうわけにいかないだろ、他人にそこまで面倒みさせられないし』

なぜだろうか、迎えにくるという兄の言葉にうなずけない。うなずきたくない。他人、という言葉に強烈な牽制《けんせい》を感じるなんて、なにかがおかしい。

理由もわからないまま、どんどんひどくなる不安に寛の手がこわばっていく。

『あ。そういえばあんた、名前は？』

「ぼくですか、綾川です」

寛が答えたあと、『は？』と聞きかえしてきた。聞こえなかったのかと思い、寛はもう一度名乗る。

「綾川です、綾川寛。岡崎くんとは同じ大学に通ってますし、身元はご心配なさらなくても」

寛が気づいたときには、電話の向こう側の人物が、長い沈黙を保っていた。そしてふたたび口を開いた兄の声は、さきほどのぶっきらぼうながら明るい口調の男とはまるで別人のように、変わってしまっていた。

『なんで、てめえが來可の電話にでるんだ。來可になにした』

地を這うような恫喝《どうかつ》に、寛はめんくらう。

「なにって、なにも――」

『黙れ綾川寛！　てめえが原因じゃなきゃなんだってんだ！　また來可ぶっ壊す気か！』

「え……」

『いいか、そいつに指一本さわるな！』

一方的に怒鳴りつけられたあと、通話が切れた。なにがなんだかわからないまま、寛は彼の携帯から手を離す。

じっとりと手に汗をかいている。いつのまにか手のひらが震え、呼吸が乱れた。

「まさか、そんなこと」

あるはずがないと、眠る彼を見おろす。

ライカ。寛の人生のなかで、そんな名前を持った人間がふたりもあらわれるわけがない。

まばたきすら忘れて彼を見つめていると、玄関のチャイムが乱暴に連打された。はっとして時計を見ると、さきほど電話を切ってから二十分は経過している。物思いにふけっていて、時間を忘れていたことに気づいた。

「開けろ、綾川寛！」

応答のないことに焦《じ》れたのか、玄関からは怒鳴り声と、ドアを蹴るような音がした。はっとした寛はあわてて玄関へと向かい、電子キーの施錠を解除する。

ドアを開けると、そこにいたのは野性味のあふれる、背の高い——いやというほど見覚えのある、男の姿だった。

「笹塚、健児？」

高校時代、なにかと突っかかってきたかつての上級生に、寛は自分がもっと驚くと思っていた。だが薄々、電話の気配で予想していたため、衝撃はすくなかった。

「はっ。一応、俺の顔は覚えてたみたいだな」

吐き捨てる声は、憎々しさに満ちている。あのころよりもさらに険悪な表情を見せた彼に、寛は混乱する頭を軽く振った。

「どうやってここが……」

「クソほど有名なてめえの住所くらい、ちょっと調べりゃわかる」

「でも、笹塚……岡崎って？　彼の、兄って、なんで」

「説明する義理はねぇよ。どけ。來可どこだ」

「ちょっ……」

乱暴に寛を突き飛ばし、勝手に土足であがりこんだ健児はベッドに寝ている〝弟〟を見つけて舌打ちをする。

「……ばかやろうが。だから、やめろっつったのに」

剣呑《けんのん》なやりとりのなににも気づかず眠り続けている彼の髪を、健児がそっと撫でた。

いたわりと愛情のこもった仕種に、猛烈に不快感がつのった。寛に対してとはまるで違い、壊れ物を扱うように彼を――來可を抱きあげようとする健児の肩を掴み、止めた。

「なんだよ」

「教えてください。彼は、誰ですか」

心臓が、いやなふうに震えている。いま健児の肩にかけた手もまた同じだ。つりあがった目で寛を睥睨した健児は、犬歯の目立つ唇をにやりと歪ませる。

「覚えてもねえのか」

短いひとことに宿ったものは、かつて來可から向けられた軽蔑とよく似ていた。だが、それとは較べものにならないほどの悪意が視線に質量すらも与えるようだ。寛はずっしりした重さを感じ、顎を引いた。くくっと喉奥で嗤った健児は、ぎらついた目で寛を睨む。

「そうだよな。あのころおまえ、こいつのこと犬みたいにパシらせて、自分はのうのうと王子さまぶってたもんなあ？」

侮蔑と憎悪の混じった声。それこそ、いやというほど聞き覚えのあるその響きに、寛は「まさか」と声を震わせる。

――いいかげん、あいつを犬みたいに使うのやめろ。

――そんなつもりはありませんし、ただの仕事です。

――なにが仕事だよ。たかが学校行事に血道あげて、ばかか？

あのころ、來可をはさんで対立した目のまえの男に、何度もそうして咎められ、そんなつもりはないと言い返していた。それでも、ここまでのひどい感情を持って言葉をぶつけあったわけではない。

時間を重ねたぶんだけ重く沈殿した感情が、寛の身体ごと殴りつけるかのようだ。

「まさかじゃねえよ。來可なんて名前、そうそうあるもんじゃねえだろ。おまけにあの名字だ。覚えてねえわけねえだろが。顔は忘れてたみたいだけど」

「……だって、そんな、まさか」

青ざめた寛を、健児は蔑《さげす》むように見る。そしてぎらりと目を光らせ、言った。

「犬飼だよ。てめえが勝手に切り捨てた、あの事件のつけ、ひとりでぜんぶかぶらされた、犬飼來可だ」

突きつけられたその言葉に、寛にとって最悪の記憶がこじ開けられた。

＊　　＊　　＊

犬飼來可《いぬかいらいか》と出会ったのは、寛《ひろい》が、出身校である梧葉《ごよう》高校二年生のころのことだ。

「は、はじめまして。自由祭実行委員、三年A組の犬飼です」

緊張した面持ちで挨拶してきた彼は、年上とは思えないほどきゃしゃで、かわいらしい容姿をした、おとなしそうな青年だった。

「はじめまして。自治会会長の綾川《あやかわ》です。このたびは、ご協力ありがとうございます」

新しく参加してきたメンバーのために、寛は立ちあがって深く礼をしたあと、じっと來可の目を見つめて問いかけた。

「犬飼先輩、いいんですか？　この活動に参加したら、内申に響くかもしれない」

「あ、べ、べつに推薦とか狙《ねら》ってるわけじゃないし。それは平気」

受験に差し障りはないのかと寛が告げたところ、來可はあわてたように両手を広げ、細い指を振ってみせた。

「それに、俺も……いまの状況には納得いかない。できることがあれば、手伝いたいんだ」

中性的な顔だちがきりりと引き締まる。見た目は儚《はかな》げだけれど意志が強そうな目つきに、寛は好感を持った。

「これはある意味、校長に対してのクーデターですよ。覚悟はされてます？」

再三念を押すのは、なにも彼に対してだけではない。自治会のメンバーとして集まった全員、そしてそれに協力する自由祭実行委員のすべてに、寛は同じことを告げていた。

來可は寛の真剣な問いに対し、同じような顔でうなずく。

「俺が入学した梧葉は、こんな恐怖政治で締めつけられるような高校じゃなかった。去年、新しい校長が赴任したことで、まるで違う学校になったこと、とても納得できてないから」

最後の年だからこそ、悔いがないようにしたい。そう告げた彼の目はひたむきで、寛は思わず吸いこまれそうになりながら、微笑《ほほえ》む。

「……では、よろしくお願いします」

差しだした手に、おずおずと來可は触れる。はじめての握手はぎこちなく、けれど仲間として戦う意志を表して、きゃしゃな手に見あわないほどの強さがこもっていた。

都内でも有名な進学校、梧葉高校内の自治についての大きな改革を起こそうという話が持ちあがったのは、寛たちで二度目になる。

もともと旧制高等学校として創立された梧葉高校は、歴史も古く、そのぶん校則の厳しさでも有名な学校だったらしい。

遅刻に対しての体罰を含む厳しい罰則、ミリ単位で決まる髪型や服装、成績をあげることだけを目指すために強制される、スパルタすぎる勉強合宿。

校外活動についても制限が設けられ、部活動なども、ひとりでも赤点を取れば活動自体を禁止するといった猛烈な締めつけに生徒たちは疲弊し、自殺者も複数でたほどだった。

その状況に猛反発したのが、一九八〇年代後期に在学した生徒たちだった。

非常に強い指導性を持った生徒自治会が発足し、制服の撤廃と生徒の自主性を訴え、自由服での登校を許可されたという歴史は、当時の全国ニュースになったほど有名なものだった。

制服をなくすことで風紀の乱れを心配する声もあったが、進学率はむしろ制服撤廃後のほうがあがったこともあり、高く評価をされていた。

だがそれから何十年と経《た》つうちに、高潔な戦いで勝ち取った自由は、いつの間にか生徒たちにとってあたりまえのものになってしまった。

トータルでの進学率の低下などはなかったものの、風紀の乱れや浪人率の高さ、つまり在学生の遊びすぎが問題視されはじめたのだ。

そして、名門有名高校の風紀の乱れの評判を見かねた教育委員会が、教育行政出身者を校長に任命したのは、寛が入学した年。

新校長はかつての学生が起こした自治会や、その運動によって獲得した権利のすべてを否定し、制服の再度の徹底を掲げた。

『梧葉の名に恥じないよう、かつての校訓を取り戻すべく、これからは厳しくやっていきます。校則違反の服装をしてきた者については、登校した事実そのものを認めない。規則すら守れないものは、豚にも劣る！』

赴任時の挨拶で言い放った校長に、生徒たちは戦慄《せんりつ》した。そしてそれは、なんらおおげさな話ではなく、遅刻などについても尋常でない罰則――理由の如何《いかん》を問わず、五回の遅刻が続いたものは大学の推薦取り消しなど、問答無用な圧政がはじまった。

制服を買い直すはめになった保護者たちからも苦情はあったが、もともとは一部の親が風紀の乱れを教育委員会へ報告したことがはじまりだった。しかも親が騒ぐと心証が悪い――つまり内申書に影響するという圧力までかけられては、長いものに巻かれるしかなかった。

校長の学校改革は、それだけでは終わらなかった。寛が二年に進級したと同時に、今度は文化系最大のイベントとして自由に行われていた文化祭、『梧葉祭』において、学術的な研究成果の発表以外を認めないと告げたのだ。

『バンド演奏、演劇などのステージも禁止。模擬店などで料理やお菓子などを販売するのも禁止。学校外の生徒を招くことも、終了後のダンスもすべて禁止とします。学生は学生らしく、粛々と勉学にいそしむよう。もしこれに反して、派手な催し物を出展したクラス、部活動、サークルなどに関しては、そこに所属する生徒全員への責任処分を覚悟しなさい』

新年度最初の全校集会で、校長から傲然《ごうぜん》と言い放たれた実質上の文化祭取りつぶし令に、生徒たちは激怒した。

――ここは俺たちの学校だろ。なにもかも規則規則って、これじゃ刑務所だよ。

――娯楽いっさい禁止って、ロボットにでもなれっていうのか。

――もう、いいかげんにしてくれ！

前年度の赴任から一年間、たまりにたまっていたストレスは爆発し、生徒会とはべつに生徒自治会が発足、そこで運動の中心でもある、自治会長に選ばれたのが寛だった。

もともと成績優秀で人気のあった寛は、生徒会で一年のころから書記をつとめていたが、学校側に取りこまれて身動きのとれない状況に辟易《へきえき》し、生徒会を辞任。そして生徒主体で催された自治会長選挙のスピーチで、こう告げた。

『生徒であるぼくたち自身を信じて、自主性と自由を訴え、同じだけの責任を負い、おのれを律した先輩たちの志を踏みにじるような現状のシステムに、断固反対します。そしてぼくが自治会長として選ばれたあかつきには、いままで以上の生徒の手による梧葉祭を開催することを約束します』

圧倒的な得票数で、寛が自治会長に選ばれた。それは同時に、生徒VS学校長という対立構造ができあがった瞬間でもあった。

そして公約どおり、自治会発足からほどなく、学校中を巻きこんでの『秋の自由祭』というイベント企画が立ちあがった。

実行委員会は完全に有志、手伝いたい人間はどれだけでも集まってくれと呼びかけたところ、ほぼ全校生徒が応募してきたので、結果として一クラスからひとりずつの代表を選ぶかたちとなった。

來可もまた、そのひとりだった。受験生だというのに、臆《おく》せず厭《いと》わず学校のために働きたいと言ってくれた、その気持ちが寛に力をくれる。

(やるしかないんだ)

急ごしらえの自由祭実行本部。校舎の隅で物置となっていた社会科準備室を借り受けたそこは、埃《ほこり》っぽく寂れた空間だった。

けれど集う顔ぶれは熱意と決意に満ち、いずれも目を輝かせている。

幸い、大半の教職員は自分たちが見守ってきた生徒らに賛同し、強硬すぎる校長にも反対の意を唱えてくれたため、梧葉祭とはべつの日にイベントを起こすことに協力してくれた。

彼らといっしょに、これからひとつの祭りを作りあげるのだ。ぶるりと武者震いした寛は、よくとおる声で宣言した。

「それでは、これより第一回、梧葉高校『秋の自由祭』の実行委員会をはじめます」

自治会の発足から半年という時間は、またたく間にすぎた。

放課後の自由祭実行本部では、きたるべき自由祭に備えての準備に追われつつも、先週おこなわれた『敵陣』の目玉、梧葉祭についての話で持ちきりだった。

なにしろ梧葉祭について、生徒間では当日のボイコットという話が持ちあがっていたのだ。しかもそれを知った校長は、またもや強硬策を打ちだしてきた。

『ボイコットをした生徒は、全員、停学処分にする』——断固として言い放つ校長の態度に、しりごみするものもいたけれど、実質のボイコット人数は生徒全体の四割を占めたらしい。

「ボイコットしたひとって、けっきょくどうなったんですか？」

一年の実行委員が問いかけ、全員がじっと寛を見つめる。寛は苦笑して「どうもなかったみたいだよ」と答えた。

「さすがにその全員が停学になったら、大問題になりかねないでしょう」

「まあ、そりゃそうですね」

寛が述べたとおり、保護者の苦情をおそれた校長は、強硬策を撤回した。

生徒側は処分の撤回に沸きたち、「勝った」と喜んだけれど、そのことによって、校長陣営はかなり気分を害しているという。

（まだなにも終わっていないし、勝ち負けでもないんだけど）

気は抜けないと寛は考えていたし、生徒らのすべてが寛の味方になったわけでもない。

けれど、自治会や実行委員会の面々もまた、梧葉祭のボイコット事件ですこしばかり気が大きくなっていたようだ。

「それにしても地味だったらしいね、梧葉祭」

「そりゃまあ……四割欠席だし、来賓も半分がこなかったんでしょ？」

「催しって言っても、レポートだの論文だののまとめて、壁に貼りつけただけだし」

「ださかったよねえ、あれ。あたし、適当に書いてだしちゃった」

自治会会計係の井崎愛佳《いさきあいか》が、ぺろりと舌をだしてみせると、つられて、「俺も」という声があがり、どっと笑い声が響いた。

一年の彼女は美人で成績もよく、今回の活動にも熱心なメンバーだが、ときにはその才気《さいき》煥発《かんぱつ》さが度を越して、きつい物言いや態度になるのが玉に瑕《きず》だ。

（ちょっと、よくないな）

寛は笑えず、むしろ顔をしかめた。展示用の課題を提出した生徒らで、まじめに作成した人間がいたのも知っていたからだ。

梧葉祭と自由祭とで対立構造になるのはいたしかたないにせよ、他方を見くだすような冷笑的な態度はよくない。寛がたしなめようかと思ったところで、やわらかい声が響いた。

「ひどいな。俺、あっちの課題もまじめに提出したのに」

「え……」

声のほうを見やると、來可がそっと微笑んでいる。二年の委員が驚いた声をあげた。

「えええ、犬飼先輩、あんなのだしたんですか？　実行委員なのに？」

「実行委員だからこそ、だよ。無駄に敵作っても、却《かえ》ってやりにくいでしょ？」

「あーそっか……先生に目をつけられて、校長に言われても困るし」

「変に制限されたら、ばからしいだろ。やることはちゃんとやったうえで堂々と、自由祭、運営しないとね」

來可がやんわりと言えば、なるほどと皆がうなずく。大声で嘲笑《ちょうしょう》していた愛佳はすこし気まずそうな表情になったものの、とりあえずは黙ってくれたので、寛はほっと息をつく。

（このひとは、掘りだし物だったなあ）

おっとりしてやさしそうな顔だちながら、來可はけっこう意志が強い。委員会のなかでは唯一の三年生であるため、いまのようにたしなめられたとき、すくなくとも表だって彼にたてつく生徒はすくなかった。

正直に言えば、たったひとりの三年生ということで、多少この委員会でも浮いた存在でもある。受験も近いというのに酔狂なと周囲は言っていたが、まじめで一生懸命な彼を寛はありがたく感じていた。

おまけに來可は、事務能力もかなりずば抜けていた。

「綾川、展示の一覧まとまったから、チェックお願いできるかな」

「はい。ありがとうございます」

寛の使っているパソコンに共有サーバのデータを呼びだして確認すると、表計算ソフトに見やすく整理された一覧があらわれた。

「あ、これ、経費関係ともリンクしてるんですか」

「うん。冊子の印刷代とか、備品関係の購入リストも。マクロ組んであるから、必要項目記入すると、じっさいにかかった費用が予算からマイナスかプラスかも反映されるよ」

「すごい。ありがとうございます、助かりました」

寛が細やかな気遣いに感心していると、愛佳が険のある声をあげた。

「ちょっと。そういう書類勝手に作られるの困るんですけど」

來可は驚いたように目を瞠《みは》り、寛も顔をあげる。愛佳はきつい顔で來可を睨《にら》んだ。

「会計はあたしの仕事だし、よけいなことしないで」

「あ……でもこれは、あくまで綾川が参考にするだけだから」

來可はたじたじとなるが、愛佳は「そういうことじゃないですよ」と鼻を鳴らした。

「二種類の書類ができちゃうと混乱するじゃない。間違ったらどうするんですか？」

「……井崎さん、ぼくは間違えませんよ」

寛が静かに告げると、愛佳ははっとしたように目をしばたたかせた。

「べつに、綾川先輩が間違えるとか、そういうことじゃなくて……」

「犬飼先輩に作っていただいたデータは、ぼくとしては助かるものです。もちろん井崎さんのやってくれていることも信用はしています。いずれにせよ、きちんと確認もしますから、問題はないですよ」

にっこり微笑んで釘を刺すと、愛佳はおとなしく口をつぐむ。悪い子じゃないんだが、と寛はこっそりため息をついた。

彼女は寛に対しての好意を隠そうともせず、アプローチを堂々しかけてもくる。そのためか、寛の周辺にいる人間すべてに対して敵愾心《てきがいしん》を燃やすのが頭痛の種だ。

「でもそんなのって――」

愛佳がなおもなにか言おうとした瞬間、部屋のドアがノックもなしに乱暴に開いた。

「おい。いるか？」

真っ赤なシャツに金髪ピアスという、見るからに不良っぽい顔の長身の男が顔をだした。あわてて立ちあがった來可はドアまで小走りに近づく。

「健児《けんじ》！　なんだよ、いきなり」

「なんだじゃねえだろ。おまえ、メールの返事くらいしろっつの」

せせら笑う健児に、來可がしかめつらをする。寛も、別の意味でそっと眉《まゆ》を寄せた。

迫力ある長身の笹塚《ささづか》健児は、この当時、校長が目をつけ、弾劾しようとしている『素行不良』の代表格のような人物だった。

成績はいいくせに問題児という面倒な手合いで、定期試験や全国模試ではトップクラスの点数をとる。遅刻やサボりはするが、ぎりぎりの出席日数はきっちり守るという要領のよさから、誰も彼に注意できる人間がいなかった。

唯一、彼に対して気の置けない態度をとるのが、彼と小学校以来の友人である來可だ。

「メールとか、べつにたいした用事じゃなかったじゃないか」

「俺にはたいした用事なんだよ。で、どうすんだよ、きょう」

「無理だよ、委員会あるし……」

なんとか大柄な彼を押し返そうとするけれど、一九〇センチ近い身長をいいことに、ドアの上部へと手をかけた健児はびくともしない。

鋭い目は、なぜかまっすぐに寛を見つめてくる。寛は静かに見つめ返した。

「委員会、ね。いいように使われて、ばかじゃねえの、おまえ」

「べつに俺は、好きでやってるから――」

「なあ、綾川さあ、こういう要領悪いやつに無理な仕事させんなよ。どっかで足引っ張るぞ」

「ちょ……失礼なこと言うなよ！」

表面上は來可をくさしているような発言だが、彼の鋭い目は寛に対しての不愉快さを隠してもいなかった。

健児は、学校に対しても反抗的だが自治会についてもおなじくだった。

とくに、まじめな友人が改革などに参加するのを好ましく思っていないらしいのはあきらかで、ときどきいまのように前ぶれもなく委員会を訪れて來可を強引に連れだしたり、寛に対してすれ違いざまに嫌みを言ったりと、あからさまな行動も多かった。

相手にするつもりはなかったけれど、來可の困り顔を見ては黙っていられず、寛は淡々とした態度で健児の言葉を否定する。

「犬飼先輩は、しっかりやってくださってますよ」

「へえ。そのわりにおまえ以外の連中は、こいつのことうさんくさそうに見てっけど?」

健児は、ことにきつい目で睨んでいる愛佳を睥睨《へいげい》する。寛はさすがに黙っていられず、立ちあがった。

「ご自分の行動が、犬飼先輩の迷惑になっているとは思わないんですか?」

「くっだらねえ青春ごっこにかかずらわって、受験うっちゃってるダチを更生させようとしてる俺の、どこが迷惑だ?」

にやりと嗤《わら》った彼の言葉に、場の空気が一気に荒れた。たまらなくなったのか、青ざめた來可が声を張りあげる。

「健児っ。なんでそう、いちいちけんか売るんだよ。じゃまするなら帰れってば」

「おー、わんこが吠《ほ》える吠える」

突っかかる來可の頭を、健児は片手で押さえた。同い年だという話だけれど、健児と來可はまるで大人と子どもくらいの体格差がある。なんだかんだと言い合いながらも仲がいいのは、健児がけっして來可には乱暴をしないことからもうかがえた。

（それでも、こんなやりかたじゃ、犬飼先輩に敵を作るだけだ）

健児と來可について、自治会メンバーのなかには不快感を隠そうともしないものもいる。愛佳などがその典型で、健児の行動は來可を護るどころか窮地に追いやりかねない。

「笹塚先輩がどうお考えなのかわかりませんが、ぼくたちは犬飼先輩になにも強要していません。彼は彼自身の意志でこちらの活動をおこなっています。それを邪魔されるのは、ただの迷惑だと思いますが」

寛は、茶化してばかりの健児に「退出をお願いします」ときっぱり告げた。反論してくるかと思いきや、健児はじっと寛を見つめ、不敵な笑みを浮かべる。

「彼自身の意志、ときたか。なにも知らねえってのは、厄介《やっかい》だよな」

「健児！　もう絡むのやめろって！」

含みの多い健児の言葉の意味はわからなかった。來可が必死になって彼を押しやったところ、彼はあっさりとドアから手を離す。

「まあいっか。とにかくあとでメールよこせよ」

「わかったってばっ」

ついには來可が背中を両手で突き飛ばし、健児は笑いながら去っていった。

妙な迫力のある男が消えたことで、室内にはほっとした空気が戻ってきたけれど、約一名は腹の虫がおさまらないように吐き捨てた。

「なにあのひと。毎回毎回、すっごいじゃまなんですけど」

不愉快そうな愛佳に、來可はちいさくなりながら「ごめんね」と告げる。だが気がたっているのか、愛佳はなおも嫌みを言った。

「もういいかげんにしてくださいよ。部外者に勝手にはいってこられたら、守秘義務もなにもないですよ。ほんとに犬飼先輩、わかってるんですか？」

「きっちり言って聞かせるから。それに健児は、見た目ほど悪いやつじゃないんだよ」

どうだか、と愛佳が鼻を鳴らした。

「だいたい、犬飼先輩は自治会メンバーじゃないし、ただの実行委員でしょ。なのに書類の越権行為はするし、変なともだちはいるし。そういうの困るんです」

「越権行為って……あのね、井崎さん」

寛がさすがに口を開きかけると、來可は「綾川」と小声で名を呼び、ごくわずかにかぶりを振ってみせた。控えめな態度で「言わなくていい」と告げるサインに、寛はこっそりため息を逃がすしかない。

口をはさむことが逆効果なのはわかっている。寛が來可をフォローしようものなら、愛佳の敵意はますます膨らんでしまうことだろう。

（こんなことになるなら、最初から先輩に、明確に権限を持たせておけばよかった）

もどかしい思いで、寛は言葉を呑《の》みこんだ。

じつのところ、來可が寛にとって助けになっているのは事務的な面だけではなかった。ある種のクーデターでもある自由祭の開催において、生徒らのすべてが自治会や寛の味方になったわけではなかった。面倒ごとはごめんだという人間もいたし、学校のごたごたに巻きこむな、という意見も散見している。

じつのところ、それをなだめてまわっているのが、來可なのだ。

一般生徒との話しあいは、校長の目につくかたちで行うわけにいかず、窓口になっているのは自治会が開設した自由祭の特設サイト内にある、パスワード式のBBSやメールだ。

來可は匿名実名問わず舞いこむそれらをひとりで管理し、苦情、意見などにすべて返信をし、徹底してこまめなケアを行ってくれていた。

数がすくなかった時期、事務処理ついでにやっておくと言われて任せきりにしたそれが、どれだけ大変なことなのか、自治会や委員会のメンバーでもわかっているものはすくない。それぞれが自分の作業で手一杯で、担当していない部分には目を向けたりしないからだ。

おまけに來可がサポートセンターよろしく苦情係になっていることを、誰も知らなかった。自治会と実行委員のメンバーも、サイトとサーバの管理者であることくらいは知っていたが、來可が返答の際にも必ず『綾川の代理で書きこんでいます』と一文を添えるため、じっさいの対応をしているのは寛だと思っていた。

【対応が遅くなって申し訳ありません。即時、ご指摘の点については修正いたします】

【ご意見ありがとうございます。不安もあるでしょうけれども、よりよい学校作りのための第一歩です。ご協力お願いします】

【自由祭参加によって、悪影響がでるというのはデマです。内申には影響しないことを、学年主任の先生には確認しています。惑わされないよう、お願いします】

來可の控えめだがしっかりした返答や励ましに、苦情は激減した。実行委員会の内部でも、さきほどのようにやんわりと空気を変えてくれる彼のおかげで、気をそがれそうなメンバーやほかの顔ぶれも統率できていると寛は思っていた。なのにあくまで來可は表にでようとせず、自分はただの雑用係でメッセンジャーだという立場を内外でも崩さない。

どうしてそこまで、自分を殺して黒子に徹するのだ、と寛は訊《たず》ねたことがあった。

――この祭りの頭は綾川で、きみがリーダーなんだ。それに誰が返事しても、相手の気が済めばいいわけだし。

――だって、事実悩みを聞いてるのは先輩じゃないですか。

――だからだよ。相談する相手には気持ちを持っていかれやすい。でも俺はあくまで裏方でいたいし、この仕事もぜんぶ、綾川への信頼度を高めるための作業だから。

そのために自分はいるのだからと微笑む彼は、穏やかでおとなしそうに見えるのに、参謀としても非常に優秀だった。そんな來可に寛は感心し、また尊敬の念も覚えていた。

それだけに、彼がじっさいにどれだけの作業をこなしているのか、自治会や実行委員にだけでも教えればいいと言ったのだが、來可はそれも拒否した。

——きみの彼女、井崎さんだっけ？　そんなこといまさら教えたら、キレちゃうよ。

——べつに、まだつきあってる相手でもないんですが……。

もごもごと言った寛に「まだってことは、いずれでしょう」と來可は笑った。

寂しそうなその笑顔が、なぜか妙に引っかかったことを、寛は覚えている。

「……綾川先輩？」

ちいさく声をかけられ、寛ははっとした。愛佳に注意したあと、数分間物思いに沈んで黙りこんでいたことに気づかされ、軽い咳払《せきばら》いをして口を開く。

「とにかく、梧葉祭が終了したということは、自由祭まであと一カ月ってことです。協力態勢をとらないと、まにあうものもまにあわない。誰の担当だとかそういうことは抜きにして、全員で取り組んでください」

くれぐれももめないようにという言葉は愛佳に対してのものだったが、通じたかどうか怪しい。代わりに來可がこっそり苦笑していて、寛もまた口の端だけで笑うしかない。

（早いうちに、彼の肩書きを決めよう）

実行委員については有志の集まりで、自治会から指示を受けて動くかたちになっているため、これといった長が決まっていない。最年長の來可を任命することは、問題がないはずだ。

そのことで彼がすこしは動きやすくなればいいと、寛はそれだけを願っていた。

梧葉祭が終了してから、学校内の雰囲気は自由祭への期待と、そしていざ開催されたらなにが起きるのかという不安に包まれた。

四割のボイコットにいったん引いたかに見えた校長だったが、懲りずに『秋の自由祭』に参加した生徒については「それなりの対処も考える」とにおわせたためだ。

一部では校長側に寝返る生徒たちや、愉快犯的に状況を引っかきまわしたい連中もでてきて、自治会への活動妨害ともいえる行為が頻々と起きるようになった。

どうにかまるくおさめようと動いたが、総仕上げである『秋の自由祭』が近づくにつれ、緊張感はピークに達しようとしていた。

そんなある日の放課後。実行本部である準備室で、寛は來可とたまたまふたりきりになることがあった。

「こんにちは……あれ、ひとりですか」

「みんなほかの用事にでちゃって」

旧式のレーザープリンターでせっせと書類をプリントしている來可は、シャツの袖《そで》が汚れないようにと腕まくりをしている。高校二年生当時、すでに身長が一八〇センチを超えていた寛は、その細さと白さに妙に驚いた。

やることだらけのめまぐるしい日々、寛と來可に個人的な会話はほとんどなかった。

「書類、犬飼先輩ひとりでまとめてるんですか？」

「うん。あとはプリントして、綴《と》じるだけだから」

学校側に提出する実行委員名簿に載っているのは、ごく一部の幹部の名前だけだ。最悪の場合、学校からなんらかの処分を受けることになったとき、責任をとるのは最低限の人数でいいだろうと寛が提案したところ、まっさきに來可は名乗りをあげた。

——こういうのは、年長の人間が最初にやらないと。

むろんのこと大代表は自治会長兼実行委員長である寛の名前が記されているが、その次に大きく名が載っているのが、実行副委員長の來可だった。

権限を持たせるために任命したのに、逆に責任だけ大きくさせてしまったかもしれないと、寛は複雑な気分でリストを眺めていた。

（よかったのか、悪かったのか……ん？）

一覧を眺めていた寛は、そこに『犬飼來可』という表記を見つけてた。そしていまさらながら、この瞬間まで彼のしたの名前を知らなかったことに気づかされた。

「あの……先輩の名前、これって、なんて読むんですか？　ライカ？」

問いかけると、來可は一瞬目を瞠る。そのあと、可憐といってもいいほどのやわらかな顔つきで苦笑し「そうだよ」と答えて目を伏せた。

「へえ、來可か。いい名前ですね。宇宙犬ライカみたいだ」

そう言ったとたん、なぜか彼は顔を曇らせた。けれど寛は気づかないまま「夢のある名前ですよね」と告げた。

「夢？　どこが？　死んだ犬の名前なのに」

「先輩は、自分の名前が好きじゃないんですか？」

「名字が犬飼で、名前がこれだとか、悪趣味としか思えない」

らしからぬ口元の歪《ゆが》みと重たい声に、寛は驚いた。

來可は性格が穏やかで、いつでも春の陽差しのような出しゃばらないあたたかさがあった。寛も、いつもそのやわらかさになごまされていた。

そのせいだろうか、皮肉な声で自分の名を告げた彼の曇りを取りはらってあげたかった。

「でも、世界中に愛されてる名前でしょう？」

來可は寛の言葉に「えっ？」と声をあげた。

「ぼく、ライカ犬の話が大好きで、いろいろ本とか読んだんです。いろんな逸話が残ってて、名前だけでも諸説ありますよね。クドリャフカだとか……でも、ぼくが読んだ話はそのどれもが、かわいくてやさしいライカについて語られていたんですよ。こんなに愛されてた存在もめずらしいなと思ってました」

「愛されてた……」

來可は、意外なことを聞いたように目を瞠った。その顔がとてもかわいくて、寛はかすかにどきりとする。

(ずいぶんと、目が大きいんだ)

やわらかい印象の眠たげな目、頰《ほお》は健康そうになめらかで、唇はいつも微笑んでいるかのように、口角が軽くあがっている。やさしげでふんわりとした、淡雪のような印象があった。

さらさらの髪は寛と同じほどに茶色く、ときどき根元が黒かったので染めているとわかったけれど、それも彼に似合っていたと思う。

「たしかに悲劇とも言えるけど、みんなライカが好きなんだと思います」

「……すき？」

「ええ、ぼくもライカが、すごく、好きで……」

だから、いい名前だと思う。そう告げるつもりの言葉がなぜか妙な含みを持って感じられ、寛はなんだか赤くなった。つられたのか、來可もまた顔を赤くする。

「あ……ありがとう」

「い、いえ」

ぎこちない沈黙が落ちて、お互いにうつむいたまま、こそばゆいような沈黙を嚙《か》みしめた。

その気まずいような空間を破ったのは、ひとりの闖入者《ちんにゅうしゃ》だった。

「……なに見つめあってるんですか」

「あっえっ、なんでもないよ」

ドアを開けてはいってきたのは、愛佳だった。ずかずかと室内にはいってきた彼女は、寛と來可の間に割りこむようにして、まとめかけの書類を手に取るなり顔をしかめた。

「ちょっと、犬飼先輩。まだ書類できてないんですか？」

毎度のごとく突っかかる愛佳に、來可はあいまいな笑みを浮かべる。

「ごめん。プリンターが調子悪くて」

「だからさっさとやってくださいって言ったのに。どうしてちゃんとしてくれないんです？」

愛佳の皮肉を、寛はいつものようにスルーできなかった。愛佳が來可に突っかかる確率は日に日に増していって、さすがに目にあまるものがあったからだし、そもそもいま來可がやっている作業は、彼の担当ではなかったことくらい知っている。

「井崎さん、そういう言いかたはないでしょう。そもそもなんで、彼がひとりでこんな作業してるんですか？　急ぎなら、手伝ってあげればいいでしょう」

寛にしてはめずらしく、きつい口調になった。愛佳は驚いたように目をしばたたかせたあと、しどろもどろに言い訳する。

「……だって、予算組みのことで、各部とやりあわなきゃいけないし。ほかにも仕事がいっぱいあるんです。それにその仕事は実行委員の管轄だって決まったんだし」

「それは誰でも同じでしょう？　協力しあっていかないと」

たしなめると、彼女は「はあい」と言いながら不服そうに口を尖《とが》らせる。あわてたように來可が「俺ひとりでできることなんだし、綾川は気にしないで」と口をはさんだ。

「でも、先輩……」

「かまわないから」

ね、と軽く首をかしげて微笑む來可に、寛もほっと笑みをこぼす。

「井崎さんも、ごめんね。俺が段取り悪かったから」

「……べつに、ちゃんとやってくれればそれで、いいですけど」

毎度嫌みばかりの愛佳に対しても、來可はやさしく笑いかける。ふて腐れた彼女はそっぽを向いたけれど、気にした様子もなく穏やかに振る舞っていた。

（……いいな）

おとなしくて、小柄で、ちょっと恥ずかしがり。年上と思えないほどにかわいらしいのに、仕事もできて人柄もいい。

（すごく、いいな、このひと）

寛が來可に対して意識している事実を、自分でも認めたのはそのときだった。

家庭環境もあって、もともとゲイに偏見はなかったけれど、同性をそういう意味で意識したのは、來可がはじめてのことだった。

「……どうしたの？」

じっと見つめていると、気づいた來可が小首をかしげる。その喉《のど》にさわってみたいと強く感じて、寛はひそかにうろたえた。

そんな寛を、愛佳がなにか苦い物を嚙んだような目で見つめていたことに、寛はまるで気づくことができなかった。


寛が來可に対しての意識を強めてからも、なんらふたりの関係に変化はないままだった。

とにかく自由祭まで時間がなく、お互いに忙しすぎて、会話といえば事務的な用件のみ。寛自身、まだ芽生えたばかりの気持ちに戸惑っていたから、どうしていいのかわからなかった、というのも理由のひとつだった。

けれど、ごくたまに書類の受け渡しで手が触れたり、目があったり——そんなとき、來可はいつも赤くなって目を逸《そ》らしていたから、もしかしたら、という期待もしていた。

だが、淡すぎる恋を育てる暇もないまま、事態は佳境を迎えようとしていた。

実行委員のための特設サイトではなく、自治会サイトのアドレスにうさんくさいメールが届くようになったのは、自由祭まであと二週間という時期になってからだった。

【犬飼來可は、反実行委員の手先。信じるやつはばかを見る】

「似たようなのが、代表アカウントにしょっちゅうきてるんだ」

「なんですか、これ……」

弱りきった來可の声に、寛は顔をしかめた。

このところ毎日のように届く匿名のメールの内容は、反発する相手を説得しているはずの來可が、じつはスパイだというものだった。

送信者は大手のフリーメールを使用しており、IPをたどると学校内の図書館にある誰でも利用可能な端末から送信していたことがわかった。つまり、学校中の誰もが容疑者となりうる状態だったが、問題なのはそこでわざわざ來可の名前を指名してきたことだ。

しかも代表メールのアカウントは、自治会と実行委員なら誰でも共有できるサーバに届くため、全員がこのうさんくさいメールを見てしまっていた。

サイトの管理を來可がやっているという事実は、実行委員と自治会メンバーしか知り得ない。それだけに、疑心暗鬼は高まった。

――このなかに裏切り者がいるってこと？

――それより本当に先輩がやってたらどうすんの。だいたい、なんであのひと、三年にもなってこんな、内申に響くような活動してんだよ。

――こんなメールがくるほど恨まれてるって、本人になんか問題あるんじゃないの？

疑心暗鬼が膨らむなかで、寛はその中傷を信じていなかった。疑念を持つ顔ぶれには「あり得ない」と説得もしたし、それこそ攪乱《かくらん》情報だとも伝えた。

しかし、來可に不利な条件があったのも事実だ。

――だって、あのひと、笹塚健児と仲がいいんでしょ。

――もしかしてスパイみたいなことするために、ここにいるんじゃないのか？

自治会側とも体制側ともつかない、アウトローとして知られる健児と仲がいいことは知られていたためもあって、彼を疑う声は消えなかった。

健児もまた、寛に対しての敵愾心を隠そうともしていなかったからだ。

ただ來可だけは、そんな健児のことを庇《かば》っていた。

「健児は、本当にそういうのじゃないよ。むしろやる気がないくらいなんだ。いちいち妨害するほど、積極的に学校行事に絡もうとなんかしない」

――でも、ねえ。いちいち準備室に乗りこんでくるとか、おかしいし。

「あれは、俺に対して文句言ってただけで……」

――そういう個人的なことで、ひっかきまわさないでくださいよ。

フォローすればするほど泥沼だったが、まじめな來可はうまくやりすごせないようだった。

寛もまた、周辺から「笹塚と犬飼をどうにかしろ」とせっつかれることが増えた。

運営活動で手一杯の状態で、そちらをフォローするのもむずかしく、もっとも安易な方法――多数より少数を説得するという方法をとらざるを得なくなった。

ある日の放課後、寛は來可を屋上へと呼びだし、自分でも言いたくないことを口にした。

「申し訳ないんですけど、犬飼先輩。いまの状態ですから、笹塚先輩にもあまりこちらに近寄らないよう、言っていただけますか？」

「え……け、健児は、関係ない、よ？」

「関係があるかないかは、もうどうでもいいんです。ひとり歩きした話が、落ちつくまででいいので……自重していただけませんか」

來可はショックを受けたような顔をしていた。寛もまた、自分がひどく卑怯《ひきょう》なことを言っているかのような気がして、いやな気分だった。

そして、同時に感じていたうしろめたさから、寛は來可の目が見られなかった。

（べつに、個人的な気持ちから言ったわけじゃないのに……）

内心で言い訳をしつつも、健児にからかわれている來可を見るのがいやだと思っていることは否めず、それだけに、ふだんよりもすこし、冷たい口調になったかもしれない。

（でも、これ以外方法がないのも事実なんだ）

たかが噂を打ち消すこともできない自分の力なさが、なさけなくてしかたがなかった。

「いやなこと、言って、すみません」

「いや……いいよ。事情は、わかってるし」

落ちた細い肩が、かすかに震えている。うつむいたまま、來可は寛を見ようともしない。

ずきりと胸が痛くなって、寛は無意識のまま彼の肩に手をかけた。

「……なに？　綾川」

「あ、いや」

驚いたように顔をあげた來可と目があったとたん、寛はなにを言えばいいのかわからなくなった。頭がまっしろで、目の縁が赤い來可の顔がかわいくて、それしか見えなくなる。

「あの、落ちついたら、ていうか、自由祭が終わったら……」

「終わったら、なに？」

いくらでもフォローする。笹塚健児に頭をさげてもかまわない。どれだけでも謝るから、泣きそうな顔を慰めるから、いまはこらえてもらうしかない。そう言うつもりだったのに、なぜか言葉がでなかった。

「終わったら、ぼくと、あの――」

代わりに、なんの覚悟もない言葉が口をついてでそうになったとき、背後から突然の声がした。

「犬飼先輩、いま綾川先輩も言いましたよね？　状況が状況だし、疑われやすい行動は慎まないと、立場がむずかしくなりますよ」

寛がぎょっとして振り向くと、そこにはなぜか、愛佳がいる。

「な……どうして、井崎さん」

外野をはさむとややこしくなるため、わざわざふたりきりの場を選んで話したのに、いつの間にか現れた愛佳は、いかにも最初からそこにいた、と言わんばかりの顔で來可に追い打ちをかけた。

「どうして、じゃないですよ。早く注意しなきゃいけないって、あたし、言ってたじゃないですか。なのに自分で話すからいいとか言ってるし」

「そ……ちょっと、それは」

何度か全員につめられたとき、待ったをかけるために言った言葉でしかない。けれどいまの愛佳の言いかたでは、まるでこの場を寛と打ちあわせていたかのようだ。

おまけに、寛にぴたりと寄りそう愛佳はいかにもな態度をとっている。誤解されそうな言葉を訂正するより早く、來可のうちひしがれた声が聞こえた。

「ご……めん。気をつける」

「わかってくれたらいいんです」

それに対して答えたのも愛佳で、來可は青ざめた顔でうつむいたまま、もそもそといくつかの言葉を口にしてその場を逃げるように去ってしまった。

「……井崎さん、どうしてここにいたんですか」

「たまたま、ちょっと休憩してたらおふたりが話してるの聞こえちゃったんで。口はさんだらまずいかと思ったんですけど、我慢できませんでしたし」

正義感からだと言われれば、咎《とが》めることもむずかしく「勝手にひとの話に割りこまないように」と告げるのが関の山だった。

薄い背中が消えた。宙ぶらりんの言葉は、寛のなかに残って、いつまでもじくじくと疼《うず》いているかのようだった。


來可と気まずい話をした翌日、ひとりで準備室にいた寛のもとに乗りこんできた健児は、音をたててテーブルに手をつき、ぎろりと睨みつけてきた。

「……なんか、陰険なこと言いふらしてるらしいじゃねえかよ」

「なんのことですか」

「悪いけど、俺はおまえらの活動にはこれっぽっちも興味ねえし、妨害とかしてねえ」

「ぼくに言われても、こちらが発信した噂じゃありませんので」

寛が見返すと、健児は険悪な顔で「はあ？　なにすっとぼけてんだよ」とあざけった。

「もう学校中に知れてんだろ。どっかの口の軽い、委員会のメンバー様とやらのおかげで」

まさか、と言いたいけれども否定はできなかった。実行委員だ、守秘義務だと言ったところでしょせんは高校生だ。愚痴まじりに情報を漏らしたり、軽い気持ちで友人にリークしたりすることは充分あり得ると、寛は唇を噛んで沈黙する。

「おまえほんとタチ悪いのな」

聞き捨てならない言葉に、寛が「どういう意味でしょうか」と問い返す。

「誰かをいびって連帯感強めてリーダーは知らん顔。こんなんでおまえら、ほんとに学校改革とかできっと思ってんのか。けっきょく青春ごっこのオナニーじゃねえか」

吐き捨てた健児に、寛は「な……」と絶句する。健児は本気で軽蔑《けいべつ》したように、見くだす目をして、寛のあまさを容赦なく突きつけた。

「全体主義の理想もけっこうだけどな。誰かスケープゴートにしなきゃ、まとめることもできねえのか？　來可から俺まで奪って孤立させて、なにがしてえんだ、てめえら」

悔しかった。ひとことも言い返せない自分が、そしてアウトロー気取りのくせに、圧倒的な鋭さを見せつける健児が、腹だたしかった。

なにより、來可が自分のものだと言うような態度には、腹のなかが煮えた。

(奪ってって、なんだよ)

自分だけが來可の味方だと言わんばかりだ。きつく拳《こぶし》を握る寛に、健児は吐き捨てる。

「いっぱいいっぱいなんだろうけどな。俺は俺で、おまえのことは買ってた。自治会当初は、からかいはしても応援もしてたぜ。だから、いまは本気でがっかりだ」

おまけにそんなことまで言われて、地の底までめりこんでいきそうだ。

「……わかってますよ」

「あ?」

じっさい、寛とてわかっているのだ。健児のような男が、くだらない妨害工作に関わる人間ではないことくらい。けれど数に負けて、声の大きさに負けて、身動きがとれなくなってしまっている。

けれど、言い訳だけはしたくない。ことに健児のまえでだけは、ぜったいに、しない。

「わかってますよ、いまのぼくが、本当に足りてないことくらい。犬飼先輩にも、あなたにも、申し訳ないことをしたと思ってます。方法がなにかなかったか、後悔もしてる」

失敗を認めて謝罪を口にした寛に、健児はふっと目の剣呑《けんのん》さをおさめた。

「じゃあどうする」

「ぼくがやるべきことをやるだけ、としか言えません」

拳を握った寛に、「へえ」と健児は嗤った。やさしいものではないが、さきほどよりは軽蔑の色が薄い。

「テンパってだらしねえことしてんじゃねえよ。本当のガンがなんなのか、てめえでちゃんと見極めろ」

どん、と小突かれた肩は、かなりの痛みを覚えさせた。おそらく、もう一度だけ見ていてやると言われたことは理解したが、さりとて道は見えないままだ。

(どうにか、やりとげるしかない)

何度も自分に言い聞かせ、それでも寛は不安を拭《ぬぐ》いきれなかった。

微妙な空気を孕《はら》んだまま、どうにか自由祭運営のための活動は続いていった。

來可はあれ以来、健児とつるむこともなくなったが、同時に寛にあまり笑ってくれなくなった。また委員会や自治会の顔ぶれとも気まずい空気になった彼は、徐々に孤立しているように感じられたけれど、寛にはいまさらどうしようもない。

幸か不幸か、そんなことを気にしているような状態ではなく、実行委員たちは徹夜で、あるいは学校に泊まりこみまでして、自由祭の準備を進めるしかなかった。

そして——どうにか迎えた自由祭の日。

（ようやく、ここまでこぎつけた）

けっきょく、來可に関しての噂を払拭《ふっしょく》することもできず、匿名メールは前日まで届き続けていた。自分の力なさを思い知らされるようなことばかりで、寛自身もかなり疲れていた。

それでも、この日を終えれば、ひとつの区切りになる。開会式直前に、ひとりで考える時間がほしくて準備室にいた寛は、静かな足音に気づいて首《こうべ》をめぐらせた。

ひょこりと顔を覗《のぞ》かせたのは、意外なことに來可だった。

「あの……いま、いいかな」

「いいですけど、どうしましたか」

しばらく気まずい状態だった來可が、意を決したように話しかけてきた。困ったように眉を寄せ、何度も何度も手を開閉している。沈黙が続き、なにかうながす言葉でもかけようかと寛が口を開いたとたん、來可は口早に言った。

「いろいろあったけど、本番、がんばって。俺、綾川なら、やり遂げられるって思ってる」

「え……」

「そ、それだけ。じゃあ」

止める暇もなく、來可は走って逃げてしまった。ぽかんとしていた寛は、じわじわとした笑みが自分の顔に拡がるのを感じた。

（……がんばって、か）

ひとことを告げるのも勇気がいったろうに、自分から声をかけてくれた來可のことが本当に嬉しいと思った。そして、自由祭が終わったら、彼とちゃんと向き合いたいと寛は思った。

けれど——数十分後に起きた事件が、すべてを変えてしまった。


その瞬間、寛はいったいなにが起きたのか、まったくわからなかった。

『それでは、第一回、梧葉高校、秋の自由祭を——』

全校生徒を校庭に集め、壇上にあがってオープニングの挨拶をしようとした寛の声を掻《か》き消すように、パパパパン！　という炸裂音《さくれつおん》が、マイクをとおして響き渡った。

次の瞬間、列のあちこちから突然に大量の煙がたちこめ、パニックを起こした生徒たちは右往左往する。

「え、なにこれ、なに⁉」

「やだ、煙。火事⁉　いやーっ！」

叫ぶ女生徒の声が、風にのって寛の耳にはいってくる。

とっさに校舎を見ると、まったく火の気配はない。火事であるはずがなく、またあの軽い炸裂音には聞き覚えがあった。

（爆竹か。あの大量の煙は……発煙筒。これが最後の妨害工作か⁉）

状況を把握しようとする間に、校庭は大騒ぎになった。発煙筒の煙だけでなく、うろたえる生徒たちの動きのせいで砂埃が巻きあがり、一瞬まったく視界がきかなくなった。

（どうする。このままじゃパニックになる。ぜんぶがだめになる……！）

一瞬、寛自身も恐慌状態になりかけたが、ここで終わらせるわけにはいかないと腹を決めた。とっさに思いついたのは、本来なら閉会式のあとに打ち上げるはずだった花火だった。

マイクをオフにした寛は、背後にいた、自治会顧問になってくれた教師に叫ぶ。

「先生、すみません。花火を！」

「あ、ああ。わかった」

茫然《ぼうぜん》としていた彼は、寛の言葉の意味を汲《く》み取って、背後のテントへと走る。ほどなく、爆竹とは較《くら》べ物にならない音をたてて、真昼の空に花火が打ちあがった。

パニックを起こしかけていた生徒たちは、その音に気づいていっせいに空を見あげる。擦過《さっか》音に爆発音で対抗するのはいちかばちかの賭《か》けだったが、戸惑うように足を止めた集団を眺め、寛はほっと胸を撫《な》で下ろした。

『落ちついてください！　申し訳ありません、発煙筒の誤作動です！　手違いで、イベントに使うはずのものがいま、作動してしまいました！』

ざわざわと騒ぐ生徒たちにマイクを使って呼びかけると、まだ軽い興奮状態ながら静かに動きが止まっていく。風が吹き、発煙筒の煙を押し流しだしたことも幸いして、パニックがおさまりかけた、そのときだった。

「――捕まえた！　こいつだよ、こいつがやってた！」

ゆるみかけた空気が、ふたたび緊迫する。寛はとっさに壇上を飛び降り、声の方向へと駆けよる。

完全に煙幕が晴れると、列の前方にいた男子生徒が、ひとりの人物を押さえつけていた。

そして、捕らえられ、爆竹を手にして凍りついていたのは、來可だった。

「……先輩、それは」

「ち、ちが……」

必死にかぶりを振った來可に、どういうことかと事情を聞きたかった。けれど、いまの騒ぎのパニックはまだおさまっていない。

このままでは自由祭そのものがつぶれてしまいかねない。

(どうする、どうすれば)

とにかく事態の収拾をつけるのがさきだ。話はあとでいくらでも聞けると、寛は決断をくだした。

「話はあとでいいです、とにかく状況をどうにかしないと……」

「まっ……待って!」

真っ青な顔色の彼に背を向け、周囲を見まわしたとたん、がくんと寛の足が絡まった。瞬間、たたらを踏んで寛はその場に転げそうになる。

(えっ?)

どうにか膝《ひざ》をついた状態で踏みとどまったが、その瞬間また爆竹の音が鳴り響き、全身から冷や汗がでた。

振り返ると、寛に足をかけたのは來可だった。そして手にしていた爆竹はない。

「……なに……やってるんですか?」

全身の血が凍りつくようだった。指先までも震え、寛は信じられないものを見るような目で來可を見おろす。

「ちが……違うんだ、だから、これは」

「違うって、なんですか。転ばせようとしたのは、わざとじゃないっていうんですか」

おろおろする來可の姿が、ひどく見苦しく思えた。違うもなにもない。いまじっさいに、自分に足をかけて転ばせようとしたことは変わらない。まばたきも忘れ、來可を見つめた寛に、彼はがたがたと震えながら言った。

「それは、転ばそうとしたのはそうなんだけど、でも」

認めた。彼が、認めてしまった。その事実に、寛は一瞬で逆上した。

「――どうして、こんなことしたんですか！」

言葉すくなで、でも一生懸命な彼を好ましく思っていたぶん、目のまえの光景はとんでもない裏切りとしか思えなかった。

(嘘だったのか、いままでの、ぜんぶ)

ただ悔しくて、哀《かな》しくて、やりきれなくて――だから、立ちすくむ彼を切り捨てるよりほかに、どうしようもなかった。

「とにかく、邪魔しないでください！　きみ、彼はちょっと混乱しているようだから、どこかに連れていって」

來可を押さえつけていた男子生徒は、うれしそうに「はいっ」とうなずく。周囲にいた数人もまた、彼に加勢しようと來可へ腕を伸ばした。

「違う、待って、綾川っ……」

いまさらなんの言い訳をされても、どうしようもない。最後の最後まで、とんでもない妨害をしかけてきた來可に対しての失望で、寛の心は埋め尽くされていた。

「聞いて、綾川！」

來可の声を背中に聞きながら、寛は振り返らなかった。足早に歩く寛の形相のせいか、行く手をはばむ生徒は誰もいない。

「……先輩、あたし、なにか手伝います」

いつの間にか近くにいた愛佳が、そっと腕を摑《つか》んでささやいてくる。そちらを見ることはできないまま、寛はこわばった顔でうなずいた。

「音楽を大きめにかけるように言ってください。それからパニックは簡単におさまらないでしょう。冷静に、誘導するよう委員会に指示して」

「わかりました。あの……さっきの、彼については？　どこか、遠ざけておいたほうが」

しなければいけないことが多すぎて、考えがまとまらない。どこか遠くに聞こえる愛佳の言葉をろくに咀嚼《そしゃく》もできないまま「とにかく、あとは任せます」とうつろに答え、寛はどうにか笑顔を作って壇上にのぼった。

『申し訳ありません。再度、状況をご説明します――』

さきほどの騒ぎについて、発煙筒が手違いで作動した旨を告げる。そのために一部の実行委員がパニックを起こしただけで、なんの問題もないと説明したのは、我ながらあっぱれだと思うくらいの嘘だった。

來可が起こした騒ぎを見ていた生徒も多くいたけれど、なにもないと言いきることで、なにもなくなる。寛が発した無言の圧力に、逆らう生徒はいなかった。

最初からこうして、黙らせればよかったのか。冷えた心の端で、寛は思った。けれど本音の部分では、いまもまだ寛こそが、パニック状態のままだった。

(なんで、どうして?)

胸のなかはそのひとことだけで埋め尽くされている。なのに、暗記していた開会のためのスピーチを、ひとことも詰まることなく言ってのけたときには、自分に対して笑いがこぼれてしまった。

そして、それから二度と、寛は來可の姿を見なかった。

＊　＊　＊

ひと息に思いだした、四年近くまえの記憶に寛は全身が震えるのを感じた。

「その顔は、ようやっと思いだしたって感じだな」

当時よりいっそう凄味《すごみ》を増した健児に言われ、寛はぎくしゃくと首をめぐらせて、ベッドに眠る岡崎を——來可を見おろした。

顔を見ても思いだせないはずだ。

いまの彼は、髪の色も目つきも変わりすぎていた。あのころふんわりと微笑むようなかたちをしていた唇はこわばり、いつもなにかに挑むように引き結ばれている。

皮肉なことに、いまの來可のほうが寛にとってのインパクトは強かった。

だがそれも意識の底に沈めたなにかが記憶を刺激していたからなのだろうか。

「ぼくにとっては、思いだしたくもない、話でしたからね」

うめくように吐きだした寛に「へえ？」と健児は嗤ってみせた。

「なにがどう、思いだしたくねえんだよ」

「犬飼先輩が、あちら側を煽動《せんどう》していたなんて最初は信じなかった。校長側に寝返って、妨害工作をするために、委員会にもぐりこんでいたなんてでたらめだと……」

さんざん、匿名メールでほのめかされていたことを、寛はずっとはねつけていた。けれど、最後の最後で起きた事実のあとでは、なにもかも嘘だったとしか思えなかった。

「どうして、このひとが、あんなことをしたのか。ぼくにはわからなかった」

人生のなかでもっとも苦い経験はつらすぎて、極力忘れるようにつとめてきた。だがこの数年の努力もむなしく、健児のおかげでなまなましくよみがえった記憶に、眩暈《めまい》がしそうだ。

「でも、まあ、わかりましたよ」

「なにがわかったんだよ？」

「最初から、きらわれていた理由が。……こっちが、彼の素だったってことでしょう？　もともときらわれてたのは、もうずっと、四年ちかくもまえからのことだった」

それならば、あの態度も、皮肉な声も拒絶も納得がいく。高校の、ほんの半年間だけ彼が嘘をついていたのなら。

歪んだ笑顔で結論を導きだした寛に、健児は一瞬、ぽかんとした顔になり、その後ひきつるような笑みを浮かべた。

「……は。おまえマジでそれ言ってんのか？」

「ほかに、なにがあるんですか」

冷えきった声で告げた寛に、健児はぶっと噴きだした。

「は、はは！　まえからか！　これが來可の素ってか！　あっはっは！」

「なにがおかしいんですか」

腹を抱えてげらげらと嗤っていた健児は、寛のさめた声にぴたりとそれをやめる。そして、同じほど——いや、それ以上の凍りついた目で寛を見た。

「相変わらずばかだな、おぼっちゃん。ほんっと、自分勝手に結論だすとこだけは変わってねえっつうか、案外短絡思考なのか」

「だから、なにが言いたいんですか」

なつかしさすら感じる侮辱に、寛が声を荒らげる。あざけるような笑みを浮かべて、健児は寛の記憶を根底から覆すような言葉を発した。

「なあ。あれ本当は、來可は止めようとしてたって、おまえ知ってたか？」

一瞬、なにを言われたのかわからなかった。

しばらくして「庇うつもりですか」と睨みつけた寛に、健児は「はっ」と鼻を鳴らした。

「なんでそんなことしてやんなきゃなんねんだよ。おまえの思いこみをほっときゃあ、頭でっかちのクソガキに、これ以上來可がめちゃくちゃにされずにすむってのに」

「……どういうことです」

「だってそうしたら、おまえはまた來可を捨てるだろ。見向きもしないで、してもらったことぜんぶ忘れて、踏みにじってバイバイだ。……そのほうがこいつのためにはいいかもな」

健児は、最後の言葉だけをひっそりとつぶやいて來可の頬を撫でる。当然のような仕種《しぐさ》にかっと寛の胃が熱くなった。

「なにがあるっていうんですか、思わせぶりなことばかり言うのはやめてください」

「怒鳴るな、來可が起きる。せっかくこっちが心の準備させてやってんのに、この早漏が」

もう一度だけ來可の頬をやさしく撫で、身を起こした健児は寛に向けた笑みを大きくする。獰猛《どうもう》で残酷な、いまからおまえの傲慢さをずたずたにすると宣言するような笑みだった。

「あのとき來可は、なにも知らなかった。爆竹も、発煙筒も、現場で見ただけだ」

「なぜそんなこと、あなたにわかるんですか」

「一部始終を見てたやつから聞いたんだよ。ぜんぶな。物事にはなんでも、裏側ってもんがある。品行方正なおぼっちゃんは、見たいものしか見なかったんだろうけどな。それどころか、いちばんにてめえが來可をなじったんだ」

健児の声にはもはや、嫌悪もさげすみもない、ただ哀れむような、静かな声で、過去を遡《さかのぼ》っていく。

寛の知る事実ではなく——來可の側から見た、真実を。

＊　＊　＊

静かな健児の声に刺激されたのか、眠る來可は、懐かしい夢を見ていた。

光が反射する、埃っぽい高校の準備室、これは寛とはじめて言葉をかわした日のことだと、夢のなかで理解する。

——はじめまして。自治会会長の綾川です。

握手をしたとき、高校生でこんな所作が身についていることに驚くと同時に、手を握ってしまったことにどぎまぎしていた。

來可は寛が入学してきたときから、彼のことを知っていた。入試の成績優秀者がつとめる入学生総代として、堂々としたスピーチをした『綾川寛』。中学生のころ、弁論大会でも優勝したことがある彼の声は通りがよく、爽やかな存在感があった。

彼は、そこにいるだけでひどく目立つ存在だった。幼馴染《おさなじ》みの健児もまた、派手でひと目をひくタイプであったけれども、どこまでも品行方正な寛のやさしげなたたずまいは、どちらかといえば内気だった來可にとって、とても心惹《こころひ》かれるものがあったのだ。

（すごいな。あんなに堂々として、はっきりものを言うのに、ひとを不快にさせない）

家庭が複雑で、無責任な父の放埒《ほうらつ》ぶりや、悪気はないと思うけれども意地悪な笹塚兄弟、微妙な距離のある笹塚の父との関係に疲れていた來可にとって、寛はただただ眩《まぶ》しかった。

寛は、來可にとって理想のすべてを集めたような存在だった。彼自身、いろんな噂もあって、父子家庭に育ったと聞いて驚いた。

自分とは違って、きっとなんの屈託もなく育ったのだと思いこんでいたからだ。そして、事実を知ったあとは、複雑な家庭環境などものともしない彼の純粋さとまっすぐさに、自分にないものすべてを感じて憧れた。

清潔で穏やかで、明るいひかりに満たされたような寛のそばにいけたなら、こんな自分でもすこしは、いい方向に変われるかもしれない。そんな期待があった。

だから三年生にもなって、本当は内申書に響く可能性があったにもかかわらず、実行委員に立候補したのだ。

彼のことを、そういう意味で好きだと自覚したのは、むしろあの初対面の握手の瞬間だったかもしれない。じわっと汗ばんだ手のひらが不快に思われないだろうか、震えているのに気づかれないだろうかと、ひどく不安だった。そしてこうまで意識する自分のおかしさに、言葉をかわす距離にきてはじめて、気がついた。

皮肉にも、來可自身が気づいていなかった感情に、いち早く気づいていたのは健児のほうだった。

——あんなのやめとけよ。

再三にわたって忠告する幼馴染みの言葉を無視すると、彼は力尽《ず》くでも近づけまいとしたり、わざとふたりで話しているところに割ってはいったりと、まるで子どもじみたいやがらせをしかけてきた。

結果として、そのことが來可に向けられた疑惑を深めることになってしまったけれど、健児なりに、報われない弟分が哀れだと思ってくれたのだろう。

そう気づいたのは、すべてが終わった病院のベッドのうえでのことだ。

(ほんと、あんなになるまでわからないなんて)

過去の自分を、來可はくすりとあざ笑う。そして記憶はまた時間を遡り、自分の運命を変えたとも言うべき、あの忌まわしい日へと向かっていく。

実行委員長としての挨拶をするため壇上にのぼった寛を見あげたあの瞬間、連続した破裂音と熱に、突然のパニックが起こった。悲鳴をあげたのは、前列にいた愛佳。はっとしてそちらを見た來可は、彼女の周囲で不穏な動きをする数人の男子生徒を見つけた。

（止めなきゃ）

そのときは、なにもわかっていなかった。愛佳も運営のひとりで、おそらく彼女が狙われたのだろう……それくらいの発想で彼女を守らねばと駆けよった。そしてまた誰か爆竹を投げた。パニック、悲鳴。発煙筒まで投げ込まれ、視界がきかなくなる。來可はどうにか爆竹を掲げた手を捕まえ、その手首に、赤いベルトの時計がはまっているのを見た。

寛の邪魔をさせたくない一心で細い手首を摑み、爆竹をとりあげた。そのときだった。

「――捕まえたぞ！」

べつの方向から伸びてきた手が、どっと自分の身体《からだ》を押さえこむ。違うという暇もなく、真犯人は逃げていき、風に吹き散らされた煙幕が晴れると、そこには犯人よろしく押さえこまれた來可の姿だけがあった。

そして、愕然《がくぜん》とした寛が、自分を見おろしている。

「……先輩、それは」

違うと言いたいのに、声がでない。混乱にまぎれて伝えられない。ただ怯《おび》えて茫然としていただけだったのに、寛はそれをどう解釈したのか、來可から目を逸らした。

「話はあとでいいです、とにかく状況をどうにかしないと……」

吐き捨てられて胸が痛み、どうにか誤解をときたいと來可は拘束する腕を振りほどく。

(え?)

あっけないくらいに、それが離された。驚く間もなく、足早に歩み去ろうとする寛を追いかけた來可は、その寛めがけて、さらに爆竹をぶつけようとしている人間に気づく。

人混みのなか、赤い腕時計。さきほどと同じ人物の顔は、ごちゃごちゃした人垣のおかげで見えないけれど、隙間から高く振りかぶられた爆竹だけは見逃さなかった。

あんなもの、顔の近くで破裂でもしたら——。

「まっ……待って!」

どうしていいかわからないまま、とっさに足を引っかけて転ばせた。そのために寛は助かったが、振り返った彼の絶望したような表情に、最悪の事態になったことだけが知れた。

だがそれよりも、來可の心を砕いたのは寛の悲鳴じみた声だった。

「どうして、こんなことしたんですか!」

信じていたのに、と語る寛の目が痛かった。裏切ってなんかいないと告げたくて、なのに頭がまっしろで、言葉がなにもでてこない。

「とにかく、邪魔しないでください! きみ、彼はちょっと混乱しているようだから、どこかに連れていって」

「はいっ」

「違う、待って、綾川っ……」

あとは任せたと吐き捨て、彼は壇上へと戻った。そしてなにくわぬ顔でマイクを手にとり『お静かに！』と声をあげる。

『申し訳ありません。再度、状況をご説明します。開会式用の発煙筒が、手違いで事前に着火してしまったようです』

にこやかに、よくとおる声で単なるハプニングだと告げる寛の言葉で、不思議なくらいに騒動はおさまった。彼独自のカリスマ性と、穏やかながら有無を言わせない態度によるものだろうけれども、そのときの來可はただ、混乱していた。

（なんで？　なんで？）

残された來可の『処分』は、どこかにやついた顔の実行委員や自治会メンバーに一任され、抗《あらが》うこともできないままに引っ立てられた。

最後まで、寛は振り返ってもくれなかった。背中に、いままで來可が一度も見たことのなかった、完璧な拒絶が滲《にじ》んでいた。

ぐにゃり、とその姿が歪んだ。なにも見えなくなる。

そして來可は、夢も見られない深い眠りに引きずりこまれていく。

＊　＊　＊

來可の視点から語られたことで、見知ったできごとがすべて逆転した寛は、身体の震えが止まらなかった。

「……犬飼先輩じゃ、なかったって言うんですか」

「信じても信じなくても、べつにいいけどよ。まあどうせ、俺の言うことだし？」

本当にどうでもよさそうに、健児は言った。寛はもう立っているのもやっとで、よろよろと壁によりかかりながら「信じます」とちいさくつぶやいた。

「ただ、それが真実なら、あのころのすべての犯人は……」

「もうわかってんだろ、薄々。誰がいちばん、來可を消したがってたか」

健児が言ったとおり、寛は自分でその答えをすでに導きだそうとしていた。

思えば、ことあるごとに來可をうさんくさいと言い、匿名メールがきていると騒ぎたてたのも彼女だった。

「チクリのメールも発煙筒も爆竹もぜんぶ、井崎愛佳がお仲間使って仕組んだ話だよ。そんなことも知らねえで、自由祭のあとからおまえらがつきあいはじめたとき、こっちは笑いで涙が止まらなかったわ」

それでもやはり、理解しきれないとかぶりを振った。

「でも、彼女はなんであんなめちゃくちゃなことを……せっかく自由祭の実行委員になっていて、自分でそれを壊すなんて」

「綾川寛、おまえ決定的に鈍いのか、とぼけてんのか、どっちだ？」

うめいた寛に、健児はあきれたことを隠さなかった。

「あの女はな、てめえが來可のこと意識してんのも、わかってたんだよ。だから引き離したかったんだ。ライバル蹴落《けお》とすのなんざ、女の常套《じょうとう》手段だろ」

寛は今度こそ、頭がまっしろになった。

「そんな、理由で？　ぼくが好きだから？　彼がじゃまだから？　その程度のことで⁉」

腹の奥から湧きあがってくる理不尽な怒りに寛が激昂《げっこう》すると「うるせえよ」と健児は小指で耳をほじった。

「その程度のことも気づかなかったやつが怒《いか》るな。権利もねえくせに」

さめた声で言われ、寛はぐっと押し黙るしかなかった。なにを言われても当然だと目を閉じる。健児はまだ許さないとばかりに追い打ちをかけてきた。

「つうか、腹黒のやっすい女の浅知恵に引っかかる会長、おもしろかったぜ。しかも公認カップルとか言われて一年近くもつきあってよ。おまえのまえもあとも、男食いまくりの女だったってのに」

本当におかしかったと、げらげらと健児は嗤った。

「あいつと別れた理由、避妊失敗したとか言いだしたからだろ。で、追及されて自爆したんだよな？　ま、しょうがねえよな。おきれいな会長さんは、やることやっててもばっちりゴムつけてたもんなあ？」

「……そのころ卒業してらしたのに、よくそこまでご存じですね」

「そりゃあな。一部始終を見てたやつから聞いた、つったろ」

寛ははっとする。自由祭の裏側にくわえ、そしてその事実をどうやって健児が『彼女』から聞きだしたのかは、つけくわえられたひとことでわかった。

「けどあいつ、生が好きだったんだよな。さすがに病気怖かったけど、リクエストいただいたんで、ありがたくやらせてもらった。ま、性格はともかく、アッチは悪くなかったしな」

あざけるような声で言う健児に、さすがに寛は目をつりあげた。

「避妊しなかったのか」

「そりゃ、相手がやれっつうから？」

「だからって、高校生だぞ！　きみは、女の子の身体をなんだと思って……！」

青ざめた寛を、健児は鼻で笑った。

「便所だろ、あんなの。女の子とか言うな胸くそ悪い。ほんとに孕ませてやりゃよかった」

かっとなった寛が思わず掴みかかろうとしたところで、健児はその手を払い、逆に寛の襟《えり》首を掴んで締めあげてきた。うめいた寛に顔を近づけ、彼はにたりと笑う。

「言っておくけどあいつがまたがったの、おまえと俺だけじゃねえぞ。さすがにそれは覚えてんだろ」

知っている、と力なく寛はうなずく。

妊娠騒ぎを、愛佳は自治会の会議中に寛のせいだと騒ぎたてた。けれど学校内にその噂が広まるより早く、自治会の一年生が彼女の浮気現場を目撃したとメールで教えてくれたのだ。

添付された画像データには、ラブホテルからでてくる彼女と――そして校長の姿。

寛に濡《ぬ》れ衣《ぎぬ》を着せようとしたことを怒ったその一年生は、報復を受けろとばかりにその写真を学校公式サイトのＢＢＳへ投稿した。

当然ながら彼女は退学、校長もまた免職となった。

「あれについちゃ自業自得だろ。むしろ俺がなにする暇もなくて拍子抜けしたくらいだ。ついでに言っておくが、腹の種は俺じゃなくてエロ校長のだったらしいが……まあ、クソビッチのことなんざ、どうでもいい」

寛の襟首を摑んだ手をほんのわずかにゆるめた健児はぎらりと目を光らせる。

「あとな。あれから來可がどうなったか知ってて、女の子の身体がどうとか言ってんのか？」

知らなかった。ほんのりとした思いをかたむけ、信じていた彼に裏切られたことがつらくて、聞きたくなくて、耳をふさいでいた。

そして最悪なことに、彼の存在ごと忙しい日々の記憶にまぎれさせうずめてしまったのだ。

すべてをわかっていると言いたげに、健児はせせら笑う。

「知るわけねえよな、ばっさり捨てたもんな。あいつ、実行委員の連中にどんな目に遭わされたか知ってるか」

「どんな……って。なにが、あったんですか」

これ以上のなにが。寛のうつろな声に、健児はため息をつく。

「來可が退学したことくらいは、知ってるよな」

寛はうなずく。あの騒ぎのあとでの自主退学は、当然の流れだとばかり思っていた。

けれどいま聞かされた話と、これからが本番だと言わんばかりに顔を歪めた健児の表情で、またもや寛のなかの事実がひっくり返されていく。

「おまえが壇上でスピーチしてる間に、來可はひと目につかないように、出入り禁止の屋上に連れてかれたんだってよ」

本音を言えば、聞きたくなかった。もうやめてくれ、と言いたかった。けれど聞くのが自分の義務であると知っていたから、寛は無言で耳を傾けていた。

「十人……いやもっとか？　囲んで糾弾。まあていのいいリンチだよな。ああ、さすがに殴ったりとかはしなかったみてえだけどな？　言葉の暴力ってやつ？」

寛がひとこと「任せる」と言ったのち、愛佳の指示を受けた血気盛んな連中によって、拉《ら》致《ち》されたのだ。わけもわからずにいる彼は、どれだけ怖かっただろうか。なにが起きたのかも理解できないまま、一方的な弾劾にさらされ——集団の狂気に追いつめられ。

「パニック起こして逃げたところ、追いかけまわされてさ。階段から転げて、脚の骨折った。あいつら助けもしねえで……俺が見つけるまで、長いことほっとかれた。てめえのツラ見たくねえからって、開会式サボったりしなきゃよかったって、どんだけ思ったか」

悪心に震えながら、寛はそれでも耳をふさぎはしなかった。

「その間、たしかてめえは、ご満悦で閉会式の挨拶中だったかな？　てめえのシンパ、マジ怖いよなあ。校長派のやったことだっつって、ほんとのことはぜーんぶ隠蔽《いんぺい》。來可ひとり、退学になって、おっしまーい」

「シンパって……誰、が」

「さあな。けどあのクソ女が使える相手だ。委員会のなかにいたんじゃね？」

ぞっと寛は身を震わせる。

來可がいない間に欠席裁判はすんでしまい、よってたかって彼に責任を押しつけたことですべてがうやむやのまま、不毛な改革は終了した。

しばらくの間、噂にはなったのだ。いくら犯人が來可だったとしても、あの開会式で聞こえた爆竹の音は、一カ所からのものではなかった。ならば協力者がいたはずだと。

けれど來可が消えたことでそれこそ禊《みそ》ぎは済んだかたちになってしまった。そして校長から、来年度の梧葉祭は平常通りに開催していいと確約されたことで、祭りのムードに押し流され、誰も犯人探しなどしようとはしなかった。

（あれも、裏取引のひとつだったのかもしれない）

四十も年の違う男と寝た彼女のことがまるで理解できなかったけれど、四年も経ってやっとわかった。校長側について自由祭をつぶす——そう見せかけて來可を排除するために、愛佳は身体まで使ったのだ。そして一年後に発覚したということは、そのときはじまった共犯関係が、ずるずると続いていたということだろう。

「……彼は、……先輩は、そのあと、どうなったんですか」

あえぐような寛の問いに、健児は表情をなくし、声音からもいっさいの感情を排除したまま、淡々とその後の來可について説明した。

「脚の怪我《けが》で入院してから、そのまま退学した。退院まで何カ月かかったか覚えてねえ。怪我は治っても、心のほうが、しばらくぶっ壊れてたからな。あいつ、頭くくってっだろ。ストレスで白髪できて、しかもごっそりハゲたんだよ。それ以来、あの頭だ。ずっと」

そして來可が後輩になってしまったのは——三年を棒に振ったのは、高校卒業資格を取ったのちに受験勉強をやり直したからだと健児は言った。

「どうにか退院してから、來可は人格変わっちまったよ。ばかみてえに、犬みてえにひと信じて、素直で性格のいいやつだったのにさ。いまじゃあのとおりだよ」

笑わない、ろくに感情も見せない、好意を向けられると戸惑って、うっとうしそうに他人を無視する。信じるのは自分だけと言いたげに、孤独なままで。

「ほんとに、なあ。あんなクソ女がお似合いだよ。てめえなんかは」

ぎらりと健児の目が光った。襟首を掴んだ腕がぎりぎりと力を増していく。

「なんだそのツラ。後悔してますってか。謝りたいってか？　ふざけんな。あのころの來可に気づきもしなかったてめえが、なにできるってんだよ。もうあいつはもとに戻んねえよ」

ざくざくと健児の言葉が胸に突き刺さる。本当に血がでないのがおかしいくらいだと、うつろに寛は考えた。

「しかも、なんだ？　またなんだか、手伝わせてんだってな」

「それは……」

來可が、なにか話したのだろうか。人格まで変わってしまったという彼は、目のまえの男になら打ちあけ話をするのだろうか。こんな状態でもまだ、嫉妬《しっと》に焦げる胸が動くことに、寛は嗤いたくなった。見透かしたように、健児が口を歪める。

「ほんとに調子のいい男だな。今度もあいつに助けられて、それでまた、いらなくなったら捨てる気だろうが」

「そんなことはっ」

「しねえ？　嘘つけ。しただろうが！　気づかないまんま、おまえはあいつをボロボロにして、たしかめもせずに見捨てた！　なにが起きて、どうなったか、確認すらしなかったクソヤロウがボランティア!? 吐き気すんだよ、この偽善者！」

健児の太い腕によって、寛はふたたび壁に叩きつけられる。なんの抵抗もできないまま、茫然となっていた。健児は興奮に息を荒らげ、寛を睨《ね》めつけた。

「いまは來可がなにもするなっつうから、しねえ。けど今度のお遊びがすんだら、二度と來可に話しかけるな。ほんとならてめえのほうが学校やめてほしいくらいだ」

「ほんとならって……あのひとは、学校、やめるんですか」

「やめろっつってんのに、やめねえよ。クソが」

吐き捨て、健児は腕を離す。彼はくびり殺さずにいるのがやっとだというように、首筋に血管を浮かせていた。寛はそのまま壁にもたれ、ずるずると床にへたりこんだ。

指一本、動かすことができなかった。

「……殴らないんですか」

「そんなんで禊ぎすまれちゃ、たまったもんじゃねえからな」

健児の言うとおりだ。殴られてもどうにもならない。いまさら來可に起きた事実は変わらない。自分のばかさにヘドがでる。

いまのいま、暴力を必死にこらえた男と同じ人間とは思えないほど、やさしい手つきで來可を抱きあげた健児が、部屋をでていく間際に言った。

「俺が素性ばらしたってことは言うな。こいつは、おまえにだけは知られたくないんだ」

「……言えるわけ、ないですよ」

がちがちと震えそうな奥歯を噛みしめて、寛はうめいた。

「だったらいい。そのまんま知らんぷりで、消えてくれ」

最悪の無力感に打ちのめされて、寛はその場にうずくまった。

＊　＊　＊

健児の腕に揺られながら、來可の悪夢は、ふたたびはじまっていた。

静かだった眠りの闇《やみ》に、どろり、どろりとにごったなにかが混じっていく。やがてそれはあいまいなビジョンから、追体験したくもない過去へと結びついていく。

屋上の床に突き飛ばすようにされ、茫然とした來可の頭上から、嫌悪感をまるだしにした声が降ってくるところから、それははじまった。

「あんたほんと、やること汚いですよね」

「綾川さんの名前借りて、勝手に煽動してまわるなんて。最低だ！」

まったく身に覚えのないことを言われ、パニックになった。

(なんで？　なんで、なんで、どうして？)

屈辱と悲嘆、なにがなんだかわからないという混乱で、震え続けた來可は、どこかに逃げ場はないかと探したさきに、くすくす笑う愛佳を見つけた。

正確には——彼女の手首にはまった、赤いベルトの時計を。

愛佳はグロスの塗られた唇でにんまりと笑い、そっと逆の手で時計を隠す。

「なんの証拠にもならないわよ」

そういうことが聞きたいわけじゃない。ただ、なぜこんなことをしたのかと視線で問う來可へと、彼女は誇らしげに宣言した。

「そうそう。わたしきのう、綾川先輩に告白したから」

「え……」

「きょうからもう、彼女になったの。あんたのはいる隙間なんかないから」

そして身体を屈《かが》め、來可にだけ聞こえる声で告げられた言葉に、完全に心が壊れた。

「だから、あんたがなにか言っても、誰も信じないと思うけどね。ねえ？」

——じゃまなの、早く、消えてよ。

悲鳴をあげて、來可は暴れた。踏みつけてきた誰かの脚を振り払い、愛佳を突き飛ばし、走って逃げた。一種の狂気に駆られたリンチの合間に、寛のスピーチが拡声器を通して聞こえていた。

『今回の催しは、ぼくたち生徒の自主性を訴えるためのものとして、発案されました。それを信じて、協力してくださった先生方、また実行委員の皆や、各種催しをするために尽力したすべての生徒に、拍手をお願いいたします――』

わっと拍手が起こり、さきほどの騒ぎなどなかったかのように賑《にぎ》やかな音楽が流れだす。

(ああ、これ、俺が選んだ曲だ)

この日のために、本当にがんばってきた。面倒も多くて、健児ともけんかして。それでも学校のために、寛のために精一杯やってきただけなのに、どうしてこんなことに。

(いやだ。もうやだ。怖い。怖い怖い怖い助けて助けて助けて助けて)

屋上から階段に続くドアを開き、闇雲に足を動かして――次の段を踏みしめたはずの足が、頼りなく空を蹴った。


目が開いたとき、憔悴《しょうすい》しきった顔の健児の姿があった。「ここどこ」かすれた声で問うと「病院」という返事がある。「自由祭、終わったの」と重ねて問えば、健児はうなずいた。

「ふーん、そ」

驚くくらい、感情が動かなかった。身体中が痛くて、なにがなんだかわからない。ぼんやりした顔で目をしばたたかせた來可に、健児は言った。

「井崎愛佳と綾川寛、つきあいはじめた」

なにを思って、幼馴染みがそんな報告をしてくれたのかはわからない。來可はふっと息をつき「知ってるよ」と平坦な声で言った。

「知ってる?」

「井崎本人に聞かされたから。自由祭のまえの日には、もうつきあうことになってたって」

健児はそのとき、なにか奇妙なことを聞かされたような顔をした。

「閉会式の場で、衆人環視のまえで井崎が告白してたぞ?」

「じゃあそれ、パフォーマンスなんじゃないの。横入りすんなって言いたかったんだろ」

おかしくもないのに、なぜか笑いがこぼれた。歪んだ表情を見つめた健児は、顔をしかめて拳を握る。怒っているかのような幼馴染みに、來可はまた笑いかけた。

「なんだよ健児。俺はもう、どうでもいいんだよ」

「來可……」

「どうでもいいんだ」

口元だけ笑った來可の表情に、健児は唇を噛んで目を伏せた。來可はそんな彼から視線を逸らし、窓の向こうへと目をやる。むやみに晴れた空が目に痛くて、静かに瞼《まぶた》を閉じる。なにも、見たくない。ただ眠って、すべて忘れてしまえれば——。

(これもぜんぶ、夢ならいいのに)

唯一の救いである、眠りという繭《まゆ》に身を包まれて、思考は散漫に溶けていった。

＊　＊　＊

それから二日、寛はひとり、大学にもいかずに部屋のなかにいた。

ぼんやりとベッドにもたれ、床に座りこんだままの無為な時間は、どれくらいすぎたか判断がつかない。

なにをする気力も湧かず、おそらく人生でいちばんの罪悪感と挫折《ざせつ》感に押しつぶされて、一歩も動けなかったからだ。

ぐるぐると、思考はループするばかりだ。そして二日まえの、健児との会話を何度も何度も脳内でリピートさせてしまう。

あのとき、寛の部屋を去ろうとした健児は、そこで足を止め、「ひとつだけ、確認させろ」と言った。

——なんでしょう？

——おまえ、井崎愛佳とつきあいだしたの、自由祭のまえか、あとか、どっちだ。

のろのろと寛は首をめぐらせ、ぼうっとした表情のまま答えた。

——あとですよ。閉会式のとき告白されたので。

壇上にあがる寛に向け、愛佳はマイクを使っての告白をやらかした。派手な冷やかしの声があがった、あのとき、寛はただ、なにが起きているのだろうと思っただけだった。

來可が裏切った。來可に裏切られた。そのショックが強すぎてまともな答えなど返せるわけもなく、「どうもありがとう」と口にするのが精一杯だった。

それが告白を受けいれたことになってしまうなどと、そのときは思いも寄らなかった。しばらく腑抜《ふぬ》けたような状態になっていた寛が気づけば、学校中の公認カップルとして有名になってしまっていて、愕然とした。

愛佳には、そんなつもりではなかったと一度は断った。誤解させたら申し訳ないとも。だが彼女は、泣いて泣いて、引き下がらなかった。

――そのうち好きになってくれればいいんです。好きになるのはあとでいい。いまふられたら、みっともなくて学校になんかこられない。お願い、お願い。

それならばと、かたちだけつきあうことを了承した。最初のうちはデートもせず、それでもめげずに追いかけて、好意を向けてくる愛佳の懸命さに、傷ついていた寛はほだされた。

実質的につきあうころには、とうに來可は退学してしまっていて、本当のところやけを起こしていたというのも要因のひとつだろう。

細かい説明などはしなかったけれど、寛の表情からおおまかなところを察したらしく、健児は「わかった」と言って去っていった。

自由祭のまえか、あとか。いまさらそれがどうかしたのかと、問う気力もなかったけれど、あれはいったいなんだったのだろう。

もしかして愛佳が、ずっと以前からつきあっていたとか、嘘をついたのだろうか。

「まあ、それでももう、驚かない……」

自分の高校時代の後半すべてが嘘まみれだったのだ。責めるべき相手を間違え、取り返しがつかないほど傷つけた、それこそが事実だ。

「——……ッ!」

うめいて、寛は自分の顔を両手で覆った。いっそ泣きたい。けれど涙などでるわけがない。ただ荒れた息が、手のひらを湿らせていくだけだ。

——俺じゃない、おれ、じゃ、な、……ない、ない。

來可がなぜ、自分のまえで気絶したのか。事情のすべてがつながって、やっとわかった。寛が、自分を裏切った米口《よねぐち》に事情があるなら知りたいと言ったからだ。かつて、言葉のひとつも聞かず切り捨てた來可より、ずっと軽いつきあいの男をそうして理解しようとしたのに、自分はどうしてと、彼は思ったからだ。

(ぼくは、ばかだ)

いっそこのまま、無機物と同化してしまいたい。そんな気分で身をまるめていた寛は、突然部屋に響き渡った電話の音にびくりとする。めずらしく作動したのは、父親が設置していった自宅用の電話だ。いまどき、携帯だけで充分だと言ったのに、古風なところのある父は「電話は家にあるもんだろ」と言って聞かなかった。

音に驚いた寛が、どくどくする心臓を押さえたままそれを放っておくと、何度かのコールのあと、留守番電話に切り替わった。

聞こえてきたのは、やわらかくあたたかい、聞き慣れたあのやさしい声だった。

『こんばんは、乙耶《おとや》です。このところ顔を見ていないので電話してみました。元気ですか？　たまには連絡をくださいね。……あ、寛二《かんじ》さんが、いいお酒が手にはいったと言っていたので、そのうち飲みにこい、と言っています』

くすくすと笑う乙耶の背後から、父の『さっさとこねえと飲んじまうぞ』の声が聞こえた。

『あんなこと言ってますけど、寛二さんは、きみと飲むのを楽しみにしているので』

『おい、よけいなこと言うなよ』

『いつでも、待っているから。ここはきみの家なので、遠慮なく帰ってきてください。では』

静かに吐息だけで笑う声を聞かせて、電話は切れた。

めったにない電話が、なぜこの日、このタイミングでかかってくるのだろう。どっと胸に押し寄せた感情に打ちのめされ、床に転がった寛は腕で顔を覆ってうめいた。

「……なさい」

乙耶の声はやさしかった。父も笑っていた。なのに、健児に怒鳴られるより、誰に罵倒《ばとう》されるより、寛の胸に痛みを覚えさせた。

「ごめん、なさい。ごめんなさい。ごめんなさい」

幼いころから、大事に育ててくれたふたりの父親にあわせる顔がないと思うのに、いまは彼らに会いたくてしかたがない。

ごめんなさい。部屋中に埋まるかという勢いで、その言葉だけを何度も繰り返し、寛はすこしだけ涙の滲んだ目をきつく押さえた。

＊　＊　＊

翌日になり、突然思いたった寛は、父と乙耶がいまも住む、自分の実家へと足を向けた。

玄関をくぐったとたん、ちょっとした違和感を覚える。十八歳になるまで暮らした自分の家なのに、戻ってきたのは一年近くぶりだ。

「突然すみません、お父さん、乙耶くん」

「おう。ひさしぶりだな。ちょうど暇だったところだ。あがれよ」

わざわざ出迎えてくれた父は寛の肩をたたく。目線がほとんど変わらない長身の寛二は、にやりと笑った。

「なんだ、きのうのきょうで。酒につられたか？」

「……まあ、そんなところです」

あいまいに笑って、寛はいま帰宅したばかりとおぼしき、スーツ姿の父を眺めた。

今年五十になった父は、身内ながら渋い色気の滴るような男だと思う。四十になったのを機にトレードマークだった長い髪はさすがに切ったけれど、男ぶりがあがったと評判らしい。

「きょうは泊まっていけるの？」

やわらかく声をかけてきた乙耶の清潔な美貌《びぼう》は、寛が出会った十五年まえから較べても、ちょっと驚くほどに変わらない。

「どうしたの、じっと見て」

目を細めた乙耶の表情は、慈愛というものを絵に描いたらこうなるのではないか、というオーラが滲んでいる。長年、音叉《おんさ》とマッサージのセラピストとしてやってきたキャリアもさることながら、彼自身が非常にやさしい人間だからだろう。

そしてやさしいだけでなく彼は鋭い。目があった瞬間、寛はうろたえていた。

「あ……いや、なんでもないです。ええと、おじゃまじゃなければ泊まっていきます」

「じゃまって。実家に帰ってきたのにじゃまもなにもないだろ」

ばかか、と頭をはたいたのは寛二だ。寛は痛がるふりでわずかに目を逸らした。

この日の昼の間は、念のために米口のアパートに立ちより、古書店を見てまわった。結果はかんばしいものではなく、赤羽《あかばね》や金居《かない》のメールでの報告を読んでも同じだった。

二日間、音信不通だったことをいぶかる彼らには、風邪をひいたと嘘をついてごまかした。精彩を欠いた声は説得力があったらしく、やけにねぎらわれて心苦しかった。そのときに感じた気まずさといまの時間は似ていて、だが友人に対するよりよほど心が重い。

自分から訪ねてきたくせに、二日も大学をサボった罪悪感とここ数日の鬱屈した気分のせいで、なんとなく彼らの顔が見られない。

「寛二さん、さきにおつまみ用意します？」

「ああ、適当に頼む。あと寛、飯は食ったのか」

「いえ……まだ」

「そう。じゃあ、ごはんも用意しますね。すぐに支度するから、座ってて」

微笑んだ乙耶は、うつむいてばかりの寛の背中をそっとたたいて台所へ向かった。

「おい、なにぼーっとしてんだ。早くこい」

「あ、はい」

うながされるままにあがりこみながら、どこか遠慮がちな自分を寛はひっそり笑った。

同じ都内にいるというのに、なんだかんだと忙しさを理由に実家から遠のいていたことにあらためて気づかされたのは、玄関をくぐった瞬間、嗅覚《きゅうかく》が反応したせいだった。

乙耶が使うアロマオイルのそれがいちばん強く感じるけれど、はっきりとわかる『家のにおい』に戸惑った。

中学生のときだったと思うけれど、思春期のせいか感覚が過敏だった寛は、清潔か否かに拘《かか》わらず必ず感じる、他人の家のにおいがとても気になって、乙耶に訊《き》いたことがある。

——どうして、ひとのうちはにおいがするのかな。うちはにおわないのに。

——うちだけにおいがしないんじゃなくてね、このにおいに寛くんが慣れてるからだよ。環境に嗅覚が慣れてしまい、反応しなくなるだけだと、彼は、笑いながら言った。

——ぼくはアロマオイルとかも日常的に使ってるから、においはしているんだけどね。寛くんには、それがあたりまえ、って状態になってるのかな。よかった。

でもいつか、違うにおいに慣れる日がくるのかもね。そう言って笑った乙耶の表情まで思いだし、寛はしばしなつかしい記憶に沈みこむ。

「……さて、できましたよ。お待たせ」

ダイニングテーブルについていくらもしないうちに、乙耶の声がした。次々運ばれてきた品々を見て、寛は感嘆の声をあげる。

「うわ、なんだか豪華ですね」

テーブルに並んだ料理は、ニンニクと生姜《しょうが》、しょうゆに数種類のスパイスをくわえたタレにつけこんだ鶏の唐揚げと、温野菜にアンチョビのディップソース添え、鯛とホタテのカルパッチョ。

「急いで用意したから、こんなのだけど」

寛の感心した声を聞いてはにかんだ乙耶に、寛二がにやにやと笑う。

「嘘つけ。寛がくるってんで、買いものに飛んでったのはどこの誰だよ」

「そ、そういうことは言わなくていいでしょう」

かすかに赤くなって乙耶はあわてるけれど、言われずともこれがすべて自分のために用意されたことくらいわかっている。どれも、彼が作ってくれて寛が好物だと言ったものばかりだったからだ。

からかわれつつもちょこまかと動く乙耶に、寛二は「いいから座れ」とうながした。

「ほら、とりあえず、乾杯」

父が音頭をとり、乙耶と寛も「乾杯」とグラスを持ちあげ、軽くお互いのそれにふれさせる。グラスの中身は寛二がむかしからお気に入りの森伊蔵。父子はいずれもロックだが、アルコールに弱い乙耶はごく薄い炭酸わりにライムを絞ったものだ。

「本当に、おひさしぶりです」

「なんだ。いまさらあんまりあらたまるなよ」

「でも、本当にひさしぶりですよ。ハロウィンパーティーにも今年はいけなかったから」

乙耶が静かに微笑み、寛二は「それもそうだっけ」と首をかしげている。

寛二も乙耶もそれぞれの仕事があって、ミチルの催しには顔をだせなかった。ある意味、寛が名代としていくことで旧《ふる》い友人に義理をたてたかたちだった。

「ミチルさんがよろしくおっしゃってました。綾川ちゃん、店にもきてよね、だそうです」

「……あそこいくと疲れんだよなあ……」

「そのまま伝えますよ？」

「やめろ、ばか。この間も恨みがましく、お見限りねえとか電話かかってきたんだ」

げんなりと顔を歪めた寛二に乙耶は声をあげて笑い、「そろそろごはん食べますか」と問いかけ、寛二は「よろしく」とうなずく。

父は一杯飲んだあと、必ずごはんを食べたがる。そして腹が落ちついたあとにまた飲む。綾川家ではあたりまえのことだったけれど、外の世界を知った寛は、しめではなく酒の途中でごはん、というのが案外めずらしいものだと知って驚いたものだった。

「あっ、ぼく、手伝います」

「いいよ。お客さんだから。それにすぐだから」

やんわりと断った乙耶は、立ちあがって台所へと引き返した。手酌《てじゃく》で酒をつぐ寛二は、そのうしろ姿にむけてちいさくぼやいた。

「ったく、寛がくるって言ったら無駄に張り切って、落ちつく暇もねえな」

「あはは……」

あきれたような寛二の言葉にかぶさって、台所からはなにかを炒《いた》めるような音がしていた。てっきり白飯がでてくるものかと思っていたのだが、しばらく経ってから現れた乙耶は、トレイのうえに寛二のための茶碗と、そして黄色い物体が盛られたプレートを載せていた。

「唐揚げとかあるし、くどいかな、と思ったんだけど」

寛のまえに置かれたプレートには、ちいさめのオムライスが載っている。はっとして乙耶を見あげると、彼は恥ずかしそうに目を細めた。

「ちょっとひさしぶりだし、いいかなと思って」

「……最初に、乙耶くんに作ってもらったごはんですね」

「あのころと違って、ちゃんと卵と鶏だけどね」

ふふ、と微笑む乙耶が十五年まえに作ってくれたオムライスのことは、いまも覚えている。

当時の寛は卵アレルギーで、当然オムライスなど食べられなかった。だが外食の際に見かけた、黄色いふわりとした食べ物にケチャップがかかって、オモチャの旗が立っているお子さまランチを、一度でいいから食べてみたいとだだをこね、父を困らせたのだ。

当時は知りあい程度だった乙耶がその話を聞きつけ、マクロビ食の知識で、カボチャをペースト状にしてタピオカ粉と混ぜ、クレープのように焼いたものと、グルテンミートを使ったチキンライスもどきで、寛の夢を叶えてくれた。

「いただきます」

スプーンを手にとって、ひとくち食べる。ケチャップで味をつけたチキンライスはこのところ口にしていなかった。なつかしい味に、舌がひどく満足しているのがわかった。

寛も二十一歳になって、いろんなものを覚えたし、複雑で高級な味も知っている。

それでも寛にとっては、ずっと変わらず、世界中のどんな食事よりこれがいちばん、おいしいと思えるものだった。そして、とてもほっとした。

「すごくおいしいです。ありがとう、乙耶くん」

「そう。よかった」

軽く鼻をすすったのは、乙耶の愛情のかたまりのような料理に感動したからだと思ってくれればいい。うつむいて微笑んだ寛は、あわてたように話題を変えた。

「そういえば、ハロウィンパーティーにいらしてたら、准《じゅん》くんのお子さんが見られたのに」

「あー、いくつだ？」

「もう四つですって。双子ちゃんだから、にぎやかでかわいかったですよ」

「うわ、そんなかよ。だいぶでかくなってただろ」

それからしばらく、近況報告がてらの世間話など当たり障りのない会話をしていたが、食事をすませた乙耶は「さきに失礼するね」と中座した。

「片づけなら、ぼくが」

「ううん、いい、いい。せっかくだけど、ちょっと片づけたい仕事があるんだ。寛くんたちは、あっちで飲み直したら？」

「そうだな。あっちのほうがゆっくりできるだろ」

居間のほうを示され、寛二も「おい寛、つまみ運ぶの手伝え」と立ちあがる。三人で残った料理を酒ごと移動させたあと、乙耶は宣言どおり部屋を辞していった。

「それじゃ、ごゆっくりね」

微笑んだ彼に会釈して、寛は父に向き直る。

「仕事って、乙耶くん、最近なにかやってるんですか？」

「なにって、あいつは相変わらずセラピストやってる。さすがに年齢もあるし、弟子も増えたしで、現場で施術ってのは減ったけどな」

寛二はこの十五年で海外支社までできるほどに会社を大きくしたけれど、乙耶もまた、ひとりきりで開いていたサロン形式のセラピストから、もうすこしだけ仕事の幅を拡げた。

きっかけとしては、父の会社である『グリーン・レヴェリー』と提携したことらしい。

寛二の会社と組んでイベントなどをやるうちに、音叉セラピーについて教えるのもいいかと考え、もっぱら後続を育てるほうに専念しているらしい。

「たぶん、テキスト作りか、そうでなきゃ誰かに相談受けてんだろ。無料のネット相談みたいなことも、会社と組んでやってるからな」

「無料って、受講料とか相談料とかは？」

「サイトのアフィリエイトでまかなえるレベルで、齋藤《さいとう》と交代でやってる」

なつかしい名前に、寛は顔をほころばせた。

「そういえば、弘《ひろむ》くんと降矢《ふるや》さんは元気ですか？　あちらもハロウィンパーティーでは見かけなかったので」

「元気、元気。あいつらも変わんねーよ。けんかしいしい、べったりだ」

パーティー当日は父といっしょにイベント開催でてんやわんやだったらしい。正反対の性格である齋藤と降矢は、それでも案外相性がいいらしく、しょっちゅうもめつつも仲がいい。

「この間のイベントでも、降矢に女性客が群がってな。齋藤がぶーたれるもんだから、まあ面倒くせえ」

「本当に変わりませんねえ」

くすくすと寛が笑っていると、グラスに氷を足した父が言った。

「で、おまえはなにがあった」

なんのまえぶれもなく踏みこまれ、寛は笑った表情のまま凍りついた。数秒、動けないままでいた身体をぎこちなく動かし、平然とした表情の父を見る。

「なんでもねえとか、ごまかせると思うなよ。これでも二十一年、父親やってんだ。おまえの顔色くらい、わからないわけがないだろ」

「そんなに……顔に、でてますか？」

「目のしたが真っ黒だ。それに乙耶が電話いれた程度で、いきなり訪ねてくるってのもな」

寛はいまさらながら、父がスーツのままの姿であることに気づいた。暇だからいいと言ったくせに、会社から戻って部屋着に着替えることもしていない。思えばこの家を訪ねてから、乙耶か寛二のいずれかが必ず寛と話をしている状態だった。目を離すと危ないとでも思っているのかもしれない。

グラスを持っていた手が震えた。両手でそれを包みこみ、どうにか酒をこぼさないようにしながら、寛は重い口を開いた。

「取り返しのつかないことを、しました。いや、とっくの昔にしていたのに、ぼくはなにも知らなくて――」

寛はこの秋に出会った〝岡崎《おかざき》〟という青年の話からはじめた。

取材時にいきなり皮肉を言われたこと、サークルの先輩である米口が本を返却しなかったこと、どうしてか気になって追いかけまわしたこと――三日前に知ってしまった、過去の自分の誤解と、それによって生じたひどいできごと。

できるだけ淡々と、事実だけを述べるようにしたけれど、言葉を紡ぐたびに真っ青になった寛は、父に勧められるままに酒を飲んだ。氷は溶け、ほとんどストレートでぐいぐいといっても、アルコール度数が二十五度の焼酎《しょうちゅう》程度ではさほど酔うことはできなかった。

「なるほどな。あの子の妊娠騒ぎは、そっから根っこがあったわけか」

「……あの当時は、本当にすみませんでした」

寛はぐっと顎《あご》をひいて頭をさげる。愛佳が寛の子だと騒ぎたてた時期、彼女は寛二にまで話を持ちこもうと、親ぐるみで押しかけてきたことがあったのだが、騒ぎたてる愛佳の親に対して父はこう言ってくれた。

――可能性は否定しません。避妊しても失敗することもあるでしょう。ですがまずは彼女の身体が第一です。正確な診断をしていただいたのち、責任問題については話しあうことにしませんか。

そして発覚したのは、寛が彼女を最初に抱いた時期よりも一カ月ほど長い妊娠週数だった。寛が嘘をついていると相手は責めたてたが、寛二は一刀両断した。

――すくなくともうちの息子は、こんなことで嘘をつくほどあさはかではありません。だから彼が違うと言うなら、わたしは信じます。

なんだったらDNA鑑定に持ちこんでもかまわないと言いきった父に、愛佳の親たちは激昂したが、ほどなく校長との援助交際じみた関係があかるみにでて、校長が妊娠についても可能性があると全面的に認めたことで、寛の濡れ衣は晴らされた。

「しかしあのときも思ったが、おまえもまたえらい女にひっかかったもんだな、寛。自由祭の当時、高校一年ってことは十五だか十六歳か？」

「まともにつきあいだしたころは二年でしたから、十七歳になってましたが」

ひととおり聞き終えた寛二は、煙草を吹かしながら軽い口調で言った。懺悔《ざんげ》のつもりでいた寛としては、そこなのか、という気分になる。釈然としない顔で見つめた父は、なぜだか喉を鳴らしておかしそうに笑っていた。

「お父さん、なにがおかしいんですか」

「いやあ。女にはめられんのは血筋かと思ってよ。俺の場合は二十歳《はたち》のころだったが、まあいま振り返れば大差ねえ。どっちもガキだな」

どういうことかと問えば、父は大学生のころ、母との入籍まえ、同じ大学の女性からべろべろに酔わされて既成事実を作られたことがあったのだそうだ。

「な……なんですか、それ」

「浮気の事実作って、彩花《あやか》と俺を別れさせようとしたらしい。あ、一応言っておくが乙耶はこの話知ってっから、べつに秘密でもなんでもねえぞ」

平然と言う父にどう返せばいいのかわからないでいると、「だから血筋だっつったんだ」と笑った。

「ま、俺の場合は前後不覚とはいえ、やることたやっちまったから、俺がだらしない部分もあったんだろうが」

「いえ……でも、それとこれとは話が違いすぎて、同列にすることはできないかと」

「同じだ、同じ。本命からかすめとるためになら、画策でも陰謀でもする女ってのはいるんだよ。おまえも俺も、そういうタチの悪いのに目をつけられたのが運の尽きだ」

「お父さんは不可抗力でしょう？　でも、ぼくは、彼に濡れ衣を着せる片棒をかついでしまいました。おまけにそのあと、リンチまがいの目にあって、怪我をしたのも知らなくて……」

自分のほうが最悪だと言いつのろうとした寛は、じっと見つめてくる寛二の視線に気づいて口をつぐむ。

「おまえだって不可抗力だ。集団ぐるみでだまされてたのは同じだろ」

「でもっ」

「それに、もうひとつ。おまえとその來可くんはつきあってもいなかった。けど俺はな、中学から七年つきあってた彩花と婚約までしてた。関係がずっと重いんだよ。裏切れば、法的な責任が発生するレベルで」

はっと寛は息を呑んだ。

「その状態で、はめられたとはいえ結婚直前に浮気された女がどれだけ傷つくと思う？『信じてたのに』って泣いた彩花をまえに俺が後悔しなかったとでも思ってるか」

「……いいえ」

寛の知る父は、おおらかであたたかい、誰より家族や友人を大事にする男だ。懐にいれた相手に対して害なすものがあれば、我がことのように怒り、護ろうとする。それが自分の失態で傷つけたとあれば、さぞ苦しんだだろうことは容易に想像がついた。

「身体の疵《きず》と心の疵と、どっちがすげえ、痛えって話じゃねえよ。本人にとっちゃ、どうしようもなくつらいのはいっしょだ。較べることに意味はない。だろ？」

こくりと寛はうなずく。ふっと微笑んだ父は、水で薄まった酒を一気に流しこみ、ふうっと息をついた。

「俺は、自制すりゃいいところを誘われて飲みに乗っかった。おまえは自分のことでめいっぱいで、周囲に目が行き届かなかった。どっちもガキの間違いだ。それに……來可くんに関しては、本当に気の毒だと思う。でもおまえも背負いすぎじゃねえのか」

「でもぼくが、気づいていたら」

贖罪《しょくざい》の方法も見つけられない。ただ恥じ入っていた寛の頭を、寛二ははたいた。

「いっ！」

「ばか、うぬぼれんな。自治会長だとか言ったって、人生経験も足りない十七のガキじゃねえか。できることなんか、たかが知れてんだろ。神さまだの超能力者だのじゃあるまいし、裏でこそこそいやがらせの計画を練られてたからって、そんなもんに気づけるか」

寛二の厳しい言葉に、寛の頬が赤くなった。ふう、とため息をついた寛二はあきれたように目を細める。

「親のひいき目さっ引いて、他人事《ひとごと》として聞いても、おまえにはどうしようもない事態だっただろうよ。その兄貴ってのも、弟かわいさで、原因はおまえだって責めたてたんだろう。けどな、いいか？　本当に來可くんを傷つけたのは、いやがらせの実行犯は、誰だ？　そして、おまえをだましてた連中は？」

「それは……井崎愛佳、と、その取り巻きだと、笹塚が」

「そうだな。そして犯人は、制裁をくわえる間もなく自滅して、兄貴としちゃ、感情の行き場もないだろう。気持ちはわかる。けどな、はめられたのはふたりとも同じだ。そして関わった誰もが未熟で、ちょっとずつ失敗したんだ」

寛は自治会のことで手一杯で、まわりが見えなかった。來可はいじめの気配を感じていただろうに誰にも相談せず、ひとりで抱えこんだ。健児は來可が置かれた状況が見えていたくせに勝手にしろと意地を張り、開会式をサボったことで來可のピンチに間にあわなかった。

「で、ことが起きて全員が傷ついた。俺からすれば、見事なくらいに、どれもこれも視野の狭いガキの失敗だ」

父はいっそ事務的なくらい冷静に言った。完全な第三者、そして大人の目で見たあのできごとは、そう映るのかと寛は思わず感心してしまった。

「でも、最後に……あのときに、違うと言った彼の話くらい聞いていれば」

「おまえ來可くんの誕生日知ってる？　血液型は？」

父は突然、寛の言葉を遮って問いかけた。寛は驚き「知りません」とかぶりを振る。

「そうだろうなあ、途中まで名前も知らなかったような相手だ。じゃあ、趣味は？　どんな音楽が好きで、どんな本読んで、好きなタレントはいるのか？　だいたい、なぜ当時は犬飼で、いまは岡崎なんだ。そして兄貴が笹塚って名前なのはどうしてだ？」

たたみかけられ、寛はそのすべてを答えられずにいる自分に愕然となった。寛二はため息をついて、苦い笑いを浮かべる。

「もうわかったか？　來可くんとおまえは当時、友人ですらなかったんだよ。学年が違う、クラスも違う、会話するのは自治会の用事があるときだけ。フルネームを知るのだって、何カ月も経ってから。そんなんでもダチと言い張るならべつだが」

ただの他人、よくて知人だ。父の言葉に、寛は「あ……」と声をあげた。

「話を聞いてやればよかった？　そりゃいまになって、冷静な頭で考えることだろうよ。けど信頼ってのはたかが半年、学校行事をいっしょにやった程度で培えるもんじゃない」

目から鱗《うろこ》が落ちるというのは、こういうことだろうかと寛は思った。茫然としたまま、自分の主観で理解していた記憶でも、健児が語った來可側の事情でもなく、完全に客観的な話として組み直された過去は、まるで違うもののように思えた。

「浅いつきあいなら、壊れるのだって一瞬だ。裏切られるほどの関係すら、できてなかった。だからガキの失敗だって、俺は言ってるんだ。わかったか？」

「……はい」

こくりとうなずいた寛の手元のグラスが空なのを見てとり、寛二は「よし」と笑って、また自分のグラスに酒を足した。

「もちろん後悔はしてるだろうし、罪悪感はあるだろ。その気持ちもわかる」

言葉を切った父は、うまそうにその中身を口に含んだあと、ふっと短い息をついた。

「二度も好きになった子を自分が知らないうちに壊してた、なんてのは、最悪だと思うしな」

しみじみとした父の言葉に驚き、寛は目をしばたたかせた。

「あの、お父さん。二度って……？」

「高校といまとで、二度だろ？」

「え？　いや高校のときは、そりゃ、ちょっといいとは思いました、けど……」

まごついてつぶやくと、寛二は同じような表情で目を瞠る。そして親子の間にしばしの沈黙が流れたあと、ようやく口を開いた父は「嘘だろ」とうめいた。

「おまえ、鈍いのは俺ゆずりか？　どっからどう見たって、いまのおまえは來可くんにべた惚《ぼ》れだろうが！」

どん、とテーブルをたたいて怒鳴った父に、寛は「え、いや、だって」とうろたえた。寛二は眉をつりあげて、「だってじゃねえ！」とびしりと指をさしてくる。

「気になってしょうがなくて、いやがってる相手につきまとって、強引に連れまわして気にいった店で食事おごって。あげくにゃ、仲よくなりたいだの、あまったりいこと言って。そりゃ一般的に、アプローチっつうんだ。おまえは來可くんのこと、ずっと口説いてんだよ！」

「え、あ、……あれ……？」

そうだったのか。寛は困惑し、自分の行動を振り返った。そして、寝ている來可を見つめているうちに、なにも考えられなくなってキスをしようとしたことを思いだす。

「……なに赤くなってんだ」

「え、あ、……いや、好きは好きで、でもここ数日は、昔の好きがこう、戻ってきた感じので、そのせいかと思ってたんですけど……あれ？」

酔いがいきなりまわったかのようで、顔中が熱い。痛いくらいだ。自分の感情についていけないまま茫然としていると「ほんとにこいつは」と父は唸《うな》った。

「そのくらいのことは自覚して行動しろ、このばか息子！　色恋沙汰《ざた》についちゃ、心配してたとおりじゃねえかっ」

「し、心配って、ぼくはいままで、心配かけるような行動なんか、なにも……つきあってる相手だって、いままでちゃんと紹介したじゃないですか」

愛佳の妊娠騒ぎもすぐに誤解とわかったし、そもそもそれ以外も、品行方正でいたはずだ。

だがその品行方正ぶりこそが問題だったのだと父は言った。

「たいがい素直すぎだったんだ。『彼女です』『彼氏です』って俺にも乙耶にもあっさり会わせやがって、本当にこいつはだいじょうぶかと思ったぜ」

あきれかえった父の言葉によると、自分の恋愛沙汰を親にオープンにするなど、寛二の感覚ではあり得ないことなのだそうだ。

「ふつうは隠すんだよ。清いおつきあいならともかく、やることはやってただろうが」

「え、まあ、それは……でもべつに、紹介してない相手だっています、よ？」

崎谷はるひ
[爪先にあまく満ちている]
ill.志水ゆき
●680円(本体価格648円)
真崎ひかる
[目を閉じて触れて]
ill.三池ろむこ
●620円(本体価格590円)
坂井朱生
[指先に薔薇のくちびる]
ill.サマミヤアカザ
●580円(本体価格552円)
玄上八絹
[プライベートフライデー]
ill.鈴倉 温
●580円(本体価格552円)
染井吉乃
[君なしではいられない] ill.香坂あきほ
●580円(本体価格552円)
2011年
8月刊
毎月15日発売
幻冬舎 ルチル文庫
最新情報は[ルチル編集部ブログ] http://www.gentosha-comics.net/rutile/blog/
2011年9月15日発売予定 予価各560円(本体予価各533円)
高岡ミズミ[僕のため君のため] ill.西崎 祥
小川いら[夏、恋は兆す] ill.水名瀬雅良
崎谷はるひ[ひとひらの祈り](仮) ill.冬乃郁也
和泉 桂[蜂蜜彼氏] ill.街子マドカ
愁堂れな[天使は愛で堕ちていく] ill.広乃香子

ファン待望の
最新刊
絶賛発売中!!
シリーズ累計
190万部突破!!
国擬人化
ゆるキャラ
コメディ
[特装版]はオール描き下ろし小冊子付き!!
多数描き下ろしを収録!
BIRZ EXTRA
AXIS POWERS
ヘタリア
4
日丸屋秀和
バーズエクストラ●A5判
●[通常版]1050円(税込)
[特装版]1260円(税込)
既刊①～③巻も
絶賛発売中!!

花族ワルツ
1
碧也ぴんく
亡くなった親友は
妊娠していた…!!
相手を捜すため、
みどりは貴族の家に
下宿し始めるが…。
華やかなる大正浪漫活劇!!
8月24日発売!!
バーズコミックス ガールズコレクション●B6判●693円(本体価格660円)

「あほか！　そりゃヤリ友ってだけだろう！」

いつぞや、赤羽や准に決めつけられたのと似たようなことを言い放たれ、寛はなんとなく自分はそう見えているのかとがっくりした。

「相互理解のうえですが……いたっ！」

言ったとたん、またたたかれた。幼いころはあますぎるほどあまい父だったけれど、長じてからはずいぶんと手厳しい。曰《いわ》く「自分そっくりな息子に手かげんする理由がない」のだそうだ。

「だ・か・ら。相互理解だろうがなんだろうが、エロ関係を親父のまえで認めるなっつうんだ。それでまったくうしろめたくないっつーのは、本当にちょっと問題だ。その程度のことは、天然にしても理解しろ！」

「……ぼくって、天然なんですか」

「いやそうな顔したって、それが対外的な、っつうか親父から見たおまえの評価だ、ばか」

存外、常識知らずな自分を思い知らされ、寛はちょっと落ちこみそうになった。父は深々とため息をついたあと、にやりと笑った。

「まあでも、やっと思春期だな」

「思春期……というには、遅いと思うんですが」

ぼそぼそと言った寛の言葉は完全に無視され、なにやら感慨深そうに寛二はひとりうなずいていた。

「いままでと違って、こんなどん詰まりになるまで、一度も來可くんの話をしなかったよな。それどころかここ一カ月、乙耶に連絡するのも忘れてたろが」

「あ、……すみません」

寛ははっとした。ひとり暮らしをするようにと告げたのは父だったが、その際にだされた条件として、最低でも二週間に一度という、定期的な近況報告があった。理由は心配性の乙耶のためで、メールでも電話でも、元気であることさえ知らせればいいと言われていた。

「ばか。やっと親離れできたって喜んだんだよ。てめえは昔から乙耶になつきすぎだっつうんだ」

鼻を鳴らした寛二が思うより不愉快そうに吐き捨てるので、寛は面食らう。

「だ、だって乙耶くんは、ぼくの親でもありますし」

「それ以前に、あいつは俺のだ。無駄に心配かけて、そのじゃまをすんな。おまえのおかげで、十五年も経ってからやっと新婚生活だってのに」

五十絡みの男が年甲斐《としがい》もなくムキになった。寛二にばしばしと頭をたたかれ「お父さん、痛いです」と寛は顔をしかめる。

「というより、なんですか。なにかぼくに恨みでもあるんですか」

「あるともよ。あいつが俺のとこに嫁にきたのは、おまえの存在がでかいんだからな。そうじゃなきゃ、適当なところでふられてたろうよ、俺は」

むつまじいところしか知らない父たちにそんな危機が——と寛は仰天した。寛二は苦いものを嚙みしめたかのような顔で、ため息混じりに言った。

「むかしのあいつは、自分にはどうしようもないことで家族に対してコンプレックス持ってて。乙耶のせいでもなんでもねえのに、むちゃくちゃ言われて責められて、壊れる寸前までいってた」

「乙耶くんが？」

寛の知る乙耶は、落ちついていつも穏やかで、冷静な大人の男だった。そんな彼の意外な過去に驚いていると、覚えてないかと父は苦笑する。

「おまえが昔、動物園で迷子になったとき。あいつ、パニック起こしたんだ」

「あ……そういえば」

トイレにいく途中で迷子になり、心細かったことだけはぼんやり覚えている。そう告げると、父は遠い目になりながら、むかしの思い出を語った。

「ぼくが関わったらみんなだめになるっつって、泣いて泣いて止まらなかった。だからおまえがけろっとしててくれて、俺は正直、助かった。俺と彩花譲りの図太さに感謝した」

「だめになるって、どうして」

「理由なんかない。ただ、あいつは自分がきらいで、愛される価値なんかないって思いこんでた。まわりの連中によってたかっていじめられて、責任負わされてばっかりきたんで、悪いことが起きると自分のせいだ、みたいに考えるのがクセになってた」

何度も、乙耶は父と別れようとしたのだという。それを引き留め、不安定な彼をなだめて愛して、あまやかしてきた父がいたからこそ、寛は彼の笑顔しか知らないのだ。

（いや、でも、そういえば……）

幼いころ、寛になにか悪いことが起きると本気で自分のせいだと落ちこんでしまい、父とふたりがかりで慰めたことを、おぼろげに思いだす。

そして家のにおいについて問いかけたときの乙耶の言葉を、もう一度反芻《はんすう》した。

——寛くんには、それがあたりまえ、って状態になってるのかな。よかった。

なにが「よかった」なのか、あのときの寛にはわからなかった。ただ本当に嬉しそうだった乙耶はそのころ、この家で暮らしはじめて七年は経っていたと思う。

（ぼくが慣れたことが、そんなに、嬉しかったのか）

きれいでやさしい彼を寛は大好きだった。乙耶もまた、本当の子ども以上に寛をかわいがってくれたけれど、いつかいまの幸福が消えてしまうことを常に覚悟しているような、そういう哀しい部分があることは、薄々とだが気づいていた。

だからこそ、彼を大事だとちゃんと伝えてきた。成人してなお、定期連絡を欠かさずにいるのは、乙耶を哀しませたくないからだ。けれどもう、それはいい、と父は言った。

「彩花から預かったおまえが十八になるまでは、この家はおまえ中心だった。あいつもずっとそうしてた。でも寛も、もう二十一だ。いっぱし、男になったろう。だから俺は今後は、乙耶のために生きる。だからおまえは、おまえとおまえの好きなやつのために生きろ」

そうまで言いきれる父の大きさに、なんだか圧倒されてしまった。

「……お父さんは、すごいですね」

「いまごろわかったか」

くっくっと喉を鳴らして寛二は笑い、息子の心からの讃辞《さんじ》をあっさり流してしまった。

いまにしてみると、寛二くらい肝の据わった男でなければ、乙耶のように繊細で自罰的で、殻にこもりやすい相手と、長年つきあいきれたかどうかわからない。

そして同時に、自分の小ささにも気づかされてしまった。

「……これから、どうすればいいんだろ」

ぽつんとつぶやいた寛に、寛二は「いままでどおりでいいんじゃねえの」と言った。

「いままでって、だって、でも」

「そもそも、その事実をわかってなかったのはおまえだけで、來可くんはわかってたわけだろ。そりゃ、トラウマにさわって過呼吸は起こしたかもしれねえけど、いやいや言いながら相手はしてくれたし、神田巡りにもつきあってはくれたんだろう」

「え、まあ……バイト代だすとか、いろいろ言いましたけど」

「本気で彼が恨んでたら、その程度で釣られるわけないだろ」

「そ、そうですかね？」

思わず希望を持って目を輝かせた寛に対し、「まあ、ただの守銭奴かもしれないけど」と、父は突き落とすようなことを言う。寛がっくりと肩を落としたとたん、彼は大笑いした。

「真に受けんな。冗談だ」

「冗談にしないでください、真剣に悩んでるんです」

「悩めよ。ぼろっぼろになるまで。それがおまえのできることだろ」

どういう意味だろうと顔をあげると、父はふふんと笑った。

「若いうちについた傷だ、きついだろ。誤解で好きなやつに見捨てられたり、リンチにあって怪我させられたり。そりゃ悲惨だ。けど、もっと悲惨なことなんかいくらでもある」

言葉を切った寛二は、うまそうに喉を鳴らして酒を飲んだあと「それに」と続けた。

「聞いたところ、來可くんは自分なりに立ち直ろうとしてただろ」

「性格が……変わったのに？　誰も彼も、拒んで」

寛のつぶやきに「性格なんざ、ちょっとしたことで変わるさ」と寛二はあっさり言った。

「他人を拒絶するなんてのはな、相手に追いかけまわされてれば、そんなに長いことやり続けられるもんじゃない。兄貴ってやつも要所要所、手助けしてるだろ。本当の本気で他人を拒む相手にはな、そんなこともできないんだ。拒んでるんだってことすらわからないくらい、上手に拒絶するから。そうなると手強いぞ」

誰のことを言っているのか、うっすらとわかった気がする。その手強い相手を、十何年もかけてやわらかくした男は喉奥で笑った。

「どうせおまえは鈍いんだ。変な罪悪感を抱えてのたうちまわるより、鈍いまんま押してけ」

「それ、無神経じゃないですか。ぼくのせいでトラウマ掘り返して、あんな……」

真っ青になって倒れた來可のことが頭に浮かび、寛は目を伏せる。だが父は「だから無神経でいろよ」と言った。

「相手の傷ついた顔見ても、いちいちへこむな。図太くなれ。いやな顔されてもやめるな。本気で謝りたいんだろう。謝って自分が許されたいんじゃなく。……後者ならただの自己満足だから、いますぐやめろって言うとこだが」

ぐさりとくる言葉でもあったが、寛はしっかりとうなずき、背筋を伸ばす。

「許されるかどうかは、二の次です。ただもう、あんな顔をさせたくない」

「具体的には、來可くんにどうしてほしい？」

「……幸せになって、ほしい」

ちっとも具体的ではなかったのに、ならばよし、と寛二は笑った。ほっとして、けれどやはり自信は持てなくて、寛は父をうかがった。

「でも、本気でいやがられたら？」

「それが心配なら、いますぐあきらめて二度と顔見せないでやれ」

容赦なく父は言い、寛は黙りこんだ。

「開き直れよ、寛。うしろ向くな。あきらめてやれないなら、トラウマ払拭するくらい、べったべたにつきまとってあまやかして、幸せにしてやればいいんじゃないのか」

報われなくても続けるだけ。それが、知らないまま傷つけた彼へ返せることだろうと、寛二は言った。

「……やっぱりお父さんには、一生かなわない気がします」

「あたりまえだ。死ぬ間際まで超えてくれんな。ただでさえ、誰の息子だってくらいできすぎてるっつうのに」

父はそう言いながら、また寛のグラスに酒を注いだ。

「とりあえず、飲んでめろめろになってみろ。おまえは最初に飲ませたときから強くておもしろくない」

めちゃくちゃな言いざまの父に、寛は思わず笑ってしまった。そして勧められるまま痛飲し、瓶《びん》は三本、四本と増え——はじめて酒のせいで吐いて、ついでにすこし泣いた。

そのまま居間で酔いつぶれ、眠りこけた綾川親子は、翌朝になって醜態を発見した乙耶に、それはそれはすばらしく理路整然とした言葉で、説教をくらう羽目になったのだった。

＊　＊　＊

寛に神田めぐりをつきあわされ、『ボンディ』で気絶してから、四日が経過した。

來可はいつものように講義を終え、図書館のアルバイトへ向かう。なんとなく背後を気にしてしまうのは、あれ以来、寛の姿を見かけないからだ。べつに会いたいと思っているわけではないが、あれだけしつこかった王子さまが、倒れた相手をほったらかし、何日も顔を見せないというのはどこか奇妙に思えた。

（やっぱ、あいつがなにか言ったかな）

いやな予感を覚えるのは、あの翌日になって目を覚ました來可が、いつの間にか笹塚の実家に連れ戻されていたからだ。

——なんで、俺、ここにいるんだ。

見覚えのある、健児の子ども時代の部屋を眺めて茫然としていると健児が言った。

——アパートでぶっ倒れてたから、拾ってきた。

——どうやって帰ったんだ？

カレー屋で発作を起こしてからの記憶がない。誰かといっしょにいた気がするけれど、それが思いだせない。寝ぼけながらうなっていると、健児がくしゃくしゃと頭を撫でてきた。

——覚えてないなら、それでいいだろ。眠れるようなら、眠っておけ。

なんとなく腑に落ちないが、頭がぼんやりしていてまとまらない。考えるのも、面倒くさいと素直に眠りにつき、その日の夜になってやっと、自分の根城であるアパートへ戻った。

そしてきょうになるまで、寛からのアクセスはいっさいない。

べつに積極的に会いたいわけではないが、意識を失ったあと自分になにがあり、どうして健児の家にいく羽目になったのか謎すぎて気になっている。それを知るのは、彼だけのはずだ。

ただ代わりに、倒れた原因を詮索《せんさく》されるかもしれないと思うと面倒だなと感じる。

(しかしあんな状態で倒れたわりに、落ちついてんな、俺)

気絶する直前、來可はひどく動揺し、過呼吸発作まで起こした。もしかするとその影響で、まだ心がスリープモードなのかもしれない。

このぶんなら、また寛に会ってもなんの感情も覚えずにいられるのではないか、と思っていた來可は、背後から突然肩を掴まれ驚いた。

「……よかった、いた!」

ぎょっとして振り返ると、それは走って追いかけてきた寛だった。「な……なんだよ」と來可は肩を振り払う。邪険にしても、寛はにっこりと笑顔を崩さなかった。

「先週は、だいじょうぶだったんですか? 具合がかなり、悪そうだったので」

「べつに、なんとも……」

いきなり倒れたことについて寛がなにか追及してくるのではないかと思ったが、彼は「ならよかった」と微笑み、そのあとすぐに心配そうに眉をさげる。

「すみませんでした、無理につきあわせたりして。そのせいで倒れたんでしょう？」

「あ、いや……」

突然の気絶にそういう解釈をされるとは予想外で、來可は驚いたが、同時に事情を聞かない寛にほっとした。そして、続けられた言葉になぜか、喪失感が胸を襲うのを感じた。

「書店めぐりはもういいです。脚もつらいのに、引きずり回してごめんなさい」

「じゃ、じゃあもう、おしまいってことでいいんだよな」

「ええ、古書探しについては自分でやりますから、だいじょうぶです」

「……あ、そ」

にっこりと微笑んでいる寛に、來可はしらけた気分になった。ツレが気絶した理由をろくに訊こうともせず、自分の用事に目処《めど》が立てば一方的に終わり。たしかに好きでつきあったわけではなかったけれども、寒々しい気分になった。

やっぱり利用するだけかよ、こいつは。そんな気分でいた來可に、寛は「でも」と笑みを深め、突然右手を握ってきた。

「ちょ、おまえ、ここどこだと……」

人通りの多い大学構内、振りほどこうとするのに、なかなかできない。どころか來可がもがけばもがくほど、寛の指は強くなった。いいかげんにしろ、怒鳴りつけようと思ったところで、寛が真剣な顔を近づけてくる。

「岡崎くんとは、終わりにしたくないです」

「え……」

「きみの、名前を教えてくれるまで、終わりたくない」

遠いいつかのように、寛が來可の手を摑んでいる。けれどあのときとはまるで違う意味と、その強い力に、來可は頭がまっしろになった。寛は、ふっと笑ってたたみかけてくる。いままでの來可が一度も見たことがないような、ひどく艶《つや》っぽい笑顔だった。なにを考えるよりさきに、どん、と心臓が跳ね、握られた指がむずむずしてくる。

「またあした、図書館にいっしょにいってもいいかな。これからちょっと用事があるので」

「図書館って……な、なにしに」

「端末を借りに。必要なものは自分で探すけれど、細かいことは教えてほしいんです」

いつのまにか、もう片方の手まで握られていて、來可はフリーズしていた。

(なんだ、これ)

きれいな顔だと思ったことはある。かっこいいのも客観的に認める。でも、まさかあの綾川寛の笑顔に、とろりとした蠱惑《こわく》や色気を感じることがあるとは思わなかった。

「本当に、倒れさせてしまって、ごめんなさい。反省してる。もう、無理させないから」

「い、いや、べつにそれは」

「いいんですか？　よろしくお願いしますね。たぶん毎日、うかがいますから」

「あ、ちょっ」

「じゃ、失礼します。もっと話したいけど、すみません、サークルにも顔ださなきゃ」

にこっと微笑んだ寛は、來可が茫然としている間に図々しいことを言って去っていく。ほどかれた手を空に浮かせて追おうとしたが、それもできない。

取り残された來可はぽかんとしていたが、寛がとっくに消え去ったあと、カレー屋以後、自分がどうやって帰ったのか寛に聞きそびれたことに気づいて舌打ちする。

「……よろしくって、なにがよろしくだよ。なんなんだよ、さっきのは」

あまりに寛がいつもどおりで、正直いって拍子抜けした。だが同じようで、決定的に違う。じんじんと痺《しび》れている両手の指をじっと見つめる。気のせいでなければ思わせぶりに握った指を撫でられた。――そして、どこかあまい雰囲気と、あの目つき。

かっ、と來可の顔が熱くなる。とっさに握った拳で顔を隠そうとして、誰も見ているものなどいないことに気づいた。どれもこれも過剰な自意識のせいだと、來可は唇を噛んで本来の目的地に向けて足早に歩きだす。

「名前教えろってなんだよ。たいがい顔見てんだから、自力でちゃんと思いだせっつうの」

いらいらと吐き捨てる來可は、自分の言葉の意味に気づかないまま、目的地へと向かった。

（どうせまた、なにかの気まぐれだろ）

あんなことがあったというのに、理由も訊かないなんておかしい。いや、訊かれても答える気はないのだし、それでいいはずなのに、もやもやする。

利用させてと宣言されたのも、正直いって腹はたっている。かっかしながら図書館に飛びこみ「遅くなりました！」と来生《きすぎ》に挨拶すると、彼女はなぜか「あら」と目を瞠り、ふだん厳しい顔に笑みを浮かべる。

「なにかいいことでもあった？　めずらしく、顔色いいわね」

怒っているはずなのに、真逆のことを言われた。驚き戸惑った來可を残し、彼女はさっさと自分の仕事にかかってしまう。

「いいことなんて、そんな……ないです」

いまさら答えても届くわけもない。なのに來可はつぶやいた。そしてふたたび、自分の両手を見おろした。ちいさく震える指は火照《ほて》ったように熱く、血の色を透かして赤かった。

＊　＊　＊

それから一週間後、カフェ『Soupir《スピール》』にはなぜか、テーブルで頭をつきあわせる寛と來可の姿があった。

「……だから絵草紙本なんかは専門店みたいなところが買い取るけど、これは単なる画集だ。価格も低いし、もし売られるとしたらネットオークションのほうが確率高い」

「なるほど。わざわざ買い取る店がすくないってことですか」

「どころか、引き取って処分代払わされることだってある。でかいし派手だけど、量産されたオフセット印刷なんで、好事家に人気はないから」

戻ってきていない本のリストを眺めつつ説明する來可に相づちを打つ。彼はあれ以来、しつこい寛にすっかりあきらめたのか、淡々と古書の説明や捜索に協力してくれていた。

もちろん、このカフェでランチセットをおごるという条件もだしてはいるが、いろいろ説明されるうち、寛は彼が本に対して思う以上に知識を持っていることに気づかされた。

「それにしても、どうして岡崎くんはそんなに古書に詳しいんですか？」

「金がないんでほしい本は古書店めぐった。そのうち常連になって、教えてもらった」

端的に言いながら、來可は寛のおごりであるクラブハウスサンドにかぶりつく。

「念のため、出品されてそうな古書店サイトも見てみたけど、いまのところでてない」

「えっ、調べてくれたんですか。ありがとうございます」

「べつに。さっさと終わらせたほうが、俺も楽だし」

冷たく言ってそっぽを向くけれど、寛はにこにこと微笑むだけだ。居心地が悪くなったのか、來可はばくばくと残りのサンドイッチを口に詰めこみ、よれたリュックをかついだ。

「それじゃ」と言って去ろうとした彼の手を、寛はとっさに摑む。

「あ、ちょっと待って」

「……なんだよ」

離せ、ともがく手は体格に見あってちいさい。ぎゅっと力をこめると、びくっと來可は震えた。その手にそっと紙袋を握らせると、彼の目がメガネ越しに大きくなる。

「よかったら使ってください。父の会社のアロマオイルですけど、眼精疲労にいいんです」

「アロマって……どう使うんだ」

「お風呂あがりに首筋やこめかみに塗ったり、そのあと軽くマッサージするといいです」

半信半疑の顔で來可は顔をしかめ「ふーん」と気のない声をだしたが、突っ返されたりはしなかった。寛がほっとすると、「じゃあもらう」とだけ言って彼はさっさと歩き去った。

「またあした、よろしく」

にっこり笑って來可と別れたあと、寛は心臓がばくばくしているのを必死にこらえた。

(だ、だいじょうぶだったかな)

強引に握ってしまった手がいまごろになって汗ばんでいるのに気づき、彼に不愉快な思いをさせなかったかと心配だ。そして、息まで苦しくなっている。浅い呼吸をして、さっきまで彼のいたテーブルに肘《ひじ》をつき、組んだ手の甲に額を載せた。

無神経になれと言われた寛二の言葉どおり、相手のことをなにも考えていないふりで來可にまとわりつくことを決めたのは自分だ。迷惑そうな顔をされたりいやがられたり――そのたび軽く落ちこむけれど、けっして顔にはださないまま、アプローチを続けている。

（ときどき、すごくつらい。でもやめたくない）

どうにか折れずにいられるのは、來可が徐々に警戒心をゆるめてきている気がするからだ。いままでなら寛が渡したものなど無言でうち捨てただろうけれど、戸惑った顔をしつつも受けとってくれた。ここでめげても意味がないのだと寛が自分に言い聞かせていると、突然、背中をたたかれてびくっと飛び跳ねる。

「うお、なんだよ。びっくりした」

「び、びっくりはこっちです。いきなり、やめてください」

背後から現れたのは、金居と赤羽だった。ふたり揃《そろ》って、なにかめずらしいものを見たかのような表情でじっと寛を凝視している。

「なんなんですか、赤羽。金居さんも、その顔は」

「いや綾川先輩こそ、なにしてたんですか。なんで顔赤いんですか」

「そうだよ。つうか最近、おまえ、噂になってんぞ。あの綾川寛がなにやってるんだって」

ふたりに口々に言われた言葉に、寛は「あのってなんですか」と憮然《ぶぜん》とする。

「だから、自分から相手追いまわしてるだろ。しかも男！」

学内でも、寛が來可につきまとっていることはすでに有名になりはじめていた。とはいえ、來可の見た目が見た目だけに、いったいなんの目的が、という方向での話だし、会うときはたいがい古書の資料やなにかを見ながら話しているため、なにかの調べ物だろう、というところに落ちついていることも知っている。

他人の目があるところではあからさまな行動は慎んでいる。高校時代の二の舞はなんとしても避けたいし、それに來可が怯えるようなことだけは絶対にあってはならない。

（たぶん、誰も本気でぼくと彼が、なんて考えもしないだろう）

米口の本の捜索について知っている赤羽が半笑いで言ったのは、単なる冗談のつもりだろう。寛はどうするかと考えこんだあと、もうこうなれば開き直ると決め、言い捨てた。

「ほっといてください。好きになったらなりふりかまってられません」

「……へ？」

「例の本の捜索にかこつけて、ようやくカフェまで誘いだせたんです。これからなので」

しばらくぽかんとしていたふたりは、まじまじと寛を見たあと、お互いの顔を見て叫んだ。

「うそ、まじで！　王子が乱心！」

「え、うそ！　綾川ってじつは、ああいうのがタイプ⁉」

騒ぎつつもおもしろがるふたりは、口々に質問をぶつけてくる。だが寛が睨んだとたん、ぴたりと口をつぐんだ彼らは、もう一度目を見あわせたあとに真顔になった。

「ごめん。本気なんだな」

「すみません。はしゃいじゃったけどべつに、悪意はないので」

じっと寛は彼らを見つめる。高校時代、仲間や彼女だと思っていた相手に裏切られていたという事実を知って、いろいろなものの見方が変わった。そして彼らは信じられるだろうかと逡巡《しゅんじゅん》しているうちに、赤羽があの明るい口調で言った。

「でも、なんか、よかったな。おまえやっと本命できたんだ？　なら、応援すっから」

寛が目を瞠ると、隣にいる金居もにこにこ笑って「あたしも」と言った。

「綾川先輩、いままでつきあった相手のこととか、なに言われても気にしないって感じだったじゃないですか。けどちょっと冷やかしただけでそこまで怒るのって、真剣なんですね」

「びっくりはしたけど……あー、あれなのか？　おまえ、ほんとはゲイだったんだ？」

だったらいままでの彼女たちへの、ライトな態度も納得がいく。赤羽は勝手にそう結論づけて、ひとり満足したようにうなずいている。寛はなんだかぽかんとして、そのあと思わず笑ってしまった。

「……いえ、ぼく、バイセクシャルですよ。以前は彼氏がいたこともあります」

「うお、まじでか。三年も知らんかった」

驚いている赤羽は、本当に素直な性格だ。大学にはいってから三年、いっしょにボランティアをして、きつい現場もいっしょにこなした。サークルの運営で意見がぶつかったこともある。それでもこのあっさりした彼のおかげで、ここまできた。金居も同じで、いかにも女の子らしいルックスながら、後輩に「姐《ねえ》さん」と慕われる鉄火な性格は、すっぱりとして潔く、また頼りになる。――高校時代とは違う。寛は彼らを、ちゃんと知っている。

心から信頼できる友人たちにほっとして寛はちいさく笑い、すぐに表情をあらためた。

「とにかくじゃましないでくださいよ。彼のまえで冷やかしたりもやめてください。そんなことしていやがられたらもとも子もないんです」

「いや、充分いやがってるんじゃねえの？　さっきもすんげえ、むっとされてたじゃん」

ばっさり赤羽に言いきられて落ちこむが、繊細な神経は捨てると誓った。自分に言い聞かせていると、小首をかしげた金居が「んーでも案外、まんざらでもないような」と言った。

「そ、そうですか？」

「岡崎くん、男子だから確証は持てないですけど」

本気でいやがっているなら、もうちょっと気配が冷たいと思う、と金居は言う。寛はぱっと顔を輝かせ、「だったら見こみはありますよね」と拳を握った。いままでの寛らしからぬ言動に、赤羽は目をしばたたかせてつぶやく。

「……どうしちゃったの、こいつ」

「だから、恋でしょ？」

金居はすました顔で言ったあと、にんまり笑ったあと、思いついたように寛に提案する。

「綾川先輩、一石二鳥の話があるけど、いかが？」

＊　＊　＊

日曜日の午後。自分はいったいなにをしているのだろうかと、來可は遠い目で考えた。手には大量の絵本、もう片方にはおもちゃを持たされ、児童施設のカラフルな遊戯室をぼんやり見まわす。この日の活動は、児童施設での朗読会。むろん、寛のサークルがおこなうボランティアであって、來可はまったく関係ない――はずだったのが。

――お願い、人手が足りないんだ！　バイト代はだすから、手伝ってください！

寛ばかりか、彼のサークルのメンバーにまで拝み倒されている現場を来生に見つかったのがまずかった。「いいじゃない、やってあげなさいよ」の言葉で來可の身柄はフロイントシャフトに委譲され、どころか大学図書館代表として、特別に各種の童話や児童書、絵本を持っていく係に任命されてしまった。

「はーい、じゃあみんな集まって。これから、このお兄さんが本を読んでくれます！」

寛の後輩であるという金居がきれいな声を張りあげると、子どもたちはいっせいに、遊戯室の正面にいる寛と、手にした本を凝視した。來可もまたつられてそちらを見ると、目があった寛があの、パーフェクトな顔でにっこり微笑んでくる。睨んでもまったくおかまいなし、優雅な仕種で椅子に座った寛は本を広げ、あまくやさしい声でタイトルを読みあげた。

『どんなにきみがすきだか、あててごらん』

どきっとするようなタイトルの絵本は、二匹のうさぎが主役だ。チビウサギとデカウサギはありとあらゆる言葉で、こんなにきみが大好きだと、まるで勝負のように好意を伝えあう。最後にチビウサギが眠そうに「ぼく、おつきさまにとどくくらい、きみがすき」と告げると、デカウサギは「それはとおくだ」と負けたようにつぶやく。

だが、おやすみのキスをしたデカウサギは、眠るチビウサギにそっとささやいた。

『ぼくは、きみのこと、おつきさままでいって——かえってくるくらい、すきだよ』

やわらかにつむがれた寛の声は、聞くほうがどきりとするようなものだった。子どもたちはふつうに目を輝かせているが、施設の職員である女性たちは「はうっ」と奇妙な声をあげて胸をおさえている。

（あんなやつ、偽善者なのに、……その、はずなのに）

來可はしらけた顔でそれを眺めた、つもりだった。本当は、そんなこともどうでもよかった。きれいな服を、汚れた子どもの手でべたべたさわられても微笑み続ける寛の顔から、どうしてか目が離せなかった。嬉しそうになついている、子どもの表情もまた胸に染みる。

「では、次の本にいきますよ。『すてきな三にんぐみ』……」

採光がいいように設計された遊戯室には、午後のひかりがいっぱいに差しこんでいた。きらきらと寛の髪や睫毛《まつげ》が輝いている。伏せた瞼の奥、紅茶色の目に宿ったものはなんだろう。

無意識に見惚《みと》れていた來可は、ふと顔をあげた寛とまた目があった。あわてて逸らそうとするより早く、「岡崎くんも読んであげて」と言われて仰天する。

「え、なんで、俺が！」

「だって、本好きでしょう？　ほら、来生さんのおかげでいっぱいあるし」

いやだと大声をあげそうになったけれど、周囲の子どもたちがじっと見ているので反抗もしきれず、渋々、絵本を読みあげる。

「え、と……じゃあ『ぐりとぐら』を、読みます」

正直、寛のようにうまい朗読ではなかったのだけれど、誰もが知るあの『かすてら』のシーンで子どもたちが「おいしそう！　食べたい！」とはしゃぎ、來可まで楽しくなってきた。素直に反応する子どもらにつられ、つい熱が入る來可をいつの間にか寛がじっと見つめていた。なんなんだ、と顔をしかめたところで「はい、次の本」と渡され、期待の目を向ける子どもたちに逆らえないまま、次々読み聞かせをする羽目になってしまった。


「それじゃ、どうもお疲れさまでした！」

一日が終わり、職員らにねぎらわれながらボランティアの面々はめいめい帰途についた。

寛ととくに仲がいいらしい赤羽や金居は「すごく助かった、またきてくれ！」と何度も繰り返していて、さほど役にたったつもりのない來可とすれば首をかしげる反応だったが、またなと手を振りながら去っていく彼らの笑顔に嘘は感じられなかった。

全員を見送った寛は來可に「本当に助かりました。ありがとう」と微笑んだ。

「本読んでただけだし、おまえみたいにうまくもないし」

「でもみんな喜んでましたから。……ああそうだ、これ。少なくて悪いけど」

渡されたバイト代を確認する。多くもなく少なくもない妥当な金額になぜかほっとした。

「あと、これはこの間の、神田めぐりのときのぶん。渡せてなかったから」

寛は続いてべつの封筒をとりだし、來可は「そっちはいらない」とかぶりを振る。

「途中リタイアしたし。ていうか俺、あの日どうやって帰ったんだ？　健……、兄貴、には、アパートで倒れてたって言われたけど」

訊くならいましかないと、來可は口早に問いかける。寛の顔は一瞬こわばったように見えたが、それが錯覚かと思うほどに、やわらかく微笑みかけてきた。

「覚えてないんですか？　タクシーでアパートまで送っていったけど、あとは平気だって言って、自分で部屋に戻ったのに」

それはいかにも自分がやりそうな行動だった。朦朧《もうろう》としたまま、帰巣本能だけで戻ったのだろうかと考えこんだ來可は、いまの寛の言葉にはっとなる。

「ちょ、待て。タクシーって、すげえかかったんじゃないのか。だったらなおさら、これ受け取れないだろ」

いま來可に渡されたアルバイト代より多いくらいだ。あわてて封筒を突き返すけれど、寛は「それは正当な報酬で、タクシーは別件だから」と受け取らなかった。あまりの頑固さにため息をついて、來可はふと問いかける。

「なあ、なんでバイトなんだ。この間もだけど……俺が貧乏だからか、施しか？」

寛は来生らから、來可が奨学金を受けていることは教えられてしまったらしい。同情でもしてんのかと睨めば、寛はとんでもないとかぶりを振った。

「してないですよ。すごいと思うし、どうしても心配はするけど……でもきみが自分で選んだことを否定はしない。やれる限りやるひとなんだろうって、思っているから」

寛の言葉に息を呑み、來可は自分の心が大きく揺らぐのがわかった。

健児にも亮太《りょうた》にも、母にも、笹塚氏にもいまの生活を「無理」「無茶」と言われ続けていた。自分でも意固地になっていたし、正直やめたいと思ったことがないわけではない。

なのに、來可がひとりでいたがる大元の要因である男だけが、認めてくれる。

皮肉だと嗤いたいのに、わらえない。

「助けたいって思うけど、してほしくないだろうことを押しつけるのは自己満足だから、しない。でもこういうかたちで協力はできるから」

「協力……？」

「ぼくも協力してもらったし。だったらイーブンだと思う」

そうでしょう？　と微笑む寛に、かたくなな心がゆるみそうになる。來可は目を逸らした。

(なんでだよ。俺、こいつのこと恨んでたのに)

自分は信じないのに、米口は信じようとするのか。そのショックで倒れたりまでした。けれど、いま寛にもらった言葉は、なによりあのころ求めていたものにほど近かった。

あれだけ認めてほしい、見てほしいと願ったものがあっさりと目のまえにあって、どうすればいいかわからないでいる。ちらりと寛を見ると、まっすぐに來可を見つめる目とぶつかった。今度は視線を逸らさなかった。どこか、寛が寂しげに見えたからだ。

この施設にきて、いちばん子どもに群がられているのは寛だった。器用なやつ、と感じるのではなく、なぜかそれは、事情があって預けられている子どもたちが、まっさきに共感してくれる相手を探して飛びついているような、そんな気がした。そしてそう考える自分の発想に、來可は混乱した。

(なんだよ。だってそれじゃ、こいつが本当は寂しい、みたいな)

ぎゅっと胸が絞られる。また記憶が、高校時代に引きずられそうになっている。なのにこの間のような恐慌状態にはおちいらず、ただうろたえている自分がわからない。

けれどあのころ、來可がいちばん惹かれたのは、誰よりも人気者でいつもひとに囲まれているのに、ひとりでいるかのような寛の姿だったことを思いだす。

そばにいきたい。だから認めてほしい。でもまた拒絶されたら？

あとじさろうとした來可の腕を、寛が摑んだ。

「名前、まだ教えてくれない？」

はっとして、やっぱりだめだ、と思った。ここでまた追いつめられたら、もう逃げ場がなくなる。「教えない」と口走り、來可は背を向ける。

「帰るの？　送っていく」

「いらない。大学戻る」

「だったらいっしょにいく」

なんでだ、と睨めば「本、返さないといけないから」と、来生から貸しだされた袋ごと持ちあげられ、來可は断れなかった。


大学に戻り、来生に本を返却したのち、來可はさっさといつもの書庫に閉じこもろうとした。けれど当然のように寛がついてきて、なんなんだ、と頭を抱えたくなる。

「なあ、用事すんだんだろ。もう帰れ」

「うん、でも、もうちょっとここにいたいから」

來可に対してだけ使わない丁寧語、それでも寛の声はどこまでもソフトでやさしい。

「なんもねえじゃん。もう、例の件についても調べるだけ調べたし、あとは米口見つけるしかないだろ?」

「そうじゃなくて……きみのそばに、いたいんだけど」

ひそやかな声で紡がれた言葉の意味は、しばらく脳にはいってこなかった。目をしばたたかせた來可に寛はにこりと微笑みかけてくる。

「気づいてないのかな。いままでのも大半が口実だったんだけど。きょうのボランティアも、見かねた金居さんが連れだす言い訳作ってくれたんだけど」

口実って、言い訳ってなんだ。問いたいのに、声がでない。作業テーブルに軽くもたれた寛は、來可の戸惑いをよそに突然、話をはじめた。

「高校生のとき、いいなと思ったひとがいたって話したよね。あと、ぼくがバイだって」

「それが、なんだよ」

ようやく発した声は、かすれていた。もしかしてこれは、『ボンディ』での話の続きか。あれからずっと、話すタイミングをうかがってでもいたのだろうか。やめてくれ、と來可は内心でうめいた。胸にまたあの悪寒が拡がりそうになる。気づいてか否か、寛は話をやめない。

「ぼくはすごくばかで、そのひとについてほとんど忘れてしまっていて。でも思いだしたら、本当にとても、好きだったんだ。はじめて男の子を好きになったから、よくはわかっていなかったけど」

「……それが俺に、なんの関係があるんだよ」

いつもの椅子に座ったまま、來可は顎を引いて座面をきつく握る。高校時代の話などされたくない。鬼門なのだと寛に言いたい。けれど言えば、自分の正体をばらすことになる。相反する感情に引き裂かれ、來可の身体が震えはじめた。

（なんで、こうなるんだよ、俺は）

もはや気持ちよりさきに、身体が反応するのは条件反射だ。息が荒れはじめ、このままでいけばまた倒れる——と危惧《きぐ》した來可を、寛はいきなり椅子から立ちあがらせ、抱きしめた。

「なっ……なに、してんだ！」

大きな身体にすっぽりと包まれ、驚いて——なぜかパニックはおさまった。

コレは來可の知らないものだからだ。こんなふうに寛にふれられたことも、痛いくらい抱きしめられたこともない。ただわけもわからず、來可は茫然とする。

「このまま聞いてもらっていい？」

「い、いけど」

断ればいいのに、ついうなずいてしまった。喉に声が引っかかって、震える。ほんのわずかなそれも密着した状態ではすぐに伝わってしまって、寛の手が來可の髪を何度も撫でた。

「ぼくは鈍感で、なにも気づけなくて、本当に大事にしてくれてたひとのことを誤解して、まったく知らないままで裏切った。……米口さんを信じたいと思ったのは、そのころのことがあるから。事情も知らず、切り捨てるのは二度と、したくないから」

絞りだすような寛の声に、どきりと來可の鼓動が跳ねた。

「本当に、謝りたいんだけど、方法がわからない。許してもらえるとも思ってないし、哀しませた自分のことはたぶん、一生許せないと思うんだ」

「そ……それが、なに」

もしかして、寛は気づいているのだろうか。ざわざわと首筋を悪寒が這《は》いのぼってくる。けれどこれもまた、そそけだった肌を包む手のひらがあっけなくなだめてしまう。

「ぼくはそのひとに、幸せになってほしいって思う。これは、だめかな」

來可は一瞬、自分の心臓が止まったかと思った。おさまっていた震えがひどくなり、それを封じこめるように寛の腕は強くなる。

「それから、ぼくが好きなひとを幸せにしたいと思うのは、いけないことかな」

「なんで俺に、だから、そんな話」

「いまぼくが、好きなのは、きみだから」

頭がまっしろになって、なにも考えられなくなる。パニックもない、けれど喜びもない。ただただ茫然と目を瞠る來可の顔を、寛は長い指で何度も撫でる。

「でもきみは、ぼくがきらいだよね」

「そ……だよ。おまえ、なんか、きらいで」

「うん、それでいいよ」

どうして、きらいだと言ったのに、以前のようにショックを受けたりしないのだろう。なぜそんなに、溶けそうなくらいあまったるい目で見つめて頬を撫で続けるのだろう。

「でも好きだよ。きらいでも、いやでも、好きだ」

「ス、ストーカー……」

「そうかも。だから岡崎くん、ごめんね。きっとうんざりすると思う」

「な、なにに」

「好きになってもらえるように、たぶんこれからぼくは、とてもしつこくなると思うから」

いままでもずっとそうだったけど。自嘲気味に言って、寛は來可の額に口づけた。ぎょっとして突き飛ばすと「あ、ごめん」と寛もまた驚いた顔をしている。

「な、なんだよ。謝るならすんな！」

「うん。驚かせたことはごめんね。きょうも、急いでごめん」

あせったのは認めるけれど、したことに謝る気はないと、どうしてか寛は笑っている。見たこともない表情で、ただ來可だけをまっすぐに見つめて——いとしいと、目で語る。

「こんないきなり話すつもりなかったんだけど、子どもといっしょに本読んでるの見て、なんか、たまらなくなった」

「た、たまらないって、なにが」

「……こういうこと言うとまた怒るかもしれないけど、ぼく、ここしばらくすごくがんばったんだ。きみのこと口説きたかった。でも、したことないし、どうしていいかわからなくなってきたし、どうせならストレートに言ってからがんばろうと思って」

寛の宣言に、來可は広い胸を両手で押してあとじさった。じっと、寛は見つめてくる。恐慌状態がまたも襲ってきた。

「い、いやだ。怖い」

考えるよりさきに口からこぼれた言葉に自分で驚いた。そして、大学で寛と関わるたびに覚えていたこの感情が嫌悪や侮蔑でなく恐怖だと、やっと來可は理解する。寛もまた、目をまるくして來可を見ている。意味もなく何度もかぶりを振って、震える声を絞りだした。

「おまえと関わりたくない。なんでだよ。なんで？　ほっといてくれりゃいいだろ、会わなければ、それでいいじゃんかよ！」

「よくないよ」

完全に怯えながらじりじりと逃げる來可を、ゆっくりと寛が追ってくる。

「やだっつってんじゃん、きらいだって、俺言っただろ！」

「きらい、じゃないよね。いま自分で言った……怖いんだよね？」

「同じだろ、そんなの！」

長い腕が伸びてくる。びくっと身をすくめた來可に寛は顔を歪め、またすぐに微笑んだ。

「傷つけないよ。怖いことはなにもしない。ぼくは、きみを大事にする」

「む、り……」

だっておまえが原因じゃないか。ぜんぶぜんぶ、おまえのせいじゃないか。なじりたいのに、自分が誰かを言えないという事実に喉がふさがって、息ができなくなっていく。

ずきずきと脚が痛みはじめ、視界が歪みだす。よろけるようにうしろへとさがる來可は、書架に背中があたったことで、もうあとがないと悟った。

薄暗いせいなのか、視界がきかない。ぼんやりとしか見えない、迫ってくる男が怖い。息が引きつって横隔膜が痙攣《けいれん》する。自分を護るように腕を交差させ、無意識に頭を庇った。

「むり、いや、い、いたい、こわ……」

「痛くない。階段で転びそうになったときも、ちゃんと助けたでしょう」

ガードするようにこわばった腕をひとつずつ、やさしいけれど強い力でおろさせて、寛はまた來可を抱きしめた。逃がさないように――包むように、護るように。

「今度は、間違いたくない。だから、チャンスだけでいい。きみが本当にもう、吐き気がするほどいやだって思うまでは、そばにいる」

「うそ……」

「ほんとに。だから、泣かなくていいから」

頬を拭われて、ようやく自分が泣いていると気づいた。涙なんかこの四年、流したことすらなかったのに、寛の大きな手のひらがびしょ濡れになるまで泣いている。

「ねえ、怖くないから。絶対だから。絶対にもう、二度と、傷つけないから」

手のひらで追いつかなくなったのか、寛は唇で瞼に触れ、落ちるより先に涙を吸う。気持ちの悪いことをするなと、いつものように怒鳴りたいのにできない。

「声もださないで、なんでそんな哀しい泣きかたするの」

苦しそうな声をだした寛の顔が、涙にぼやけた視界いっぱいに映る。そこには、赤い目をした寛がいて、「なんでおまえが泣いてんの」と來可はぼんやりつぶやいた。

「どうして、綾川が泣くんだ」

「わからない？」

うなずくと、寛は泣きながら笑う。たぶんくちゃくちゃになっている來可の顔とは違って、彼は泣いていてもとてもきれいだった。この顔も、來可は見たことがない。知らない寛を知るたびに、あのころの記憶がだんだん混乱して薄れていく。

「きみが泣くだけじゃ、足りなそうだから、いっしょに泣いてるんだと思う」

「なに、言ってんの？」

「……すごく痛い」

ちいさく鼻をすすって、寛は來可の肩に顔を押しつけた。

「きみが泣くと、痛くて痛くてたまらない。どうすればいい？」

「あや……」

「本当に、こんなのはじめてで、……本当に好きだよ」

なにかを言いかけてやめたことは気づいた。けれどごまかされたわけでなく、言葉にならないまま、ただ「好き」と繰り返している、それだけは理解できた。

許せない、きらい、そんな言葉で押しこんできた心が悲鳴をあげるのに、声がすこしもでなくて、ぱくぱくと唇だけが動く。寛が顔をあげ、來可は見つめられているのが耐えられずに目を閉じた。それがどういう意味になるのか、本当はわかっていた気がする。

うまれてはじめて触れられた唇は、すこし塩辛くてやわらかかった。軽く舌を這わされてびくっとした來可は歯を食いしばってしまう。

「キス、はじめてなのかな」

つぶやく寛の涙はもう乾いている。まだ濡れた目で睨みつけると「ごめんね、嬉しい」とささやいて、また口づけてきた。抱きしめていた手がゆっくり背中を何度も撫でて、腰に落ちついたと思うとぎゅっと引き寄せてくる。突き飛ばして逃げるべきだと思うのに、ちいさな音をたててついばまれる唇が気持ちよすぎて、ふわふわしてしまって、なにもできない。

寛の胸のあたり、シャツをぎゅっと摑んでいるだけの來可の手を、彼の大きな手が包んで

ひらかせ、指をぜんぶ絡めて握られる。

ふわりふわりとやさしくキスされているうちに、うえを向いていることがつらくて唇が自然と開いた。ごくあたりまえのように濡れた舌がはいりこんできたとき、驚いていいはずなのに、そうならなかった。首筋を支えられたまま、あまくてねっとりしたキスに溶けた身体の末端だけがずきずき疼いて、爪先《つまさき》が靴のなかで勝手にまるまっていく。

「……すっごく気持ちいい」

うっとりしたような声は、自分が発したのかと思った。けれど耳をくすぐるあまい声は寛のもので、とろけたような熱っぽい目で見つめてくるのも彼だ。

「もっとしたい」

きつく抱きしめてささやかれて、うなずいたかもしれないし、そのまえにまたキスをされたような気もする。なにもわからない。ずっとこれをしていたくて、身体の力が抜けていく。

もうさっきのように怖くも哀しくもないのに涙がでて、くふ、と喉声が漏れたその瞬間、乱暴な音をたててドアが開かれた。はっとした寛がとっさに來可を抱きしめて隠そうとするが、直後、ふたりは引き剝《は》がされた。

「てめ、なにやってんだよ！」

寛の襟首を摑んだ健児が拳を振りあげ、容赦なく顔面にそれを叩きこむ。わざとよけなかったかのようにぐらついた寛は、怒るでもなく健児を見据えた。

「殴る価値もないんじゃなかったんですか」

「しゃあしゃあと、居直ってんじゃねえよ！」

「騒ぐのをやめてください。彼が困るから」

ふたたび拳を握った健児は、寛の背後にいる來可の姿にぐっとうなった。

「それで、あなたはどうしてここに？」

他大学の健児が大学まで乗りこんでくるとなれば、なにかあったに違いない。茫然としていた來可がそれに気づくまえに寛が問う。

「亮太が、來可の様子が変だって言ってきたから。最近、なんでかつるんでるって」

「見張らせてたのかよ」

來可が憮然と言うと、「わざわざそんなことするかよ」と吐き捨てつつも健児は目を逸らす。寛は力の抜けた手を自分から離させると、傷ついた唇の端を顔をしかめて舐《な》めた。

（あ……舌、赤い）

さっきまで、自分の口のなかにあったものだ。そう思ったとたん、來可の顔が赤らむ。それを見てとった健児は「おまえ……」と血相を変えた。

「ばかだろ來可！　またかよ。性懲りもなく！　やめろっつっただろ！」

「また、ってなんのことですか」

來可を責めたてようとする健児の言葉を制するように、寛が言う。

「なにもはじまってないし、昔にもなにもなかった。これからはじめるだけなのに、また、はないでしょう」

「てめえ、まだそんな……っ」

ふたたび摑みかかろうとする健児の腕に、來可はとっさに摑まった。そのことに、健児はひどく傷ついた顔をして、太い腕から力を抜く。

「なんだよ、それ。おまえ、まだこいつ庇うのか。いやだっつっただろ。きらいだって」

低い声で問われ、來可はどうしていいのかわからなくなった。

きらいなはずだった。見たくもないし思いだしたくもない。二度と好きにならない。そう心に決めていたはずだった。なのにいま、混乱した頭も心も、どうしてと叫んでいる。

絵本を読んだ声、寂しそうな顔、認めていると、やさしく告げてくれた言葉。たった一日ぶんのできごとでしかないのに、そばにいればいるほど、引きずられてしまう自分のことを、止められなくなっている。

まして自分のために泣いてくれた寛を見てしまっては。

「……わか、んない」

「來可！」

怒鳴りつけた健児に、寛はなぜか鋭い声で「名前を呼ばないでください」と言った。

「ぼくはまだ、彼の名前を知らないんです。だから、呼ばないでください」

「なんだそれ！　とぼけんのもいいかげんに——」

「彼がぼくに教えてくれるまで、ぼくは、知らないんです！」

「意味がわからねえよ！」

言い張る寛に健児が怒鳴る。けれど來可にはわかった。

寛はもうとっくに、目のまえで怒鳴る〝兄〟に、過去のすべてを聞いている。そのうえで、変わらないまま——いや、以前よりもあまくやさしく接すると決めたのだ。

同情か、贖罪かと疑う心は当然芽生えた。けれど、まだ痺れたような唇と、爪先にまで満ちたなにかがそれを違うと叫ぶ。

「ごめん、健児……俺、ほんとに、いま、わかんない」

ただ混乱したようにそれだけを告げると、彼はかっとなったように目を見開く。だが來可が唇を震わせていると、肩を落として「なんだそれ」と力なく言った。

「ばかが。乗せられやがって」

「そういうんじゃ、ない……と、思う」

あのときの気持ちとも、いまの気持ちは違っている。ただそれがなんなのか、寛が自分をどうしたいのか、混沌《こんとん》としてなにも理解できないのだ。

「……殴っちまったじゃねえか、くそ」

痛そうに拳をさすった健児の仕種には、なにか含みがあるような気がした。寛もまたそれをわかっているようで、來可だけが取り残される。

「帰るぞ」

「あ、ちょっ……」

考えこんでいる間に腕を摑まれて、引っぱられる。強引なそれに引きずられながら寛を振り返ると、彼は傷ついた唇で「また」と微笑んでいた。


寛を殴った健児は、そのまま強引に自分のバイクに來可を乗せると、かつて自分たちが通っていた高校まで來可を連れていき、有無を言わさずに校内まで忍びこんだ。

「健児おまえ、ほんと……なに考えてんだ」

すでに日は暮れていて、忌まわしい事件の起きた校庭は無人の状態だ。ここまでずっと無言で腕を引っぱってきた健児は、來可が「なんなんだよ！」と怒鳴ってようやく口を開く。

「井崎愛佳、あいつとつきあいはじめたのって、自由祭の閉会式どころか、それから何カ月も経ってからだとよ」

いきなりそう切りだした健児に「それがなんなんだ」と來可は言った。

「井崎愛佳とかもうどうでもいいって、俺は」

「よくねえ。……なあ來可、綾川が愛佳とつきあってたかどうか。そこがキモだって、本当はもうわかってんだろ。あのときあいつが愛佳サイドについてたのか、それともはめられたのかで、ぜんぜん違うんだって」

じっと見つめてくる健児の目を見られず、來可は目を逸らした。

「もう、ぜんぶぶっちゃけた。あいつもあのころのこと、とっくにわかってる」

やはりと來可は目を閉じた。そして健児から、寛と話したときのことをすべて聞かされた。予想はついていたことだったが、その間ずっと無言でいる來可に、健児はため息をついた。

「よけいなことすんなって、怒らねえのか」

「すんだことは、しょうがないだろ」

「しょうがない、ね。……で、その調子で綾川寛も、許すのか？」

わからない、と來可はかぶりを振る。

――本当に大事にしてくれてたひとのことを誤解して、まったく知らないままで裏切った。ずっと一方的に切り捨てられたと思っていたけれど、寛もまた不可抗力であんな事態になったのだと、きょうの話でようやく理解することができた。そして、だからこそ米口について知っておきたいという彼の言葉は嘘ではない。

(俺のときも、もし機会があれば、そうしてくれたのか)

けれど、だったらどうすればいいのか。あまりに長いこと寛を憎んできたのに、いまさらそんな自分が変われるものなのか。來可はただ戸惑うだけで、答えなどなにもだせない。

健児はもどかしそうに何度か口を開き、長い沈黙のあとに「悪かったよ」と小声で言った。謝られたことに驚いて來可が目をまるくすると「んだよ、その顔は」と健児は舌打ちする。

「だって、なにに謝ってるのかわからない」

「……わかんなかったらいい。あとは知らん。ばかふたりで好きにしろ」

迷う來可に、健児は「帰るぞ」と言い捨てて背を向ける。あわてて追うけれど、声をかけられる雰囲気ではなかった。これからしばらく彼は口を利いてくれないかもしれない。けれど、ひねくれきったやさしさがこの数年、來可を孤独から救ってくれてもいたのだと思う。

「なあ、健児。ありがとう」

やっと告げたそれに、彼は肩をすくめるだけで、やはりなにも言わないままだった。


図書館に取り残された寛は、しばらく床に座りこんだままでいた。

「……痛かった。本気でやられたなあ」

殴りたくないと言っていたのに殴ってしまったことを健児は不愉快そうにつぶやいていた。

寛は頬をさする。なぜだか、笑いがこぼれた。

「彼的な禊ぎ、すんじゃったからかな」

なんとなく顎がかくかくするけれど、寛もまたそれですこしすっきりしたのは事実だ。

なにより、乱入されて——止めてもらえてよかったと、唇や手に残る來可の感触を噛みしめる。やわらかくて、あまくて、夢中になった。もっともっとほしかった。あのままだと、自分でもなにをしたのかわからない。

（あそこまでするつもりは、なかったのに）

すでに過去を知っていることを気づかれただろうけれど、それでもあくまで〝彼が、自主的に〟名前を教えてくれるまで寛は待ちたかった。それが償いのひとつだと思った。けれど罪悪感というブレーキをかけても、ほしがる気持ちが加速をやめない。

「早く、教えて。……來可」

そうでないと理性がすり切れそうだとうめいた寛は、切れた唇の痛みだけでなんとか自分を持ちこたえていた。

＊　＊　＊

健児の乱入があっても、寛はまったく來可への態度を変えなかった。なんだかんだと用事をつけては追いかけまわし、にこにこしたまま図書館についてくる。

しかも、もういいと毎度言われながらも、帰宅時には必ず來可を送っていく。

もはやその姿は大学内の名物となりはじめ、望まないかたちで注目を浴びるのがいやだと思うのだが、悪評判というほどではないから來可は逆に戸惑った。

しかもなぜだか、來可はボランティア活動にしょっちゅう呼びだされるようになった。冗談じゃないと何度も言うのだが、姑息《こそく》なことに拝み倒してくるのは寛だけではない。

「あのね、まじめにいま米口さんいなくて、手がたりないの」

「ほんとに猫の手も借りたい状態なんだ。このとおりお願いします」

「ついでに綾川の報われない気持ちにちょっと同情を……あっなんで、なんで蹴るの！」

赤羽のよけいな言葉に、金居と寛がいっせいに彼の臑《すね》と尻を蹴った。悲鳴をあげる赤羽に「助けてお願い！」と叫ばれ、あぜんとしていた來可ははっと我に返る。

「も、もうやめろよ。つうか、俺、ほんとに暇がないし、きょうも図書館……」

「バイトでしょ？　だいじょうぶ、来生さんには許可とった。時間空けてくれるって」

根回しのよさと来生の許可に驚き「え、な、なんでそこまで」と來可は口ごもった。

「おともだちのいない岡崎くんのこと、心配してたんだって。怖そうだけど、いいひとだよねー来生さん。本の捜索も、もうちょっと待っててくれるって。だからだいじょぶ！」

にこっと笑った金居が、両手で來可の手をしっかり摑んでくる。「あっ」と寛が声をあげ、なんなんだと來可が訝《いぶか》れば、わたわたとうろたえる彼は「手、手……」とうめく。

「手くらいなんですか。まだこの手には、綾川先輩の所有権はないです。ねっ？」

金居に手を握られ、ぶんぶんと振られて來可は「ね、って……」と恥ずかしさに赤くなった。井崎愛佳の一件以来、女子は苦手でしょうがなかったのに、あっけらかんとした金居はきらいになる要素がないので、ただ困惑してしまう。

おまけに困惑する理由のもうひとつは、寛が――とても、みっともないのだ。

「だ、だめ、それでもきみにも所有権あるわけじゃないでしょう、だめですっ」

「男の嫉妬、醜い」

「醜くてもなんでもだめです！　離してください！」

割ってはいって、金居から來可の手を引き剝がすついでに抱えこまれた。なんだこれはと硬直している來可に気づくと、寛は「ご、ごめん。つい」と、またあせったように手を離す。赤羽と金居が口々に「つい、で抱きしめるんだ。やらしい」「ぜったいわざと」と細めた目で冷やかしてきて、寛は首筋まで真っ赤になって、しどろもどろだから驚いた。

「あの、わざとじゃない、ほんとに。だから……」

「いや、そりゃわかってるけど」

なんだ、これ。來可は驚きを通り越して、妙に冷静に思った。

あの綾川寛が、自分ごときのことでうろたえ、様子をうかがっている。ミスターパーフェクトの情けない姿に、周囲はあたたかい笑いを浮かべていて、そのことにも戸惑った。

薄暗い書架のまえでキスをしたあの日から、寛はまるっきり開き直ったようにあまったるく接してくるようになった。サークルの、気を許した面々のまえでは「いまがんばって攻略中、じゃましないで」とまで公言する状態で、來可は最初、怖かった。また高校時代のように、不釣り合いだ、消えろと言われるのではないかと怯えた。しかもあのころより、いまの自分はずっとダサいし、愛想もない。

だが不思議なことに高校時代のように寛にちょっと近寄っただけで敵視されたりといったことはない。むしろよってたかって彼を「ヘタレ王子」とからかい、金居をはじめとする女子などは「本気でいやなら断ろうね？　流されたらだめ」と助言までしてくる始末だ。

「と、とにかくきょうは、雑草の除去作業ですから！　みんな持ち場についてっ。岡崎くんも、じゃあ、よろしく！」

本日のボランティアは、だだっ広い大学内の草むしりだ。業者をいれてもいるらしいが、手の届かないところを手伝うらしい。本当になんでもやるのだな、と來可が感心していると、寛は赤い顔のまま走って逃げていく。軍手姿でも決まっているのはさすがだ。

「ん、ではあたしと組んでがんばりましょ」

なにをすればいいやら、と戸惑っていた來可の手を引いたのは金居だった。こくんとうなずき、サークル棟の周辺を任されたので、ふたりしてしゃがみこみながら草を引っこ抜く。

しばらく黙々と作業していた來可だが、ここしばらくの彼らについてわからないことが多すぎて、困惑顔になってしまっていた。

金居はめざとく「どったの、岡崎くん」と顔を覗きこんでくる。

「あの……俺のこと、じゃまとか思わない、のか」

メンバーのなかではいちばんフレンドリーな彼女にこっそりと問いかけるや、いつもの調子で「なんで？　じゃまなら最初からボランティアとか誘わないし」と一刀両断された。

「それに、岡崎くんきてから、綾川先輩おもしろくなったから、いいよ」

「おもしろ……いや、でもイメージ崩れるとか、俺みたいの追っかけて変とか、ねえの？」

おずおずと問いかけた來可に、金居は「べつに？」と言ってのけるから驚いた。

「だって、このサークル、あいつのファンの集まりなんだろ？　彼女になりたい子だって」

「それ偏見。ただのファン心で続けられるほどボランティアは楽じゃないし、あわよくば、なんつうのはさっさとやめてく。あとは綾川先輩のやることに賛同してる連中だから、誰を好きでいようが、先輩がやることとさえ間違えなければついてく。そうでなきゃ」

「……見捨てる？」

「いや、説教して軌道修正させる。……おうっ、でかいのとれた」

化粧も完璧だが、きれいな髪を作業用にポニーテールにした彼女は、根っこごと引き抜いた雑草に嬉しそうな顔を見せた。

（そっか。ミーハーばかりじゃないのか）

たしかに、こんな作業をただのファン心だけでは続けられない。草むしりのせいで痛みはじめた腰を軽くたたいた來可は、過去のシンパたちと金居らを混同していたと反省したが、とたん、金居が「あ」と声をあげた。

「ごめん、そういえば脚悪いんだっけ！　やめていいよ、休んで休んで」

「え、いや。寒いときにちょっと痛むくらいで、べつにこんくらいは平気だし」

完治しているし、ただの古傷だと言えば、彼女は目に見えてほっとしたが、無理をするなとくどいくらいに念を押してくる。平気だと來可は思わず笑い、金居は目を瞠った。

「……うーん。なるほど。レアアイテムゲットって気分」

意味不明のつぶやきに、來可は「え、なに？」と問いかけたが、金居は笑ってこたえなかった。そして作業に戻ったが、無言状態が寂しいのか「さっきの話だけどさ」と彼女がまた話しかけてくる。

「綾川先輩ってリアルでつきあう気になれないんだよね。ファンやってるぶんにはいいんだけど。暢気にアイドル気分で眺めてるだけっつうか」

「どういうことだ？」

「だって、自分に完全に気がないうえに、あれだけ変に注目集めてるひとでしょ。で、ボランティアだなんだでクソ忙しいし、誰にでも彼にでも頼りにされてるでしょ」

そういう人気者は彼氏にほしいものではないのか。來可が問えば「まさか」と笑う。

「むしろパスだよ。こっちのわがままにつきあってもらう暇のない男、好きになるとか不毛だもん。……まあいかにも王子さまだからね。あんなの手にはいると思って躍起になるのはガキだけじゃないのかな」

すぱっとした金居の言葉に來可が感嘆していると、彼女は額の汗を拭って言った。

「ま、高校時代の噂はちょっと聞いてるけど、あれくらいのころってのぼせあがるから、むちゃくちゃしたりするよね。ちょっとしか年齢変わらないのに」

ぎくりとしながら來可が「……噂って？」と問えば「妊娠したとか言って、べつの男の子ども、押しつけようとした子がいたとか聞いた」と、金居は顔をしかめた。

「あたしそういうの好かないなー。まあ、綾川先輩もだまされやすそうだけどね」

詳しい話は知らないらしい金居にほっとしながら、來可は「そ、そうなのか」と相づちを打った。だがおかげで、よけいわからなくなってきた。

「だまされやすそう……って？」

「基本、ひと信じるでしょ、綾川先輩。ああいう、好意しか向けられたことないタイプって、他人疑わないんだよ。そのぶん、裏切られたりするとすんごい悩むしへこむけど……米口さんとかについても、あのひとがあきらめてないから、うちらつきあってるんだもん」

ほっときゃいいのに、とぶつくさ言う金居に、來可はふと問いかけた。

「あの、いろいろ詳しいけど、金居さんは綾川のファンなのか？」

「あ、あたし？　うん、ファンだよふつうに。ま、本命べつだけど」

「まさか赤羽とか？」

ぽろりと言ったところ、金居は赤くなった。図星とは思わず、來可のほうがうろたえてしまう。「……言わないでよね」と睨まれ、あわてて首を縦に振った。

「えっと、告白とかしないのか？」

「あれはあれで、綾川先輩とは違う種類のむずかしい男なのー！　どんだけにおわせても、二年間、これっぽっちも気づかないし！」

なんのために、ボランティアにはじゃまな巻き髪だの化粧だのがんばっていると思うのか。鬱憤を晴らすように愚痴を吐く彼女は、やつあたりするように雑草をぶちぶち抜いた。

「そりゃほかの女と寝てるの知ったら、内臓引きずりだしたくなるくらい腹たつけど」

怖いことを言う彼女に「腹たつんだろ？　いやじゃないのか？」と來可が訊く。

「やだよ。やだけど、それと同列に並ぶのはもっとやなの。あのひとのなかでは、女より、ともだちのほうがステージ高いもん、確実に」

伊達《だて》に二年見ているわけではない、と金居は鼻息荒く言った。

「あの手のタイプは適当に遊ぶことは遊ぶけど、たぶん当分の間は女に本気にならないよ。間違いなく楽しいセックスこみのおともだちで終わる」

「セフレとか作りそうにないけど……」

「だから、かたちだけは彼女にしてつきあうの。でもじっさいは、そこまで好きじゃない」

「なんでわかるんだ、そんなの」

「歴代彼女ズが愚痴垂れてた。その辺、綾川先輩よりへたなんだよ、気を持たせるから。でも女に本気で惚れる準備できてると思わないもん、あのひと。中身ガキだから」

だったら自分は簡単にコナをかけたりせず、機が熟すのを待つ。そう言いきる金居はしたたかで、それでも片思いを楽しんでいる気配がした。

「……報われない、とか、思ったりしない？」

「べつに。だって好きなのはあたしの勝手だし、そこで恨んだら負けでしょう」

なんの勝負だと思ったけれども、これが女の意地なのかもしれないと來可は感服した。そしてなんだかそれこそ、負けた気がした。

「俺は……そういうの、無理だな。……好きになったら、好かれたい」

「それは当然の話だと思うし、いま好かれてるんだし、いいんじゃないかなあ」

あんまり待たせるのは気の毒だよと言われ、來可はあいまいに笑うしかない。

報われなくてもいいと思いこんでいたけれど、本当は見返りがほしかった。自由祭が終わったら、せめて告白くらいはできないかと思っていたし、ちょっとだけ期待もしていた。

――世界中に愛されてる名前でしょう？

あのひとことに、コンプレックスを救われた気がした。寛が助けてくれると、勝手に彼をヒーローに仕立てて、だからあのとき、背を向けられてあんなにも絶望したのだろう。

（期待しすぎたんだ。あいつができること以上のことを、求めてた）

たぶんそれは來可だけでなく、高校の、あの自治会を発足したときからずっと、寛に対して皆が夢を見ていた。できることもできないこともごっちゃにして求めた。間違えたら説教と言いきれる金居たちのように、寛の仲間になってやれてはいなかったのだ。

寛にかまわれて日が経つにつれ、本当は自分がどうしたらいいのかわからなくなる。それでもあのころの痛さは、まだ根っこが膿《う》んで残っていて、おいそれと軌道修正もできない。

ぶち、と來可は草をむしる。こんなふうに根こそぎ、いやな記憶が消えてくれればいいのに。そうしたら、自分はもっと——。

「金居さん、休憩しませんか。事務長が差し入れのジュースくれましたよ」

物思いに沈んでいたところに寛の声が聞こえ、ぎょっとした來可は体勢を崩してまえにつんのめり、手のひらをつく。「いた」とうめくと、あわてたように寛が飛んできた。

「どうしたの、擦りむいた？　……ああ、手のひらが」

來可は面倒がって軍手をつけていなかった。そっと肩に手をかけられ、抱え起こした寛に続き、しまったというように金居が顔を歪めた。

「ああ、やっぱしゃがむのきつかったよね。ごめん、ほんと」

「い、いやたいしたことない。平気。こんなん、かすり傷だし」

來可はかまうなというのに、寛は金居に指示をだし、救急箱をとってくると彼女は走っていってしまった。「手、洗おう。そこに水道あるから」と、寛はほとんど抱きこむようにして、庭木の水まき用にある水道へと來可をつれていく。

背後から抱きしめるようにして手のひらを水にさらす寛に「痛い？」と問われ、來可はかぶりを振った。大きな身体が背中に密着していて、ほんのり汗のにおいがする。

「日焼けした？　首筋、赤い」

いくらあたたかく陽気がいいといっても、十二月近い時期に暑いはずもないのに汗がでる。そっとささやいてくる彼の心臓も、自分のそれも、ふだんより大きく跳ねていた。

すりむいた手のひらの泥を流していた手が、指を絡めてくる。振りほどけばいいのにできなくて、どくどくいう鼓動を意識していた來可は、もう片方の手で顎をとられ、唇のあわせが逆さまになる口づけを受けても、まるっきり動けなかった。

（まただ、もう）

あれ以来寛から、隙を盗んではキスをされることが増えた。あのときのような深いものではなく、冗談めかしたそれにまぎれて「名前は？」と訊かれることも多い。

「……ね、教えて。名前呼びたい」

もう知っているくせに、とは口にできない。たぶん彼は待っているからだ。けれどいったいなにを待たれているのかわからず、來可はまごついてしまう。赤らんだ目で睨むと、もう一度キスをされた。やっぱり拒めなくて、ぎゅっとつないだ指を握る。やわらかい舌がちろりと來可の唇を舐め、はっと息をついた、その瞬間だった。

「ちょっと！　綾川先輩、きて！」

金居の声が響き渡り、大あわてでふたりは身体を離す。幸い飛んできた彼女には見られなかったようだが、よしんば目撃されていても、それどころではなかっただろう。

「米口先輩、丸坊主になってサークルにきた！　いま赤羽先輩が部室に連れてった！」

血相を変えた彼女の声に、來可と寛は顔を見あわせ、同時に走りだした。


來可と出会い、過去と向きあうきっかけを作った男は、本当にきれいさっぱりまるめた頭をしていて、寛は茫然としてしまった。本人曰く、せめてもの謝罪のあらわれなのだそうだ。

「どこから謝っていいかわかんねえけど、ごめん」

寛と來可、赤羽と金居のまえで、米口は部室の床に土下座した。パフォーマンスではないことは、げっそりと痩《こ》けた頬にもあらわれている。

話によってはおおごとになりかねないので、事情を確認するため、ほかのサークルのメンバーには作業を進めさせたまま、五人だけの空間で、寛は静かに問いかけた。

「いままで、どちらにいらしたんですか」

「ずっとバイトしてた。連絡しなきゃと思ってたけど、さきにこれ……」

大ぶりな紙袋を差しだされ、寛がなかをたしかめると、問題の本、そして金銭のはいった封筒がある。はっとして米口を見ると、彼は正座したまま、ぼろぼろと泣いていた。

「ごめん。うちの親がやってる会社、一年くらいまえからやばくなってて……」

米口は実家の事業が失敗したことで仕送りを断たれた。しばらくはバイトでつないだが、どうしようもなくなって生活が荒れ、いけないと思いながら当座の生活費のためにサークルの金を着服したりしていたのだそうだ。学校の本を売りさばこうとしたのは、いよいよ大学どころか、自宅に差し押さえがはじまったと聞いてからだった。

実家に、金を用立てたと持っていったら、どうやって作った金だと親に見破られた。隠しきれずに白状したところ、いますぐ取り返さなければ死んでやると泣かれたそうだ。

「それで、ご実家のほうは？」

「とりあえず、家を売りにだしてやり直すことになった。ばかなことしたよ。せっかく、信用してくれてたのに、自分でだめにしちまった」

大学から消えてこっち、自分が売り払ってしまった本を取り返すために駆けずりまわっていたのだという。なかにはもとの金額では返してくれないところもあった。サークルの着服ぶんと本の差額は、深夜の工事現場など、短期で稼げる仕事をして金を作ったそうだ。

「いままで、ほんとにいやな思いさせたと思う。忘れたくて女の子にちょっかいかけて、いやがられて……俺、最低だったから。許してくれとか言えないけど、ちゃんと詫《わ》びないとって、そう思ったから」

その言葉に嘘はないだろう、と寛は思った。見た目を気にしていた内部生の彼がいま身につけているのは、よれたシャツとパーカにジーンズだけだ。げっそり痩《や》せて、指先には、おそらく工事でこびりついたのだろう真っ黒な汚れが付着している。

全員がなにを言えばいいかわからずに黙っていると、鼻をすすった彼が言った。

「ただどうしても一冊だけ、戻してもらえない本もあって……これから、詫びいれてくる」

「詫びるって、いったいどこに」

「……大学。あと、警察。ほんとに、ごめん」

土下座したまま、自首するつもりだという彼に、寛はとっさに口を開きかけた。だがそれより早く米口を止めたのは、來可だった。

「ばかじゃねえの。俺らに迷惑かけんなよ」

鼻水を垂らした泣き顔で、米口は「岡崎……？」と顔をあげる。來可は厳しい顔をした。

「犯罪者がでたとか騒ぎになって迷惑被るのはこっち。そんなことになったら、あんたの内定取り消しだろ。俺ら後輩が同じ会社にはいるときどうなるんだ」

指摘され、米口は真っ青になった。そんなことまで思い及ばなかったのだろう。

「あ……ど、どうすれば」

がたがたと震えはじめる彼に、やはり言葉をかけたのは來可だ。がりがりと頭を掻いた彼は、寛に「それよこして」と本の詰まった袋を受けとる。袋はみっつ、その中身を検分した來可は、たしかに一冊を除いてすべてある、とうなずいたあと、こう提案した。

「ほとんどは取り返したんだ。あとの一冊は、間違ってなくしたから弁償するってふつうに言えばいいだろ。来生さんからは小一時間説教くらうだろうけど」

「そ……そんな、だって、俺」

実家の事情を告げれば、多少の温情はあるだろう。そうつけくわえた來可に、米口は泣きながら頭をさげた。「俺にやることっちゃねえだろ」と來可は言った。

「ただサークルのことについちゃ、許す許さないは俺の決めることじゃないから」

どうする、と見あげられた寛は、全員の顔を見まわす。うなずいた彼らの顔に、寛も同じしぐさで返し、米口のまえに膝をついて視線をあわせた。

「ぼく個人としては、このお金で弁済はすんだと思っています。それにご自身で謝ってくださった。いずれにせよ、卒業まであと数カ月で、こじれるのはこちらも本意ではないです。そもそも本を返却していない話はともかく、経費の件はここにいる人間しか知りません」

「綾川、それじゃ」

「実家の事情で、大学にこられなかった。うっかり、本を返すのを忘れた。それでいいんじゃないですか？」

微笑みかけると、米口は号泣した。

来生には來可から簡単な事情を話し、返却された本も彼女がすべて預かってくれた。懐深い司書は來可の読みどおり、ため息ひとつで「紛失は高くつくのよ」とだけつぶやき、泣きすぎて腫《は》れた顔の米口を支え、事務室へと向かっていった。

あとのことはこちらで処理すると言われ、寛と來可のふたりは帰途についた。

「手のひら、痛くない？」

「べつに。もうふさがったし」

きょうの來可は、帰り道を送る寛を拒まなかった。拒まれたところで聞く気もない。毎日たわいもない話をして、あきれられたり冷たい目で見られたり……ごくたまに笑ってくれる瞬間を見逃したくないから、ずっと見つめ続けている。

キスまでは拒まない。困った顔をするけれど、拒絶されない。それだけを頼みに、毎日毎日彼に好きだと言い続けている。そんな日常が、きょうはすこしだけ変化した。

大学をでてから、來可はずっと黙っていた。寛もおなじくだ。黙りこんだふたりが、來可の家に向かうバスを待っていたときだった。

「とりあえず、終わったな」

突然告げられた來可の言葉に、寛はぎくりとした。

「……うん。なんか色々手伝わせたわりに、こんな感じでごめん」

「おまえの謝る話じゃないし」

思えば、このトラブルがなければ寛と來可がふたたびまみえることはなかったのだ。そして今度はぜったいに、つながりを切りたくない。しかし米口があの本を戻しにきたことで、言い訳のひとつが消えてしまった。さて次はどうすれば、と寛は考える。

ここしばらく、彼を急《せ》かさないように、けれど意識もされない関係にはならないように、探りながら怯えながら、ずっと離れずにいた。

本当はもうだいぶ、焦《じ》れている。けれど最低でも四年、彼が苦しんだ時間のぶんだけ待たされてもしかたないと——それこそ開き直っていたのに。

來可は何度かもじもじしたあと「あのさ」とうつむいた。寛が「うん？」と身体をかたむけ、彼の顔を覗きこもうとしたときに、來可は前触れもなく爆弾を投げてよこした。

「俺の、名前、知りたい？」

寛の表情が固まった。ちらりとそちらを見やった來可は、またうつむいてぼそぼそ言う。

「岡崎來可。昔は……犬飼來可って名前で」

もうとっくに知っていることを、お互い承知していることを、まるではじめて話すことかのように、けっして顔を見ないままで彼はつぶやく。

「俺、この名前、だいきらいだった」

「……うん」

胸が震えて、寛はうまく返事もできなくなる。だから、何度もうなずいてみせる。

「でも昔……昔な、好きだったひとに、愛されてる名前だとか言ってもらえて、嬉しくて」

立ち止まり、はじめて來可のほうから寛へと手を伸ばした。驚くほど震えている寛の手を、笑いながら來可はゆっくり握った。おずおずと、ほんの指先だけ。

「でも、だから、誤解されたのすごい痛くて」

ごめん、と口走りそうになって寛は耐えた。まだ來可の話は終わっていない。

「そのあともすっごい、いやなことあって、本気で死ねって思うくらい恨んで」

また無言でうなずくと、唇が震え、声もわなないている來可の指が強くなる。彼は、これを逃したら二度と言えないという勢いで、口早に心を吐きだした。

「だいきらいだって思ってた。ぜんぶ俺に押しつけて、そんなあっさり利用したまんま捨てんのかって、最低だって思った。会いたくなかった。ほんときらいでさ、軽蔑もしてたし、半分くらい忘れてたんだけど、会っちゃって……そしたらそいつ、変わってなくて。迷惑だし。顔見ると気持ち悪くて。思いだしたら吐きそうなくらいになって」

恨み言を言っているはずなのに、來可の声はあまく頼りない。寛は胸が壊れそうだと思いながら、唇を嚙んでこらえた。

「でも、それ、そいつの、……綾川寛のこと好きになったらまた、痛い目に遭うのかなって怖いからだって、わかって」

「ならない。誰にもさせない」

こらえきれず、寛は口走る。今度は來可がうなずいた。

夕陽のさす道の途中で、向きあったまま手を握りあう。來可はじっとその手を見る。顔を見るのが怖いというように。寛は怖がる彼の顔を、見逃さないように強く見つめた。

「ぜんぶ信じる。來可だけ信じるから。ぼくのことは信じなくていい。でもぼくが來可を信じるから」

指のさきだけ、頼りなく結んだ手を、寛がもう一度しっかり握りなおす。離さないと訴えた力に、そっと來可が応《こた》えた。

「もしなにかぼくが失敗して來可が傷つくことがあっても、ぼくがちゃんと治すようにする」

「……先輩なのに、呼び捨てて る」

どんどんうつむいた來可は、ぼそりとそんなことを言った。とたんに寛はうろたえた。まったく來可の言うことは、予測がつかない。

「え、だって、敬語とかはいやだって」

「うん、いやだ」

「ど、どうすればいい……ですか」

ようやくこのしゃべりかたにも慣れてきたのに、いまさら戻せと言われるとまたぎこちなくなってしまう。おろおろ問いかけると、來可の肩が震えた。ぎくりとしたけれど、唇の端が持ちあがっているから、泣いているのではなく笑っているのだとわかってほっとする。

「俺、まだたぶん、あのころのこと痛いんだ」

「……はい」

「だから、謝って」

その瞬間、寛の胸がふわっと開いた。信じられないことを聞いたように凝視する。握った指が強くなり、來可の顔がかすかに歪んだ。

「謝っても、いいの」

「許すかどうかわかんないけど、でも、……おまえだけ悪いんでもないのは、頭ではわかってる、し、本当はべつに、謝る必要もないんだと思う」

それでも傷が深すぎて、言葉がないとまえに進めない。潤んだ目で、來可は言った。

「だから、あのときの俺のために、あ、謝って……」

「ごめんなさい」

謝罪と抱擁は同時で、道ばたなのにと來可は笑ったが、寛は場所などかまっていられない。

「ごめんなさい。ごめん。ごめんね。知らなくてごめん。誤解して、助けにもいかなくて本当にごめんなさい」

「……うん。俺もごめん」

來可の謝罪に、寛は「なぜ」と目を瞠った。「俺も悪かったんだ」と、來可は吹っ切れたように言った。

「米口みたいに、迷惑覚悟で戻ってこなかった。ちゃんと弁解しなかった。あきらめて、おまえのこと恨むほうが楽だったんだ。だからあれは、俺も悪いんだ」

いまにも泣きそうな寛の目を見て、「案外泣き虫だなあ」と來可はまた笑う。同じような顔をしているくせに、手を伸ばしてごしごしと寛の目元をぬぐってくれた來可は、「あと、逆恨みしてごめん」とちいさく言った。なんのことだろうと見つめていると、來可の眉が頼りなくさがり、あふれた涙が頰を伝う。

「好きになってもらえなくて、だから見捨てられたんだって恨んだ。勝手に好きになって、勝手に、ありもしない期待してただけなのに」

さきほどのお返しに、彼の濡れた頰を震える指で拭って、寛は「いまは？」とかすれた声で問いかける。

「いま、ぼくはとても來可が好きだけど、それでいいですか？」

「……うん。いい」

來可がうなずいた。本当にいいのだろうかと寛は思った。そしてとてつもなく怖くなった。大事すぎるものができると本当に怖い。そして信じられないくらい貪欲《どんよく》になる。

「……來可、いやなら言ってほしい」

「なに」

「せっかちでごめんなさい。いますぐ抱きたい」

薄闇に包まれた世界のなかでも、彼の顔が赤くなったのがわかる。

とっさに來可が指を引きかけたのを、追いかけてつかまえて、いつかのように指を絡めた。お互いの脈がどくどくと交差していて、興奮が伝わってくる。

「セックスしたい。きみのなかにはいりたい。ぜんぶほしい。いますぐぜんぶ。でも來可が許してくれないと、ぼくはなにもできない」

言葉を飾る余裕もなくたたみかけると、來可は「そ……な……」とあえいだ。

「だからぼくのこと、許してくれますか」

來可は震える息を吐いて、いまさらのように握られた指をもがかせた。逃げないでと力をこめると、さらにもがく。

「手、手が、あの、綾川」

「ごめん、離せない。あと、寛って呼んで」

「ひ、……ちが、あの……俺が、俺も……手を」

ちゃんと握りしめたいと訴えていることにやっと気づいた。力をゆるめると、來可の指がおずおずと手の甲に触れる。ためらいがちな動きに感情が振り切れてどうにかなりそうだ。

いままで突っ張っていた來可のうしろに隠れていた、高校時代のおとなしくて恥ずかしがり屋の彼が、そこにいる。けれどあのころのように、なにも言わず自分を殺すのではない。

「……俺、キスもだけど、したことなくて。おまえのしか、知らなくて」

わかってはいたけれど、真っ赤になった來可の告白は寛には毒だった。ごくりと喉が鳴ってしまって、誰も知らない身体がもっとほしくなる。過去に寝た誰がどんな経験をしていても気にならなかったのに、來可だけは絶対に、ほかの誰とも寝たりしたらいやだと思う。

（嫉妬って、苦い）

比喩《ひゆ》でなく、想像しただけで口のなかが苦くなる。これはどういう分泌物だろうと寛は散漫に考えつつ、黙りこんでいる來可にじらされていた。

「したことないから、怖い？」

急かすまいと思ったのに、じっさい急いているから答えがほしい。指先だけは彼の手をゆっくりと愛撫《あいぶ》しながら、視線と声で答えをせがむ。何度も喉を嚥下《えんか》の動きに波打たせた彼は、消え入りそうな声で言った。

「許す、とかじゃなくて、……ひ、寛としたい、けど」

ようやく顔をあげた來可は、気の強さと羞《は》じらいと欲情が混じりあった、複雑できれいな目をしていた。キスがしたい、と訴えているやわらかい唇にふらりとなりかけ、寛は勢いよくうえを向く。

「だめ」

突然の拒否に來可は「えっ？」と驚いた声をあげる。だがしっかりつないだ手を引っぱり、彼を見ないようにしたまま寛は歩きだした。

「ど、どこいくんだ」

「いま話しかけないでください。お願いします」

「なんで……」

「ぼくはいま我慢の限界だから、お願いですから、いまだけ黙ってください！」

ものすごくみっともないことを叫んだ寛に、來可はきっと笑うだろうと思った。けれどなんの反応もなく、もしかして引いたのかと振り返った寛は、それを見なければよかったと思った。

（もう、なに、その顔！）

とろんとした目の來可が、つないだ手をいとしげに見つめて必死に寛についてきている。

どうしようもなくなった寛は、通りの向こうに見えた空車のタクシーに向かって手をあげた。

＊　＊　＊

手をつないだままタクシーに押しこめられて、お互いにずっと逆方向の窓を睨みつけていたのは十五分。ついたのは寛のマンションで、無言のままおりた寛に腕を引っぱられ、エレベーターに乗ったとたんに、狭い空間が揺れる勢いで壁に押しつけられ、唇を貪《むさぼ》られた。

「んんー……っ、んんっ、んんっ」

いきなり舌がはいって、この間と違ってびっくりした。來可は思わず口を閉じそうになり、歯があたった寛は痛いはずなのに、おかまいなしで腰を押しつけて舌を絡めてくる。

(うわ、やだ、たってる、たってる)

ぐいぐいと腿《もも》を割り開かれ、尻を摑まれた。身長差のせいでふたりぶんの唾液《だえき》が來可の口にどんどんたまってくる。どうすればいいのかわからないまま口腔を舐めまわされ続けていると、かすれた声で寛が言った。

「來可、ぐしょぐしょだから、飲んで……」

ものすごく卑猥《ひわい》なことを言われた気がして、全身が熱くなった。濡れた唇の端を舐めながら、「飲んで、來可」とささやかれ、ごくんと喉を鳴らすと内臓まで火照ってくる。

軽いGを感じてエレベーターが停まり、ドアが開いた。寛はもうひと目などかまっていられないように來可を引っぱりどんどん通路を進んで、歩幅の違いに脚がもつれそうになると、ついには腰から抱きあげた。

「ちょ、綾川っ」

「寛です」

たどりついた玄関まえでいったんおろされ、指紋認証のドアに触れた寛は、開くやいなや來可を引きずりこみ、またキスをした。今度は髪と言わず頬と言わずめちゃくちゃに撫でまわし、もう片方の手で來可の尻を撫でまわしては腿を持ちあげ、自分の腰と密着させる。あまりに性急で強引で、さすがに來可は怯えた。

「ひ、寛、ちょっと怖い」

キスの合間に訴えると「ごめんなさい」とうつろな声で言った寛は、來可を玄関ドアに押しつけたままぴったりと身を寄せ、すべてを自分の身体で囲いこむようにした。

「ぼくもこんなのはじめてで、どうしたらいいかわからない」

「え……」

「來可のこと、口にいれてぜんぶ舐めたい感じ。飴《あめ》みたいに、いっぺんにぜんぶ」

どっと変な汗が噴きだして、來可は思わず深呼吸する。ぎゅうぎゅうに押しつぶしてくる寛のにおいがまともに感じ取れて、くらくらした。香水かシャワーコロンかわからないけれど、身だしなみにつけているのだろうさわやかな香りと、かすかな汗のにおいと、なにかわからない、眩暈がするほどあまい、味の濃い果実のようなにおい。

そして気づくと、來可の髪に鼻先をうずめた寛も深く呼吸を繰り返している。

「あの、靴、脱がないと」

うながしたのに、寛はまったく聞いていなくて「來可、すごくいいにおいがします」とうっとりつぶやく。

「なにも、べつにつけてない。シャンプーかなんか、だろ」

そう言ったのに、寛は「んん」と生返事をしたまま髪のにおいを堪能《たんのう》している。

「ぼく、こんなにセックスしたいと思ったの、はじめてだ……」

欲情しきったせいで抑揚のない寛の声に、頭のてっぺんから爪先まで針を通されたような痛みが走った。指先もなにもかも、脳と心臓から外へと散らばる強烈な信号が來可の思考回路をぼやかせる。彼の官能の気配にあてられて、こちらのほうがおかしくなりそうだ。

「なんか、ケダモノでごめんなさい」

「い、いや」

期待に混じりこむ不安は、長い息をついた彼のどこか羞じらうような声に蹴散らされ、ようやくゆるんだ圧迫に來可も息をつく。

「おふろ、はいれますか？」

ふらふらになった來可の両腕を摑んだ寛が、目をあわせないまま問いかけてくる。

「そりゃ、はいれるけど……？」

「じゃなくて、お尻洗えますか？　方法、知ってる？」

ストレートな問いかけに、一瞬意味がわからず戸惑うと「無理かな……」とひどくがっかりしたような顔でつぶやかれ、來可はようやく理解した。血ののぼりすぎた顔が痛いけれど、なんの覚悟もなしにここまでついてきたわけではない。

「……やったことないけど、知ってる」

二十二年未経験で、この数年は疲れと忙しさにまともに自慰をする気力もなかったけれど、十代のころ、寛で妄想くらいはしたこともあるし好奇心はあった。

インターネットは高校生の性的好奇心を満たすには充分すぎる情報に満ちていたし、伊達や酔狂で図書館の資料整理をしていたわけではない。稀覯本《きこうぼん》のなかには、性愛の歴史書などというかなりのトンデモ本もあって、手があいたら読んでもいいと言われ、興味本位で見たことだってある。

顔を引きつらせた來可に寛はようやくすこし正気に返ったように、顔を覗きこんでくる。

「急ぎすぎましたよね？　ごめん、ぼく、ひどいですね。無理は言わないから」

「べ、べつに……」

「ただ、落ちつくまで、キスだけさせてくれたら嬉しいです」

そう言いながら、寛はひどくつらそうに顔を歪めている。腰こそ理性がまさって離したけれど、腕や胸などの触れている部分は衣服越しにも発熱しているように熱い。

「許すって、俺、言っただろ」

「だめです。來可がちょっとでも、いやだとか思ううちは、しません」

抱きしめないように両肩を摑んで、そのくせ首筋に鼻をこすりつけてくる寛の息も熱くて、來可はじらされているような気分になった。

彼の言葉が丁寧語に戻っているのはおそらく、それが寛の素だからだ。それだけ、來可を気遣う余裕がないからだ。そう思ったら、肌がとけるような気分になった。

——ねえ、怖くないから。絶対だから。絶対にもう、二度と、傷つけないから。

(あれって、本当に、本気で言ったんだ)

だったらいい、と來可は腕を伸ばした。だめだと寛が言うまえに抱きついて、自分から伸びあがって彼の唇をふさぐ。

「んんっ……」

高校生のころ、こんなことができると思ってもいなかった。それでも寛とキスしたらどんなふうなんだろうとこっそりと想像して、十代の性を発散させる妄想のなかにも登場させたことがある。尋常でなくいろんなことがあってずいぶんねじれてしまったけれど、それでもあのころの自分が欲したものがもらえるチャンスを逃したくはなかった。

「だめ、來可……ん、だ、め……っも、だめ、だって、言ってるのに」

ゆるく抵抗する寛にしがみついて、自分から舌をいれると彼はらしからぬ低い声で唸《うな》り、さきほどと同じように激しくキスをしてくれた。

「寛、ひろ……おし、おしえて」

なにを、と寛は問わなかった。だまって來可の濡れた唇を舌で拭い、指でなぞったあと、ようやく互いの靴を脱いで腰を抱き、浴室へと連れていきながら、ちいさな声でいろんなことをささやいた。

歩きづらいのはお互いさまで笑えたけれど、具体的な方法がだんだん脳に滲《し》みてくるにつれて、ほんのちょっとだけ身体も冷えた。

けれど、いやならいいからとしつこいくらい寛が言って、意固地な性格は見事にあおられ——いざとなるとやはり、複雑なものもあったけれど——どうにか來可はやり遂げた。


「ごめんなさい。やっぱりハードル高かったかな」

ベッドのうえに腰かけていた寛は、來可の顔を見るなり眉をひそめた。

風呂をあがってきたのに、自分の顔色が青ざめているのは知っていた。心配でたまらないというように寛が頬を撫で、ひさしぶりにむっとした顔を見せてしまう。

「俺、ちゃんとやるって言っただろ。自分でしたんだから、ごめんはやめろ」

「うん。ありがとう」

ジャケットを脱いだ寛の胸にぎゅっと抱きしめられると、さすがにほっと息が漏れた。なにもかもわかっているように濡れた髪を撫でられ、何度もつむじに唇を落とされる。

「しっぽ、きょうはないですね」

言われて、はたと後頭部に手をやる。もうあのころの白髪は残っていないけれど、なんとなく強迫観念があった。奇妙な仕種に寛が「どうしたの、ぶつけた？」と眉をさげてくる。

（……言わないでおこう）

心労で髪に変化があったなどと言えば、彼はまた自責の念に駆られるだろう。かつては、いつか思い知らせてやりたいなどと考えたこともあったけれど、いまはもうそんな気はない。許すと言って、そう決めたのだから、それでいい。とっくに健児が暴露していると知らない來可は、「ほんとになんでもない」とかぶりを振った。

「それより早く、おまえも身体洗ってきて」

口早に言って浴室のほうを指さすと、寛は一瞬目をまるくしたあと「うん」ととろけそうな顔で笑い、來可の唇を一瞬だけついばんで身軽に起きあがった。

「なんだよ、なんで笑うんだ？」

「んん。いってきます」

立ちあがると、あらためて大きな身体だと思う。着替えのない來可のために、寛は自分の服を貸してくれていたけれど、長袖Tシャツはワンピースのように腿まであるし、ハーフパンツのはずなのにまるで七分丈のような状態になっているのは、いささか複雑だ。

「疲れてたら、寝てていいから」

どういう意味だと來可が顔をしかめる。寛は含みのある、妙に色っぽい顔で笑って高い鼻を來可の頬にすりつけた。ものすごくあまえ上手なのだなと、赤くなりながら思う。

「でも起こすから、……ごめんね」

声音と感触にぞくりとして、首がすくんだ。襟ぐりの大きなシャツがずり落ち、肩があらわになる。みっともないと引きあげようとした來可の手は、寛に摑まれて動けなくなった。

「……なに？」

「うん……」

生返事をした寛は、じっと來可の顎のしたのほうを見ている。視線を追うと、隙間から薄っぺらい胸が見えていた。

「來可、はじめてセックスするよね」

「だ、だからそう言ってるし」

両手で腰を抱かれ、とっさにその手首を摑むとますます肩からシャツが落ちる。凝視している寛の目が、なにを見ているのかに気づくと肌がひりついて、勝手に乳首が硬くなった。

（うそ、なにこれ）

肌寒かったり、こすれたりするとそこがこわばることはあったけれど、視線に撫でられただけでこういう反応をする自分が信じられない。軽くうろたえていると、ぼんやりした声で寛が言った。

「ぼく、洗ってこないといやですか？」

名残惜しそうにのろのろと目をあげた寛の表情と声、抑揚のない丁寧語に、捕まった、と來可は思った。「……いやですか？」と、寛が苦しそうに確認する。來可はうめいた。

「いや、じゃ、ない……っ」

言ったとたん、ベッドに押し倒されてシャツの両肩を引っぱられた。ちょっと待て、というつもりの唇はふさがれ、めくりあげるのではなく押し下げられたシャツの襟がびりりと破ける。両腕と胸が圧迫され、來可は首を振ってキスから逃れると、悲鳴をあげた。

「い、痛い、寛！」

「うん？　ああ……」

自分がなにをしたかやっと気づいたように寛は目をしばたたかせ、「ごめん」と言いながら來可のシャツをまくりあげ、また襟のほつれを拡げながらどうにか脱がせる。そのままボトムを引っぱられそうになって、來可はあわてて彼の腕を摑んだ。

シャツとハーフパンツは借りたけれど、下着はなかった。しばし悩んだけれど、伸縮性コットンのため、あきらめてそのまま穿《は》いたのだ。

「自分で脱ぐから、そっちも……」

寛は一瞬不満そうな顔をしたけれど、自制するという約束を思いだしたのか「はい」と渋々従った。立ちあがってベルトをはずした彼は、來可にしたよりもっと荒い手つきで、ばさばさとシャツとボトムを脱いでいく。

（う、わ）

はじめて見る彼の身体に、來可は息を呑んだ。なめらかな肌、きれいに割れた腹筋と、完壁といっていいバランスの骨格。長い手足のかたちはどれをとってもうつくしかった。

急に自分の貧相な身体がはずかしくなり、手足をまるめて縮こまっていると、羞じらいもなにもなく下着を脱ぎ捨てた寛が腕を摑んでベッドに乗りあがってくる。とっさに目を逸らしたけれど、さきほどから何度となく押しつけられていた股間《こかん》のそれが、すごい角度になっているのも見えてしまった。

「來可、なんでちいさくなるんですか」

「え、だって」

「ここまできて、さすがにいやだはやめてください。どうなるかわからないです。いいって、したいって言ったでしょう？」

ねえ、言ったよね？　哀願するかのような声で言われては、どうしようもない。どうにかがんばって身体の力を抜くと、両腕を摑んでベッドに押し倒され、玄関でしたときのようにぴったりと胸をあわせてくる。遮るもののない肌の熱さや、意外なほど重く感じる寛の胸の厚みに、來可はもう爆発しそうになっていた。

「……濡れてる」

「や、ば、ばか」

「違う、ぼくの。もう、なんかすごい……」

ぬるりとしたそれを動かされて、來可は息を吞んだ。粘液が腹のあたりにこすりつけられ、薄い肉をへこませるほどに硬いことを思い知らされる。硬直しているとメガネをそっと取りあげられ、「見える？」と顔を近づけられた。

「み、見える……」

ぎこちなくうなずいた來可は、寛が目を開けたままキスしてくるのをなすすべもなく見守った。半眼になった彼の睫毛は長くて、繊細な場所までとてもきれいだと思った。瞼のうえにちいさなほくろがあって、こんなものまったく気づかなかったと思うけれど、だんだん激しくなる舌の動きとこすりつけてくるものの感触に意識が散漫になっていく。

「んふっ」

視線でこわばらされた乳首に指が触れて、びくっと身体が跳ねる。たしかめるかのように指先でちいさな粒を転がしていた寛は、それを指の腹で押しこんだり、つまんでこねるようにしたり、軽く指の背で撫でたりと、いろんなことをしてくる。

むずむずしてくすぐったく、來可の腰が微妙に逃げるようにいざったとたん、ぬるついたキスはほどかれて耳に嚙みつかれた。同時に両方の乳首がきゅっとつままれる。顔をしかめて目を閉じると、くすりと寛が笑った。

「んん、來可はこれ、好きみたいですね」

「え、そ、そんな、わかんな……っ」

ぺろりと唇を舐めながら、つまんでひねるような動きを繰り返される。ぴりぴりしたそれがどうして臍《へそ》の奥に刺激を与えるのかわからないまま身をよじると、耳から首、肩へとさがった唇が、骨のまるみをたしかめるように軽く噛んでくる。

そしてさんざん指でいじったものの左側にたどりついた唇。最初は表面でかるくなぞるようにしたあと、やさしく押しつけられ、はさみこんでくる。ふんわりしたやわらかさを硬くなった乳首に味わわせるようなそれに來可の肌は震え、喉の奥に熱がたまっていく。

（こわい、こわい、こわい）

ここまで押し流されてきたし言葉でも言われていたけれど、それでもぼんやり想像していた寛は、キスからはじめてゆっくり手順を踏んで、やさしく触れてくれるのだと思いこんでいた。けれどこちらを見る視線も指も唇も、貪り尽くそうとするようで、不安がざわざわと鳩尾《みぞおち》を震わせる。

なのに身体が熱くてたまらない。薄い胸のうえ、ゆるゆると感触を味わっていた唇が開き、ぬるりと舌が触れた瞬間には「ああっ」と自分のものではないような高い声があふれた。あわてて手のひらで口をふさごうとしたのに、両手を摑んだ寛が「だめ」と吐息だけの声でささやいて、強く乳首に吸いついた。

「んは、あ、や……っ」

肘を曲げてもがくのに、寛の腕はものすごく強くてすこしも振りほどけない。乳首が舌で舐められる。尖らせて小刻みに、広げてねっとりと、裏側まで使って、ひとつの器官とは思

えないほど多様な感覚を与えてくる。勝手に腰が浮いて、覆い被《かぶ》さった寛の身体にぶつかった。シーツから離れた腰のうしろに手をあてがわれ、長い指の一部が尻の狭間《はざま》へとすべりこんでくる。

（あ、そこ、やっぱりするんだ）

すべての動作が淀《よど》みなくなめらかで、慣れているんだなと実感する。じわっと胸に不快感が走ったけれど、さんざん吸われた乳首のもう片方をいじめられだしたら、まともに考えることもできなくなった。くちゅくちゅと音をたてられ、肩にそうしたのと同じようにゆっくりと、表面をやさしくこそぎとるように歯をあてて動かす。

「んんっ、んん……っ」

摑まれたままの腕がもどかしく、ときどき寛の身体にぶつかる股間が燃えるように痛い。開いたかたちで緊張した腿が苦しくて、たまらずに彼の脚へとそれを絡みつけたとたん、寛の身体がびくっと跳ねて互いの性器が触れあった。

「あっ、ああっ、あっ」

叫んだのはどちらがさきかわからなかった。摑んだ腕を放りだした寛は両腕で來可を抱きしめると、ぎゅっと肌を密着させて腰を動かしはじめる。來可ももう我慢できない身体に逆らわず、卑猥に前後する動きを止められなかった。

「ど……しよう、寛、ど、しよう」

「ん、は……、ふふ。もうこのまま、ね？」

ごりごりとお互いを刺激しあうそれが気持ちよすぎて、理屈が吹っ飛んだ。そのくせもっとほしくてたまらず、來可もまた寛の身体に抱きついて身悶《みもだ》える。けれど双方が止められない動きのせいで、ほしいところがこすれてくれずにもどかしい。

「ちょっとだけ膝を立てて、腰、浮かせてください」

「こ、こう？」

寛の大きな手に補助されながら身体を反らせると、根元がぴったりあわさった。はふ、と息をついて涙目になった來可の額に口づけた寛は、ふたりの性器を両手で束ね、きゅっと力をこめた。來可は一瞬身体を崩れさせかけ、それでも寛がうながすので脚に力をこめる。

「そう、そのまま……がんばってて」

「えっ、あ……っ、あっあっあっあっ！」

寛が腰を素早くゆらしはじめた。來可のそれが逃げないように手で作りあげた密閉空間のなかへと打ちつけるようにするその動き、見あげる角度と逃げられない体勢に、いま、もう、彼に犯されてしまったのだと來可は感じた。

「ああんっ、やっあ、い、あっ、それやっ、やっ」

（もう、やだ……なにこれ、この声）

鼻にかかったあまえる声が止められない。どんどんぬめりがひどくなり、摩擦が楽になったぶんだけいやらしさは増し、寛は何度も「かわいい、かわいい」と言ってキスをする。

「すごい、來可、びくびくしてる、こっちも……」

「うあっ、やっ……だめ！」

筒状にした指のさきを使って、会陰《えいん》の奥を押される。身体がアーチを描くほどにびくんと跳ねたとたんぬるついていた手の拘束がほどけ、來可は放りだされた快感に悶えながら身をよじった。

「いやっ……やっ……」

こめかみががんがんしていて、汗が身体中に噴きだしている。寛も同じで、さらりとしていた肌がしっとりと湿っていた。覆い被さってきた彼は不規則に痙攣している腿をやさしくさすってくれるけれど、來可はますますちいさく縮こまる。

「來可、來可、だいじょうぶですか？　いやだった？」

はっとしたように覗きこんでくる寛が恨めしく涙目で睨む。心臓がばくばくして全身が震えて、声などとてもだせないのに、どうしていつもと変わらない様子で話しかけられるのだろう。これも彼の慣れなのだろうか。

そんなの、やだ。横臥《おうが》したまま息を切らす來可は、かすれきった声でつぶやく。

「え、なに……わっ」

聞きかえしてきた寛の身体に手を伸ばし、余裕がないと唯一知れる部分をそっとさすった。

おおげさなくらいに寛が身体を引く。その反応に、悶えているのは自分だけではないと知って、すこし安心した。

「なに、來可……」

「はやく、……もっと」

えらそうに言ってやるつもりなのに、どう考えても拗《す》ねた声しかでない。目をまるくした寛はめずらしく——ほとんど忘れているけれど年下らしい顔を見せて、喉をごくりと動かしたかと思えば、來可の脚を強く掴んだ。

「ご、めんね。すごく、すごくほしい、です。したいことあるのに、なにもできない。いれたい、來可、來可にいれたい」

喉に絡んだ声は、すこしうわずっていた。けれどどんなあまったるい声をだされるよりも背筋を震わせた。來可は無言でかぶりを振ったあとにきつく抱きつく。

「痛いかもしれないけど、許して」

「……もう、ゆるしたよ」

破裂しそうな鼓動がふたつあわさった。うつぶせたほうが楽なんだけど、と寛はつぶやき、もうどうでもいいと來可はきれいな首筋を噛む。なにかを探る手つきが肩の動きで知れたけれど、寛の汗の味がたまらなくて、夢中になって鎖骨に吸いついた。

いまは、寛のにおいもすごく濃い。さっき感じたときよりもずっといやらしくて、呼吸するだけで性器のさきがじんわり痺れる。

(俺、すごくやらしかったんだ)

なにも考えられずに男の身体に絡みついて、快感をもらうことで頭がいっぱいだった。脚を開かされて、なにかぬるっとしたものを奥のほうに感じたときも、さっきまで覚えていた不安感などなにもなかった。

「あう……あっ、んんあ……っ」

指をいれられて、全身がざっと粟立《あわだ》った。痛いのかとうかがうような目をしてきた寛を見つめて、違うとかぶりを振った。それだけで通じて、すぐに指をだしいれされた。ジェルのようなものをかけ流すようにされて、ぬめりが増したぶんだけなめらかになった動きのせいで、來可はもっと開いていく。

「気持ちいい?」

「い……っ、いい、これ、い、……そ、あ、そこっ」

ぐちぐち音がたつ。涙がでるほどよくて、シーツを摑んだまま來可は感じいった。はじめての愛撫なのに、性器はびりびりするほど硬くなり、乳首もずっと尖ったままだ。

たぶん、こうなるのも怖かったのだと思う。

十八歳のころ、寛のぜんぶが好きだった。なんでもよくて、隣で同じ空気を吸うだけで嬉しくて、死んでしまいそうなほどどきどきしていた。もうなくなったと思っていたその感情はたぶん、眠っていただけだと本当は知っていたのだ。

それがすべて解放されたら、來可はこうなる。すべてが明け渡されてなにも隠せなくて——もしもほんのちょっと傷つけられただけでも、ボロボロにされてしまう。

だから、逃げて隠れて、殻に閉じこもっていたのに——。

「だめ、ひろ、舐めっ……」

ひとつ、ふたつと増えた指でいじられながら、過敏に尖った乳首を舐められる。ほんの一瞬だけかすめた舌を、だめと言ったくせに求めて胸が反る。なのに寛はほしがるところに唇をくれず、身体の中心にうっすらと窪《くぼ》んだ溝に沿って舐めおろしていく。

(あ、うそ)

端整な顔が股間に沈んだ。もうぬるぬるの先端に、乳首にしたときと同じようにゆっくりキスして、感触を味わって、舌で何度も遊んだあとに飲みこまれていく。

「や、だ……だめ、でる、でるっ」

いきなり口のなかにだすなんてできない。本気であせりながらかぶりを振ったのに、寛は「ふふ」とくわえたまま笑い、きゅう、と吸いあげてきた。いっていいよ、とそのまま不明瞭にささやかれ、來可はその刺激にびくびくと震える。

「ふぁあ、あっ、いっく、あ！　あ……！」

「ん——……」

爆《は》ぜた身体が、寛の口腔へとさらに性器を押しこむ結果になった。彼の指をぎゅうぎゅうに締めつけながらの射精は強烈すぎて、もう快感とは認識できない。がくんがくんと壊れたように動く身体を寛はずっと捕まえたまま、ねっとりした動きですべてを吸いあげ、一滴残さず飲んでしまった。

「うそ、あ……っ、あっ」

衝撃が大きすぎて、解放されても來可は震えたままだった。閉じることを忘れた目から涙がこぼれて、親指でぬめった唇を拭う寛を茫然と眺める。

（こいつ、あれ、飲んだ……）

信じられない、と惚《ほう》けた來可が魂が抜けそうなほどの息をつくと、弛緩《しかん》したうしろから指がゆっくりと引き抜かれた。なんだか痺れたようなそこはぽっかりとものたりなくて、奇妙な感じがした。

「來可、キス、もうできなくて、ごめんなさい」

「え……」

「ほんとはね、こっちも舐めたかったんですけど」

まだ息も整わないのに、両脚を抱えられる。逃げたくなるほど熱いものが押し当てられて、なにがなんだかわからないまま、寛の上半身が覆い被さってきた。え、え、と來可はただ目をしばたたかせて、寛のなかば伏せた睫毛をただ眺めていた。

「だめみたい、いれたい……も、限界だから」

「うえっ、え、待って」

「待ってとか言わないで、無理。いれたい。いれるね？　ね？」

「だから、ちょ、待っ……あっ、あう、ん！」

ぐっと寛が腰を突き、すごい勢いで身体のなかが拡げられた。今度もやはり、痛みはなかった。ただあっけないほどずるりと埋まってきた感触にショックが大きくて、來可は顔を歪めて泣きはじめる。

「うそ、うそ……や、はひ、はいっ、はいって」

「うん。あつい」

寛までもがたどたどしい口調になっている。ぼうっとした目つきも似たようなものだ。

お互い、ばかみたいだと思いながら「どうしよう」と來可はうわごとみたいにつぶやく。意識も散漫だろうに、寛は律儀に「なにが？」と問い返しながらゆるゆる腰を揺らしている。

「おれ、はじめて、なのに……なんで？　き、気持ちい……」

奥手で頭の固かった來可は、初体験は痛いモノという思いこみがあっただけに自分の身体がよくわからなくなっていた。混乱する様子に、ほんのわずかに正気づいた寛は「大丈夫だから」と手の甲で頬を撫でてくれた。

「そうしたから、ぼくのせいだから。來可は気持ちいいって思ってて」

「へ、変じゃない？」

「來可がかわいくて嬉しい。……動いてもいいですか？」

熱っぽい息をついた寛にねだられて、うなずく途中でがつんと突きあげられた。目のまえに火花が散って、「あああ！」と來可は悲鳴をあげる。

「あ……來可、來可、すっご、い」

息を切らした寛は何度も來可の名前を呼んで、身体中を撫でてさすって愛してくれた。経験などないけれど、こんなに大切に嬉しそうに抱いてくれる男はたぶん、そういないんだろうなあ、と、來可は溶けた頭で考える。

「來可、くちをあけて」

「んん……っ」

キスの代わりのように、寛の指先が來可の唇をいじり、親指で弾力をたしかめるように押しつぶし、中指で上顎の裏を撫で、いま腰を動かしているのと同じ動きで抜き差しされる。鼻を鳴らして汗の味がする指を吸っていると、寛が息を切らしながら問いかけてきた。

「指も、気持ちいい？」

「ん……でも、キスが、い」

潤んだ目で見あげると、寛がなかで大きくなった。短くあえいで、來可は「キス」と唇を無意識にすぼめて繰り返す。ためらう寛に向かって腕を伸ばし、あわてて顔を逸らした彼の顎に口づける羽目になった。

「キス、寛、キスっ……あ、ねえ、ん、ん」

嚙みつき、しつこく舐めていると、寛が「もう」と怒ったような顔でやっと振り向く。

「あとで気持ち悪いって言っても、これは謝りませんからっ」

「ん、い、んん……っ」

嚙みついてきた唇からは、すこし独特な味がした。けれどすぐにお互いのあふれさせた唾液で気にならなくなったし、なにより口づけのせいで変わった挿入の角度に、來可は夢中になってしまった。

苦しくなったら唇をほどいて、「ああ、ああ、ああ」と意味もなくあえいで、声をだしすぎて喉が渇くと寛の口を吸う。飽きもせず繰り返しながら硬いものでなかをこすられ続けるのが、どうしてこんなに、こんなにいいのか——。

(ああ、そうか)

気がついて、そして涙があふれた。寛の顔をちゃんと見たいのに、揺れる身体のせいでぶれて見えなくて、でもやめてほしくもない。

「んふ……あー、あっ、ああっ」

またあの淫《みだ》らな声がでて、恥ずかしくて、けれどあえぐたび寛がうっとり目を細めるからもういいかと思った。

「ひ、ろい。寛」

「なあに？　來可」

返ってくる声はとろけるほどやさしく、彼の表情もまた同じだ。じっと見つめあっているうちに、本当に今度こそ、すべてのわだかまりが溶けていくのを來可は感じた。

——いま、ぼくはとても來可が好きだけど、それでいいですか？

過去の恋については告白したけれど、あの言葉に來可は応えていなかった。それでもこんなに、彼のぜんぶで來可を抱きしめてくれている。

それでは、たぶんもらいすぎている。返さないといけない、と來可は思った。

「す、好き。寛。ずっと、好きだった」

「……え」

あえぎながら告白すると、寛の背中の筋肉がぎくっとこわばり、動きが止まる。

「あ、やだ、やめないで……」

身をよじって、來可は鼻をすすった。ぶるりと震えた寛が、ゆるやかに腰を動かしながらおずおずと手をあげて來可の乱れた髪をかきあげ、濡れた目を覗きこんでくる。

「好き？　ほんとに？」

寛の、髪を撫でる指も声も震えている。來可がこくこくとうなずくと、寛がくしゃりと目元を歪めた。

「……いまは？」

「いまも」

好き、という言葉が唇に吸いこまれた。手も足も舌も、深くて熱い場所——身体だけでなく、心の奥まで絡めあって、ふたりは同時に震えた。

ベッドが激しく軋《きし》む。寛は來可の尻を両手で強く摑んで、すべてを押しこもうとするかのように突いてきた。とろりとした熱っぽい目が潤んでいる。じっと來可の顔を見つめながら、せつなそうに寄った眉がたまらないほどの色気を醸しだしていた。

「ああ、好きだ、來可……気持ちいい。すごく、すごくいい」

ときどき、びくっとして目をつぶる寛がかわいくて、來可も夢中になって求めに応えた。身体のなかにある、熱炉《ねつろ》のような場所を硬い強いものでどこまでもかき混ぜられる。のぼりつめる、その途中の背中が浮きあがるような感覚をこらえ、寛に抱きついた。

「あ、あ、も、だめ……かもっ」

耳のそばで、寛があえいだ。來可はもうなにもわからないまま、うん、うん、とうなずく。

「いい？ いっていいですか？ ねえ、來可のなかで、だしていい？」

「や……っ」

耳を嚙みながらのあまったれた寛の声に、全身が痺れた。「いやって言わないで、ださせて」といいところを突かれながら再度ねだられて、來可はすすり泣く。

「お願いだから、來可、來可もいって。ぼくで、気持ちいいって教えて」

「も、やっ……だめっ、ああ、ああ、ああっ」

乳首をこねまわしながら、腰をまわされる。悲鳴しか返せないとわかっているくせに、何度も何度も何度も、「ねえ、教えて」とあまったるくいやらしく問われて、來可はついに「きもちいい」と言わされた。

「だして、寛、なか、だしてっ……あーっ、あっ、あ！」

泣きながら、もう許してと睨んだとたん、ほったらかされていた脚の間に寛の手が伸びる。ごくやさしく、濡れきったペニスのさきを指が撫でたのと、ついばむようなキスをされたのがほぼ同時だった。「ふあっ⁉」と來可は目を瞠って身をこわばらせ、寛は一瞬のキスのあとに自分の唇をゆるりと舐め、細めた目で來可を見おろす。

「いって、來可……っ」

「んっ、んっ、んっ……！」

びくりびくりと痙攣した來可は、二度目の射精をした。寛もまた、身体の奥で脈を打つそれから、たっぷりと濃いなにかを來可のなかに注ぎこむ。細い腿で締めつけた恋人の身体が何度もがくがくと震えていて、一体感のすさまじさに総毛だった。

「ふあっ……あ、んむ……っ」

ぜいぜいと息を切らしている來可の唇が、熱烈な口づけにふさがれる。寛は來可のなかへ

と残った精液をすべて送りこもうというように不規則な動きで腰を揺らし、それと同じほどにねっとりとした舌で口腔をかきまわした。

「っあ……來可、來可、ぼくの……」

キスをほどいた寛が、感極まったような声で「ぼくのだ」とつぶやいた。所有欲を剝《む》きだしにした抱擁と声に、來可はしゃくりあげてうなずいた。

全身がまるで自分のものではなくなったような感じがして、本当に、寛のものなんだと、理由もなく、圧倒されるほどの幸福とともに、感じていた。


深夜になって目が覚めると、來可は寛からぎゅうぎゅうに抱きしめられていた。

身じろぎしようにも、身体が疲れすぎていてまったくどうにもできない。ため息をついて、この疲労感の原因になった男をじっと見あげる。

長い睫毛を伏せて眠っている寛は、天使のようにきれいだった。上品な唇は、激しいキスの名残でいつもより赤く、來可は赤面する。

(なんか……すごい、いっぱいした)

一気に駆けあがるような初体験のあと、寛が「なんにもできなかった」と悔しそうに言ったせいだ。あんなにしただろうと來可は驚いたが、伊達に遊んでいたわけではない男は、哀しそうに目を潤ませて、こう言った。

——もっとやさしくしたかったのに。來可にうんと、気持ちよくなってほしかったのに。

ごめんね、と首筋に頬をすりつけられて、このあまえ上手がと悶えたくなった。

凜とした寛に憧れた初恋とも、わけのわからない状態で振りまわされ、みっともないところを知ってほだされた瞬間のあまい痛みとも違う、どろっと溶けそうな衝動に來可は驚く。

——し、したければ、すればいいだろ。べつに、これきりじゃないし。

しつけは最初が肝心と言われるけれど、そういう意味では來可は初手から間違えた。目をきらきらさせた寛が赤い唇をほころばせ、ちらりと覗かせた舌を思わせぶりに動かした瞬間、完全に身動きとれなくなったからだ。

——ねえ、じゃあ、これからいい？　したかったこと、しても。

鼻をこすりつけながらささやく、あの色気に勝てる人間はいるのだろうか。その後はとにかく、ものすごかった……と、思わず記憶を反芻していた來可は、腰にまわった手がゆるりと撫でてくるのに気づく。顔をあげると、眠そうな顔をした寛がじっと見つめていた。

「あ、ごめん、起こしたか？」

「……これ、夢？」

來可の肌を撫でる手は力なく、ぺたぺたと確認しているかのようなさわりかたをする。

「夢じゃねえし」と笑ってしまうと、寛はふにゃりと力のぬけた笑みを浮かべた。

「夢じゃないんだ。嬉しいな。來可がいる……」

無邪気な子どものようなそれはかわいくて、思わずときめく來可の身体がふたたびぎゅっと抱きよせられた。のしかかってくる寛の身体は重いけれど、押しのける気にはならない。

「あのね、ぼくね、自由祭のあと、來可に好きだって言おうと思ってたんです」

むにゃむにゃとした子どもっぽい口調に、來可は驚いた。それは自分が言おうと思っていたことだったからだ。

「お父さんみたいに、いちばん大事な好きなひと、ほしかった。ぼくだけの、ぜんぶぼくだけのがいいって。それが來可ならいいなって、こっそりずっと思ってたから」

寝ぼけている寛の言葉の意味は、正直摑めなかった。けれど胸がきゅうっと痛くなるのは、なにもかも恵まれているような彼が、ときどき見せつける寂しさのせいだろうか。思わず頭を撫でてみると、寛は「ふふふ」と笑って來可の胸に頰ずりをする。

「嬉しいなあ。來可が、ぼくのだ。幸せ」

「……なんべん言うんだ、それ」

あきれた声を漏らしながら、目が潤む。こんな寛の姿が見られるなんて思わなかった。もっときっと超然として、スマートな恋愛をやりこなしていただろうに、いまの彼は本当に、ただの子どもになっている。

「俺はさ、おまえのだけど。おまえは、俺の？」

そっと問いかけると「うん」と嬉しそうに即答される。幸せそうな寛に、來可は涙がでて止まらない。ぎゅっと頭を抱きしめて、髪に顔をうずめてそれを隠したのに、胸の震えで気づかれてしまった。

「……來可？　どうしたの？」

わからない、とかぶりを振ると、顔中に寛がキスをした。涙を直接唇で吸われて、ひくんと喉が鳴った。「寛」と名前を呼ぶと「うん、なあに」とやさしく返される。

「お、俺のこと、大事にして……」

これもまた寛は、「するよ、いっぱい」と当然のようにうなずいた。

「さ、最低でも四年、あまやかして」

「一生あまやかすよ。ねえ、もっと謝ったほうがいい？　來可がしてほしいこと、なんでも、來可のいいようにする。ぜんぶ、ぜんぶね」

もう止まらなくて、ぼたぼたと來可は泣いた。泣くだけ泣いて、あのころからずっと抱えていた痛みがゆっくり、今度こそ涙で溶けていく気がした。そして代わりに、寛への気持ちだけで胸のなかがぜんぶ埋まっていった。

「俺も、ね。自由祭のあと、好きって言いたかったんだ……っ」

そのひとことに、微笑んでいた寛の顔がこわばり、ぐちゃ、と泣く寸前のところでこらえる。唇を嚙んだ彼の表情が、いままで見たなかでいちばんみっともなくて、でも、來可にとってはいちばんかわいい顔だった。笑ってしまいながら、來可は言った。

「寛、だいすき」

そしてついに、初恋で二度目の恋の彼氏を泣かせてしまって、あまったれ上手な彼をひと晩中、なぐさめる羽目になったけれど、來可はとても満足だった。

＊　＊　＊

来生や寛が温情をかけたけれど、米口は残念ながら失踪時期の件がばれて、内定は取り消しになってしまった。ただし寛の紹介で、『グリーン・レヴェリー』の系列会社に研修生としてはいることになり、彼は大変に恐縮していた。

「迷惑かけたのに、本当にごめん」

平謝りの米口は相変わらず丸坊主のままだが、むしろ精悍《せいかん》さを増した顔つきには似合っていると思う。「父は自分と違って厳しいので覚悟してください」と寛が告げると、青ざめつつも「がんばる」としっかり宣言していた。

赤羽は相変わらずボランティアに精をだしながら、女の子とつきあったり別れたりして、金居をいらいらさせている。いいかげん首に縄をつけたらいいのにと來可が言ったら「幸せなひとって、他人事に余計な口だしするよね！」と嚙みつかれてしまった。

健児は、來可とまだ口を利いてくれないらしい。けれど寛は、戸惑う來可に「それでいいんじゃないかな」と告げた。

「彼もたぶん、気持ちの整理をする時間がいると思うし」

「気持ちの整理って……だって、いろいろ誤解だったのにさ」

複雑そうに言う彼は、健児の気持ちにまったく気づいていない。寛はそのことを幸いにも思い、また深く同情も覚えている。たぶん鈍さでは、寛も來可もどっこいどっこいなのだ。

そんな鈍い來可はすこしだけ意地を張るのをやめて、大学の学費を払うという笹塚父の好意を受けいれることにした。

――ただし、借りるだけです。奨学金と同じで、必ず大人になったら返します。

そして母をよろしくと言って、笹塚父に泣かれたそうだ。

無茶をしてがんばるのをやめたのは、寛といる時間がなかなか取れないことに気づいたからだそうで――あのボロボロアパートも、もうすぐ引っ越す手はずになっている。

寛もまた、父の借りてくれているマンションで、現在住んでいる部屋からちょっと階のさがる、けれど2LDKの部屋へと引っ越す。もちろん、大事な相手もいっしょに。

――学生の身分で同棲《どうせい》かよ。

あきれた父に「遅まきながら、反抗期的な感じでわがままを言わせてください」と告げ、こちらは一年数カ月後に新入社員としてボロ雑巾のようにこき使われても文句を言わないことを交換条件にしてもらった。

ミスター騒ぎは案の定、二カ月もすれば落ちついた。来年のエントリーはしないと言っているけれど、金居と赤羽に乗せられた、貧乏生活のおかげでちょっとばかり締まり屋な來可が「でも賞金でるんだよな……」と不穏なことをつぶやいていた。彼にせがまれたら、うっかりでてしまうかもしれないけれど、未来のことはわからない。

幸せだけれど、まだちょっとだけ過去に引きずられることもある。

ときどき來可は不安定になるようで、夜中にひとりで泣いていることは多い。翌日は大抵不機嫌だったりするけれど、寛がずっと抱きしめていると落ちついてくる。

寂しいライカ犬の話を聞いてからずっと、自分だけが大事にして、自分だけを愛してくれるなにかがほしいと思っていたことに、二十一歳にもなってやっと気づいた寛は、たぶん周囲が言うように鈍いのだと思う。

だからこれからも無神経なまま、來可がときどき向けてくるちいさな牙《きば》や爪も受けとめて、彼自身に向かわないようにしていく。

たとえ痛くても、ただただ「かわいい、愛してる」と笑っていよう。

大事に、大事にすると告げた言葉のとおり、これからずっとそうしていくのだと、みんなのプリンスからただひとりの恋人になった寛は思った。

(來可はぼくだけ。ぼくは、來可だけ)

あとがき

この本は、崎谷がデビューして、百冊目の単行本となります。デビューして十三年、ことにここ数年のハイペースで、一気にここまでだした感があります。

ちなみに前作の『静かにことばは揺れている』はルチル文庫百万部突破本。なんだか百にご縁のあるシリーズです。いずれも皆様のおかげです。ありがとうございます。

さて、今回はその前作より十五年後の未来という設定ですが、時代背景そのほかは現代と大差がない描写になっています。とくにネットやインフラ、大学の入学事情ほかは、この十五年を振り返ると激変している可能性が高いと思いますが、SF的になるのもなんか違うなあということで。あと大学図書館のシステム等も、お話の都合であえてねつ造しております。

高校改革のあたりはものすごく昭和臭漂う（笑）エピソードになっておりますが、九十年代後期にじっさいに某高校であった自治会問題の逸話をモデルにしたのにくわえ、自身の高校時代にあったエピソードをミックスでお送りしています。

てなわけで、ドラマ性優先、時代性はまるっと無視です。ご了承ください。

ひさびさに若者たちがじたばたする話を書いてみました。既存キャラのその後を、こういうかたちで書いたことはなかったので、ちょっと不思議な感じでしたが楽しかったです。

あと前作に続き、ちょっとお遊び要素もいれました。存在感のでかい綾川父は相変わらずラブラブ。齋藤たちもなんとかラブラブラブ。そして他作品のキャラである皆川准がゲスト出演、こちらじつは一年ほどまえにサイトで配信した番外編から場面を利用し、書き直したもので、そのときにいまの寛をはじめて書いた次第です。

さて今回あとがきのページもすくないのでさくさくと。

今年の夏はちょっと体調を崩したりもして（といってもおできの切開手術を数回受けただけなんですが）、スケジュール的にままならない状況を作ってしまい、各方面に多大なるご迷惑をおかけしてしまいました。正直、この本が無事にでるのは、担当さんをはじめとした、関わってくださった皆様のおかげだと思っております。いろいろ反省しきりですが、体調管理は本当に大事だなあ、と痛感しております……。

素晴らしいカットで彩ってくださった志水先生、今回もお世話になりました。寛の王子ぶりも來可のかわいさも素晴らしかったですが綾川父五十代と健児にめろめろです。

毎度のチェック担当Rさんに橘さんもありがとう。

そして、ここまで読んでくださった皆様。おかげさまで百冊目の刊行と相成りました。今後もがんばって書きつづってまいりますので、どうぞよろしくお願いいたします。

■引用・参考文献（敬称略）　※本書の内容と参考文献の主旨はべつのものです。

「どんなにきみがすきだかあててごらん」　サム・マクブラットニィ　評論社

✦初出　爪先にあまく満ちている……………書き下ろし

崎谷はるひ先生、志水ゆき先生へのお便り、本作品に関するご意見、ご感想などは
〒151-0051 東京都渋谷区千駄ヶ谷 4-9-7
幻冬舎コミックス　ルチル文庫「爪先にあまく満ちている」係まで。

幻冬舎ルチル文庫

爪先にあまく満ちている

2011年8月20日　第1刷発行

✦著者	崎谷はるひ　さきや はるひ
✦発行人	伊藤嘉彦
✦発行元	株式会社 幻冬舎コミックス 〒151-0051 東京都渋谷区千駄ヶ谷 4-9-7 電話 03(5411)6432［編集］
✦発売元	株式会社 幻冬舎 〒151-0051 東京都渋谷区千駄ヶ谷 4-9-7 電話 03(5411)6222［営業］ 振替 00120-8-767643
✦印刷・製本所	中央精版印刷株式会社

✦検印廃止

ISBN978-4-344-82300-6　C0193　Printed in Japan

本作品はフィクションです。実在の人物・団体・事件などには関係ありません。